清秋子 著

汉家天下

第五部

七国之乱

河南文艺出版社
· 郑州 ·

图书在版编目(CIP)数据

七国之乱/清秋子著. —郑州:河南文艺出版社,
2020.7

(汉家天下)

ISBN 978-7-5559-0933-0

Ⅰ.①七… Ⅱ.①清… Ⅲ.①长篇历史小说–中
国–当代 Ⅳ.①I247.5

中国版本图书馆 CIP 数据核字(2020)第 065769 号

出版发行	河南文艺出版社
本社地址	郑州市郑东新区祥盛街 27 号 C 座 5 楼
邮政编码	450018
承印单位	河南新华印刷集团有限公司
经销单位	新华书店
纸张规格	787 毫米×1092 毫米 1/16
印　张	16.5
字　数	246 000
版　次	2020 年 7 月第 1 版
印　次	2020 年 7 月第 1 次印刷
定　价	41.00 元

目　　录

序　汉家雄风今犹在

　　作家清秋子的长篇历史小说《汉家天下》第一部在出版之前，出版社编辑给我看了原稿，并嘱我写一篇文字加以评说。我却之不恭，于是遵嘱，在这里写一点读后的感想。

　　注意到清秋子的历史写作，是在数年前，我曾应邀为他所撰的历史人物传记《武则天：从尼姑到女皇的政治博弈》写过一篇短序，对他在写史方面的功力颇有印象。如今翻开他这部厚重的书稿，粗读一遍，感觉他的写作在数年间大有精进，已深得历史小说写作的堂奥。

　　《汉家天下》从"楚汉争锋"开始写起，作者用文学的形式表现了那一段金戈铁马的风云史。自司马迁的《史记》问世以来，这段扣人心弦的历史可谓家喻户晓，若想在史料基础上加以生发，不是一件容易的事，故而初展卷之时，我不免替作者担心。然而在看过数页之后，便立刻放下心来——作者书写历史故事的才华，当下能及者甚少。

　　读此稿，令我印象深刻的，首先是书中人物的鲜活。写历史小说，难就难在这里，主人公们必须是古代的人，但又要让今人能够理解。读者读过之后，要对他们的一言一行、一颦一笑能够会心。本书作者在司马迁给出的史料基础上，大大发挥了他独到的文学想象力，使得刘邦、项羽及一大批那个时代的风云人物活了起来。

可以说,《汉家天下》的写作,是"有温度"的历史写作,古籍上的人物,到了这部书里,有了血肉,有了声音,有了清晰可感的动态形象。以刘邦为例,他的那种痞、那种韧性、那种包容的胸怀,都是通过各种生动的细节表现出来的。通过一个个的具体细节,一个活脱脱的平民皇帝便跃然纸上。

我一向认为,写历史小说切忌表面的热闹,历史叙事应该有一个鲜明而强大的内核,也就是如何提炼主题。我感觉清秋子在这方面是颇为用心的。西哲有言曰:"所有的历史都是当代史。"此话有一定道理。历史是有传承的,传统的文化几千年来绵延不绝,至今对我们日常生活的影响还很大。清秋子在本书中所强调的"民本"意识,读来触动人心,令人浮想联翩。我想,这就是历史小说不可或缺的魂魄。

本书令我感喟的,还有作者在叙事结构上不凡的功力。楚汉之争期间,战争频仍,许多战役的线索本来就错综复杂,如何将这些事件逐个讲清楚,又不能让事件淹没了人物,作者在这方面处理得非常好。对于多场战争的描绘,详略得当,各有侧重,毫无重复之感;并且经过精心的结构布局,使人物性格在战争场面中逐步延伸展开,直至揭开人物的内心世界。

再有,即是本书在虚实方面的处理也很妥帖。可以说,从总体框架看,《汉家天下》是严格按照历史事实来写作的,即使是想象发挥,也都是有所本的,是一种文学性的"复原",完全可以把它当作史实来读。但是其中有几个虚拟人物的随机出场,又似神来之笔,恰到好处地烘托了真实的历史人物,于厚重之中又添了几分飘逸。

读这部书稿,我数度有爱不释手的感觉。作者延续了我国古代章回小说的传统写法,融会贯通,加以发扬。其场面的逼真,情节的跌宕,叙说的流畅,都可称为一流文字。在当代,能读到如此古朴而又灵动的文字,是一件令人惊喜的事。

在当今,关于历史的书写可谓浩如烟海,在众多的作品中,《汉家天下》是一部极具个性的作品,必然会在当代历史小说的创作史上留下印记。

数年之前,我曾如此评价过清秋子的写作:"在他的书里,历史是经,文学是纬,从而使一般读者认为十分枯燥的历史,有了血肉,有了温度,能够走进人心里。"在今天,我仍是这种感觉。

　　据称,《汉家天下》是一部系列长篇历史小说,后面可能还有更精彩的描写。我愿等待作者一部部地写出来,好好把它通读一遍,以享受这种历史与文学的融合之美。

一　初登銮殿尚无为

文帝后元七年(公元前 157 年)夏六月,初一这日,长安未央宫内,宫人们无不神色张皇,都知当今皇帝卧病不起,药石无效,怕是挨不了多久了。

中庭御道上,多日未有帝辇经过,颇显寥落。偶有麻雀落下,也嫌日晒难当,都是旋落旋起,一副神不守舍的样子。

至正午,蝉鸣如织,越发聒噪得令人焦心。文帝寝殿外,宫女、宦者无言肃立,看似忧伤,实是疲累得耐不住,挨过一刻是一刻。正各想心事间,忽闻室内哭声大作,有如渠水出闸。众宫人猛一惊,都睁开眼,心中暗暗舒了口气——"总算是驾崩了!"

片时过后,便有慎夫人、尹姬等后宫姬妾,闻讯奔来,入内与窦皇后同哭,哭声便越发嘹亮。过了好一会儿,哭声稍减,只闻宦者一声高呼,众宫人当即捧着水盆、汗巾、龙纹覆衣、布带、覆衾等,鱼贯而入,为逝者小殓。

众人一边入内,一边就看见太中大夫邓通,双目通红,跌跌撞撞奔出寝殿,并无一句言语。

自从文帝病倒,内外传达及琐事等,皆由嬖臣邓通一手打理,再无其余人插手。如今他仓皇而出,却不见有任何吩咐,众宫人就甚觉奇怪。再抬眼望望,见太子刘启立在床前,满面肃然,正在恭请皇后等人稍退。宫人们这才明白:皇帝的善后事宜,已由太子接了过去。

忙碌了一个正午,操办完净身、着衣等事,众人又以白布带将遗体绞束,蒙上覆衾。此时,晏驾的文帝仅露出面孔,眉目安详。窦后视力不济,凑近卧床,眯眼看了看,不禁又泪如泉涌,悲呼道:"陛下……"众姬妾闻声,跟着又是一番号啕。

这半月来,太子刘启食不甘味,可谓天下心事最重的一人。方才哭声大作时,他只觉天旋地转,大气都难以呼出,然囿于身份,也只得强自撑住,不乱阵脚。待小殓完毕,才觉游魂归窍,略觉放松,遂直起身来,望一眼身旁的詹事①周文仁,吩咐道:"速去请太后、丞相来。"

那周文仁年方弱冠,生得唇红齿白,人亦极伶俐,闻令疾步趋出,不多时,便请来了薄太后与丞相申屠嘉。

后晌的半日里,寝殿内外人进人出,忙乱不休。至入夜时分,才见刘启与丞相申屠嘉一左一右,扶着薄太后缓缓出寝殿,送往长乐宫去。嘈杂半日的未央宫,方复归寂静。

黄夜,窦后、太子等诸人,皆换了素服为文帝守灵。寝殿内外,烛炬通明,如同白昼一般。阶陛上下,唯见人影憧憧,竟不似阳间景象,于夏夜里生出一股寒意来。

次日晨,天气欲雨不雨,满天都是阴霾。众臣上得朝堂来,见气氛有异,都惶恐不安。但见丞相申屠嘉走出,一脸凝重,扬一扬手,压住众人喧哗,从袖中掣出一道诏旨来,声音喑哑道:"昨日午时,今上已宾天,诸臣请听遗诏。"

满朝文武不由齐声惊呼,忙整好衣冠,伏地听宣诏。

这道遗诏,系由文帝临终前口授、申屠嘉执笔录成。诏曰:"朕承宗庙,以微渺之身登天下君王位,二十年有余矣。赖天地之灵、社稷之福,致海内安宁,无有兵革。朕天资不敏,常畏己过,恐有损先帝遗德。在位既久,又恐不得善终;今幸以善终,当无悲哀。诏令天下吏民,只可服丧三日,不禁嫁娶、祭祀、饮酒、食肉等。入朝

---

① 詹事,官职名,秦置,西汉沿置。掌皇后、太子家事。

赴丧仪者,皆勿用斩衰①,缠头丧带宽勿过三寸,车辆兵器勿覆白布。勿发民间男女入宫哭灵,哭灵各王侯官吏,只旦夕各哭十五声,礼毕既罢。非旦夕之时,不得擅哭。宫内近侍原服丧三十六日者,今七日即可释去。以此布告天下,使吏民知朕意。朕之寝地霸陵,一仍其旧,勿有所改。"

众臣闻诏,虽已知迟早将有这一日,仍不免心惊肉跳。想想这天下,得享二十余年太平,全赖今上宽仁温厚,今日忽闻圣驾崩殂,都不知今后将有何等变数。又闻遗诏所言,竟是令天下臣民"短丧",于祖制甚是不合,各人便都不安,然也无人敢出一语。

如此静默片刻,人群中才渐起哀声,先有一二人领头,众人随即猛省,一齐放声哭起来。

申屠嘉亦泪流不止,本也想放声哭一回,然想到百官皆六神无主,宰执决不可自乱,只得强打起精神,拭了拭泪,命诸臣罢朝归家,换了素服,稍晚再入宫来哭灵。

这日,按仪制是大殓之日。众宫人将文帝遗体搬至前殿,布好灵座,以供拜祭。

待灵座布好后,前殿已是一派素白世界,哀氛立见。太子刘启上前抱住父皇遗体,不住踊跳号哭。宫女扶薄太后在旁垂泪。窦后、慎夫人等后宫诸人,亦是各个满脸哀容,伏地恸哭。

一通哭毕,宦者将遗体抬起,移入金丝楠木棺,众人再哭;随后掩棺,接着三哭。棺盖将要闭合时,薄太后忽地挣脱挽扶,伏棺大恸道:"儿啊!难得你事事小心,从不越矩,怎的就走到了我前头?"说着,就要以头触棺。

太子刘启见事不妙,忙唤了一声:"太后保重,父皇他……走得还算心安。"随即起身,扶住薄太后,温言相劝。

薄太后抚棺悲泣多时,方才哽咽道:"吾儿心事多,他走得实不心安啊!"

刘启、窦后等人无奈,只得又劝慰再三。

待三通哭毕,众人又对着灵座焚香祭奠,各自默祷,将眼泪几乎流干,方告一番

---

① 斩衰,古代丧服中最重的一种,以粗麻制成。

礼毕。

此后数日间,京城公卿及百官,皆列队上殿祭奠。未央宫内,唯见一片雪海似的衣冠。逢到朝夕两时,阶陛上下一片哭声;其余时分则静默无声,无人敢擅哭。数日间,外地诸王也陆续赶来,一时间马车辚辚,当街交驰,满城皆是一派哀容。

万民服丧的三日里,四方城乡无不静默,如万物都失了声一般。百姓们白日忙毕,夜来在棚架下纳凉,说起今上驾崩,都连声叹息,对来日未定之数,甚是担忧。

三日后,长安城内各啬夫、里正,联翩巡城,高声告谕百姓,令民间皆解去丧巾,不得延迟。文帝于生前屡次施惠于民,百姓心中感念,都想多服丧几日;然见晓谕严厉,终是不敢违命,便都纷纷除去了丧巾。

待文帝入殓七日后,百官也都脱去丧服。当日上朝,三公九卿簇拥太子刘启,齐聚在文帝灵座前。奉常①朱信跨前一步,撩衣伏地,向刘启报出:"臣等遵太子令,议定大行皇帝尊号,曰'孝文皇帝'。乞请太后、太子恩准,颁布天下,永载典册。"

诸臣闻言,神情便一振,随之都伏地顿首,纷纷赞同,请上尊号。刘启见群臣无异议,自是照准。

隔日,群臣又拥刘启至高庙,祭告高帝。一番繁文缛节后,接过玺绶,太子刘启才算是受遗命,袭了皇帝之位,后世称他为"景帝"。

同一日,新践位的景帝即下诏,尊祖母薄太后为太皇太后,尊其母窦皇后为皇太后,又加封阿姊刘嫖(piāo)为馆陶长公主。其时窦太后之兄窦长君已死,便封其子窦彭祖为南皮侯;窦太后之弟窦广国,亦封为章武侯。

此后半月间,除岭南藩王免奔丧外,其余刘氏诸王都已入都,先后哭祭完毕。景帝见丧期已毕,不敢有违父命,便下诏行奉安大典。择了个吉日,亲率文武百官,扶柩至霸陵奉葬。

且说这霸陵,在长安城东南百里开外,灞水之滨,依山而建,高居于白鹿原上,

————————————

① 奉常,秦置官名,九卿之一,掌宗庙礼仪。汉初更名为太常,惠帝时又改回奉常,至景帝六年,复名太常。

别有一番景致。文帝生前因担心遭后世人盗陵,不在平地起陵,故而霸陵的墓穴,乃是凿壁而成。如此,山即是陵,陵即是山,可望千秋而不毁。

奉安之日,王公、百官、侍卫数千人,簇拥文帝棺椁出城。文帝在世时,耽迷神迹,曾有诏,汉家从此尚赤色。如今奉安队伍出城,旗色便是红的,望去遍野如火。

如此晓行夜宿,走了三日,方行至灞水畔。景帝遂下车徒步,率群臣沿陵西大道而上,行礼如仪,场面极是壮观。

鼓乐齐鸣中,景帝立于霸陵之顶,远望新丰一带烟树,浑茫难辨,不觉就出神。想到高帝创下的这片河山,从此将担在自家肩头,福兮祸兮,实不可测,心中总觉忐忑。

梓宫下葬之时,群臣一片哀声,与文帝作阴阳永隔之别。文帝生前近宠邓通,更是哭得昏天黑地,倒地不起。

景帝礼毕起身,回头一瞥,见群臣正围住邓通劝慰,便也未言语,挥袖令人将他扶走。

炎天暑日里,一番大典完毕,君臣都觉疲惫。归途上,景帝亲点丞相申屠嘉为骖乘,一路无语。望见长安覆盎门之时,景帝才侧首望了望申屠嘉,叹息一声:"今日事,总算是毕了,愿天下安泰如故。"

申屠嘉白发皤然,满面沧桑,闻言却微微摇头道:"陛下,孔子曰:'其或继周者,虽百世,可知也。'圣贤之言,总有他的道理。无论君臣百姓,今后若不循周礼,则天下未必能安。"

景帝颇觉惊异,回望申屠嘉一眼,稍后淡淡答道:"丞相说得是,儒学之道,朕亦略知一二。"

申屠嘉见景帝不悦,忙辩白道:"老臣乃弓弩手出身,岂知儒学之道?蒙文帝厚恩,领班朝堂,久了,少许有所耳闻。"

景帝也未加理会,只是一笑:"朕也想从周礼,然有太皇太后在,吾力有所不及。想从周礼,却是心急不得呀。"

申屠嘉面色略略一暗,便又道:"陛下即位,似应早立太子,大统相承,以告中外，也好安定人心。"

景帝于太子一事，另有打算，又不欲外人知晓，便敷衍道："这也心急不得。我正盛年，未立太子，难道大统便不稳了吗？"

申屠嘉见话不投机，只得拱手谢罪："是老臣多想了。"

少顷，景帝想起方才邓通情形，便道："那太中大夫邓通，无德无识，以吮痈而得宠，如何做得了文官？"

申屠嘉回道："文帝用他，实是用人有误。"

"向在朝中，邓通恃宠妄为，不守礼法，丞相可将此人除掉。"

申屠嘉并不知景帝与邓通的过节，闻言一惊，忙应道："文帝在时，臣亦素厌邓通所为，曾当面训诫。然其劣行，无非是恃宠，免官也就罢了。若问罪至死，则有损文帝脸面，朝野不免有议论。"

"丞相倒是仁慈，朕却不想饶过此竖！"

"臣明日即罢其职、追夺先帝所赐铜山，令其归乡就好。"

景帝感慨道："父皇虽圣明，然诸事千头万绪，总有看顾不到的。你我君臣，今后要来补救。"

申屠嘉心中一凛，连忙然诺。

说话间，车驾已近覆盎门，君臣两人迎风凭轼，眼望着道旁杨柳依依，各想心事。

如此，景帝顺利登大位，由夏入冬，一晃数月，倒也平安，堪堪就迎来了新年。当年十月，循例改元，因景帝在位时曾三次改元，故自本年起，史称景帝前元之年。

新年伊始，景帝便有诏书一道，下给御史大夫陶青。诏曰："孝文皇帝临天下，通关塞，远近无别；除诽谤，去肉刑，赏赐长者，抚恤孤独，以育众生；减嗜欲，不受贡献，不为私利；废株连，不诛无辜；除宫刑，放先帝美人①归家。凡此种种，皆上古帝

---

① 美人，汉宫后妃八品等级之一。汉袭秦制，后宫秩分八品，即皇后、夫人、美人、良人、八子、七子、长使、少使。此处泛指后宫姬妾。

王之所不及,而孝文皇亲为之。此厚德,如日月之明,祀庙礼乐亦当与之相称,应以高庙、惠帝庙奏乐舞为例,为孝文皇帝庙作昭德之舞。如此,祖宗之德方可传于万世,永永不穷。奉常可与丞相、列侯、礼官等议妥文帝庙礼仪,具文奏上。"

陶青接旨后,不敢有所怠慢,连忙去找申屠嘉等人商议。

数日后,众人议罢,将文帝庙乐舞礼仪一一拟定,入朝呈给景帝。

景帝接过,略一浏览,露出多日不见的笑颜来:"好,合当如此。"

此时,申屠嘉又高声进言道:"今臣等有议:汉兴至今,万里晏然,功莫大于高皇帝,德莫大于孝文皇帝。应尊高皇帝为太祖,孝文皇帝为太宗,今后天子,宜世世祭祖宗之庙。四方郡国,天下凡高皇帝临幸处,均已建有高庙;今后凡孝文皇帝临幸处,也应有太宗庙。令所在诸侯王、列侯每岁祭祀,不忘祖宗盛德。望陛下恩准,布告天下。"

景帝略一迟疑,打量了申屠嘉一眼,方道:"丞相老成,此议当出于至诚,朕焉有不准之理? 然立庙不得扰民,太宗庙成之日,群臣亦不必朝贺。"当下,便命丞相府拟诏,颁布四方。

诏令颁下,四方皆服。天下百姓至此时,已看了数月,心稍始安,知新帝有心承继父业,不至于另起炉灶。

如此,文景两代的更替,竟是波澜不惊。不觉间,景帝前元元年(公元前156年)春季已至。四月间,风调雨顺,万物勃发,百姓都觉是天意照拂。景帝心中也高兴,为改元之庆,特下诏大赦天下,广赐民爵一级。

这"赐民爵"一事,最易博得民心。汉代爵位共二十级,从庶民至公卿不等,平民亦可有爵位。爵位可卖与他人,亦可抵罪。广赐民爵一级,无爵者便有了爵位,有爵者则晋升一级,无籍流民也可因此而受惠,变身为庶民。

至五月又有诏下,承文帝遗旨,实施农田减租一半,将"三十税一"推至各地乡里。

四方百姓闻诏,无不欢踊。圣旨虽未允"大酺三日",邻里私下之间,却是多有悄悄聚饮的。父老们无不慨叹:汉家开辟四十年,终是等到了太平盛世。

岂料,朝野臣民正在额手称庆间,忽有一日,长安百姓竟望见骊山那边有警,各烽燧之上,竟是黑烟滚滚,冲天而起!

原来,是军臣单于欺景帝新即位,猜汉家无暇旁顾,便出动胡骑南犯,杀入了代国境内,劫掠地方。景帝阅过边报,不禁怒从中来:"匈奴欺我无人乎?"当下,便想起了父皇遗嘱,欲用周亚夫为帅,统兵北征。

这日天气晴好,景帝照例来至长乐宫,向两太后请安。自改元之后,窦太后已迁至长乐宫,与薄太后住在了一处。景帝见母后正陪着薄太后闲坐,语多欢洽,便也无心久坐,匆匆问过几句,就起身欲退。

薄太后却一扬手,唤道:"慢!孙儿来去匆匆,心神不宁,莫不是有了大事?"

景帝只得复又坐下,恭谨答道:"正是。边地有警,胡骑又犯我代国。"

"哦?才逢春日,如何胡骑也来作践了,他兵马多乎?"

"区区小股,然欺人也未免太甚。"

薄太后不觉一笑:"是欺你新君践位,不知如何掌兵吧?"

景帝恨恨道:"正是如此。孙儿不才,拟拜条侯周亚夫为将,统兵去北边杀他一回。"

薄太后一惊,敛起笑容,不以为然道:"这又何必?"

景帝不禁将眼睛睁大:"祖母之意,是令我忍了?"

窦太后此时插言,叱责道:"此为大事,你好生听祖母教训!"

薄太后这才缓缓道:"匈奴为小股胡骑,又并非秋犯,或是熬不过春荒了,前来打劫一番,我又何必劳师动众?"

"我若不理,那边地军民,却是要受苦了。"

"这个不难!你父是如何做的,你便如何做就好。"

景帝眉毛一挑,脱口道:"祖母是教我和亲?"

"和亲有何不好?自高帝和亲以来,匈奴虽时有袭扰,然终未成大患。那么和亲之计,便是妙计,不可轻易更动。"

"儿臣是怕:此次为他所欺,那混账单于,便要欺我一世。"

"焉有此理！来日若匈奴逼得紧了，再用周亚夫不迟。"

景帝闻此言，一时便默然不语。

窦太后见此，忍不住又责备道："你生长于深宫，从未掌过兵，莫说本事不及高帝，即便比起你先父来，亦多有不及。如今新承大统，当以不生事为上。还是听祖母之言，以黄老之术应万变，莫去学那班儒生，做事迂腐。"

景帝仰头想想，颔首道："祖母与母后所言，确是高明，儿臣这便去布置。"

薄太后这才微露笑意，又嘱道："汉家已非初立，单于当知轻重；我若有诚意，他也必不欺我。孙儿所遣和亲使者，品级不可低。"

此后，景帝果然忍下了一口气，遣御史大夫陶青赴漠北，厚赐重礼，与军臣单于约好，汉匈再次和亲。只不过，眼下诸公主尚年幼，三年后，当送公主一名嫁与单于。

那军臣单于得了面子，甚是得意，遂对陶青开颜一笑："你家新帝，倒是颇知礼。也罢也罢！我就准了他吧。"其实，他也知景帝虽新践，汉家武备却一如从前，不便轻易启衅。加之线报早已探明，景帝脾性不似文帝温文，昔年一怒之下，竟能将吴太子击死，若真惹怒了这位新帝，两家输赢如何，真还难说。于是下令撤兵，命各部不得轻犯汉境。自此，前元年间，匈奴便再无一骑南下了。

回头再说景帝临朝，对东宫两位太后颇有顾忌，故而举止谨慎，万事都从简，不令大小官吏事过繁剧。朝臣见此，心中原有的忐忑，便都放平了，无不庆幸文帝有眼光，任用了晁错为太子家令，将储君调教得好。

大臣中唯有一人，心里却惴惴不安，这便是张释之。

张释之脾性骨鲠，是个拗直的文法吏。前文说过，刘启做太子时，曾与故梁王刘揖一同乘车入宫，车过司马门，脚下一懒，未依禁令下车步行。时张释之为公车令，专掌司马门出入，不单阻挡住刘启兄弟不允入内，还上书劾奏了刘启一本。

此事由薄太后转圜过去，太子刘启也认了错，并未起波澜。其后，张释之位至九卿，做了七年的廷尉，直声满天下。文帝恐他位高招祸，早早便罢了他的职，令他闲居,仅备顾问,算是功成名就了。然时势更易,当年的太子熬成了皇帝,张释之心下便感不安,怕新帝记恨当年之事。

新帝即位之日,众臣朝贺,张释之纵是见惯了场面,也忍不住拿眼去瞟景帝,察言观色。景帝那边,反倒是不见有何异常,偶遇刑律事有不明之处,还遣人来向张释之询问。

如此挨过几日,每日悬心,张释之终是不能忍,不由就想起一个人来。

此人姓王,名禹汤,乃一布衣隐士,世人皆称王生。早年曾师从黄石公,后归隐于终南山,躲避秦乱。待汉家定鼎后,为生计之故,偶或亦下山来,在长安城内走动。

王禹汤精通黄老,又富辩才,京中公卿多半慕其名,愿折节与之交往,一时门庭若市,脱不开身,索性就在城内买屋住下了。

王生之名,在京都渐渐传开,文帝也有所耳闻。其时文帝正痴迷方术,便下令,召王禹汤入朝面询。

廷对当日,王禹汤所言倒也平常,其间却有一事哄传朝野。那日,王禹汤受文帝恩准,端坐于廷中,白髯垂胸,貌似神仙。三公九卿见了,无不毕恭毕敬,环坐其侧伺候。

文帝望着王禹汤,也是呆了,心想黄石公所授之徒,真是各个丰神俊逸,便恭敬道:"先生大名,不只传于闾里,连朕这宫墙也挡不住了。今日先生来此,请不必顾忌,可以放言黄老。长安高士阴宾上,亦常入宫,为朕讲解黄老。惜乎朕学无长进,唯愿洗耳恭听。"

"呵呵,阴宾上兄,老夫同门也。当年在谷城,黄石公所授篇什,阴兄当场便可领会,老夫则远不及。今闻阴兄又成帝师,便不敢攀旧谊。陛下若愿听老夫闲话,老夫便从谷城说起……"

正说到半途,王禹汤瞥见自己袜绳松了,便自嘲道:"吾老矣,鞋袜都着不齐整了。"遂左右看看,一指张释之道:"张廷尉,请为我结好袜带!"

时众公卿皆大惊,文帝也感愕然,却见张释之神色不变,上前跪下,为老人将袜绳系好。

文帝便拊掌笑道："今日里，朕竟能亲见世间高节！"

罢朝下来，有大臣冯敬往访王禹汤，提及此事，颇感不解："先生不似刻薄之人，如何当廷折辱张廷尉，令他下跪结袜？"

王禹汤将一捋白须，缓缓答道："张廷尉，天下名臣也。其为人无私，法不阿贵，刑无等级，致天下刑名事清平公正，草民不生事端。汉家安固，张廷尉可谓有首功，为吾所敬重。然吾一布衣也，人老且贱，不能从旁助他一二，故而出此计。"

冯敬更是大惑："先生如此，岂不是坏了张廷尉名声？"

王禹汤仰首一笑："这你便不懂。廷尉若为太子跪地结袜，则其名必是不堪，为世人所笑；而今，他甘为布衣老叟结袜，岂不是天大的美名吗？天下人若知之，焉能不敬！"

冯敬立时醒悟，大为信服，此后逢人便讲。朝中诸公闻听此说，都尊王禹汤为大贤，而益发敬重张释之。

有了这一番邂逅，张释之也有心结交王禹汤，自此两人成为莫逆，过从甚密。

彼时张释之受文帝重用，权倾一时，得罪人甚多，心中也知福祸之道无常，略感畏惧，于是愿听王禹汤讲些黄老之术，以谋如何避祸。

景帝继位，今非昔比，张释之自然要求教于王禹汤。这日，张释之沐浴一番，乘车登门，来拜见王禹汤。王氏居所，在长安城西交道亭市，四周一片车马辐辏，其屋所在，却是闹中取静。入深巷五十步，即是柳荫垂地，绿意中俨然有一茅屋，篱墙上花木繁盛，恰似乡野。

车方停住，王禹汤便闻声而出，推开篱门，笑道："料定你此时要来了。"

那王禹汤久居长安，公卿见得多了，知其虚实，并不以公卿为尊。见了张廷尉，直如邻里相见，也不特别巴结，只含笑揖过而已。

张释之令随从在门外等候，自己随王禹汤进了篱门，在院内坪地坐下，将一番心事讲了出来，问王生有何见教。

王禹汤听了，并未立刻对答，只放松了腿脚，箕踞而坐，笑道："原来是小事，又何必如此郑重？老夫便不拘礼了。"

张释之看到王禹汤脚上布袜，想起当日事，便也一笑。

王禹汤会意，连声笑道："当年足下与我，算是有结袜之谊；今日你来问计，老夫自是知无不言。"

张释之叹息道："今上初即位，行事峻急，不比文帝宽仁。在下当年值守司马门，正在风头上，未想到拦了太子，便是逆了日后的龙鳞。如今新帝继位，若究起往事来，恐将大祸临头。"

王禹汤拈须想了片刻，才道："闻足下所言，今上似并无问罪之意，足下便不必惊恐。然君臣之间，既有过节，若都不说破，日久必生芥蒂，不可不防。老夫劝你，还不如直截去谢罪为好。"

"去谢罪？无乃太过突兀乎？"

"今上昔为太子，受足下折辱，岂能不耿耿于怀？你今日说破此事，便是示人以无所惧。今上即便有心责罚，也必有所顾忌，总不至于要你的性命了。"

张释之这才恍然大悟，连忙叩首道："谢先生救我一命。"

王禹汤笑笑摆手："哪里。老夫只是想：天子乃贵人也，不似卖浆屠狗者流，岂能睚眦必报？老子曰：'兵强则灭，木强则折。'你今日先行谢罪，反倒可以得个生路，不至折损干净。此一节，尽可放心。"

张释之心中有了数，连忙致谢。想想不胜感慨，望着眼前的竹篱茅舍，忽然心生羡意，便道："王生大名满长安，俨如布衣公卿，却能淡泊至此，实是高致。在下闲居多年，屡有应酬，想如此隐于市，却是不能。"

"呵呵，张公谬奖了，老夫哪里有甚么高致？我不事声张，实是有所忌，无非怕招祸而已。虽是仁君治世，也大意不得。数十年来，凡张扬者，几个有好下场？周勃入狱，薄昭赐死，新垣平伏诛，还见得少么？"

张释之闻此言，心中一惊，便也无心闲聊了，匆忙起身告辞。

隔日，便依王禹汤之言，至北阙叩门，请入朝觐见。少顷，谒者便来回话，说今上有请张公。

张释之闻景帝并未拒见，心头才放松，疾步趋上殿，摘去头冠，伏地叩首道："臣张释之见过陛下，今日来，是为谢罪。当年臣下入值宫禁，于司马门前，曾冒昧拦阻陛下乘舆，实为大不敬。望陛下据实责罚，臣不敢有半句怨言。"

景帝正不知张释之有何事求见，闻他提及旧事，倒是出乎意料，怔了怔，方勉强一笑："张公不提，朕倒险些忘了。当年你为公车令，拦我车驾，实是职分所在。春秋楚庄王便有'茅门之法'，太子车马犯门禁，连御者都要斩了。张公往日，尚远不及楚庄王。快请平身，无须再提旧事了。"

张释之只是不起，又叩首道："彼时臣初入宫禁，位卑而气盛，依仗文帝宠信，处处卖直，陛下今日正当责罚。"

景帝便面露不豫之色："你越说越不好听了，甚么卖直？耿直之气，臣子总是要有的，朕若不容，便是朕之过。你可一仍其旧，秉公直言，不可令朝野有所议论，说朕不喜直臣。"

张释之这才松一口气，知无性命之虞了。然稍后返归府邸中，回想景帝辞色，仍捉摸不透，心中总还是惴惴不安。

其所担忧，也并非无由。谢罪才过去数月，景帝忽然就有诏下，令张释之赴淮南国为相，去辅佐无足轻重的淮南王。

接旨之日，张释之心中一凛，知今上并未释旧日之嫌，这是要逐他出长安了。想当年自己为文法吏，正受文帝宠信，儒生贾谊却受猜疑，便是这般被逐出长安的。如今风水流转，竟轮到自己被逐了。

愤懑之余，也只得忍下，自叹躁进之时只顾逞强，不懂得留后路，不算是个聪明人。

临出都门那一刻，想起王禹汤之言，张释之不由就叹："幸而王生救我，否则今日，或是绑赴东、西市也未可知。"行前曾起意，想与旧僚痛饮一场，又恐为今上察知，怪罪下来，于是作罢，带了家眷悻然出都。

此时的淮南国，已不是往日大国，早割出去了过半，仅留十五县，封给了淮南厉王刘长的长子刘安。张释之以原九卿之尊，外放此地，与贬谪也无甚分别了。

　　且说那淮南王刘安,脾性与乃父大不相同,心思缜密,素怀大志,不喜狗马游猎,只喜读书鼓琴。其父厉王刘长,当年因谋反被诛,此等剧痛,只被他深藏于心。自十五岁起,即受封为淮南王,迄今已有九年。其间,只是广招贤士为宾客,聚议文学;又召来一群方术之士,一同炼丹。如此韬晦,实是暗自打定主意,要重耀门楣。

　　这日,张释之千里驰驱,风尘仆仆进了淮南国都寿春,便有淮南王所遣郎中令前来,迎请张释之入王宫,为之接风。

　　当年淮南厉王刘长犯事,文帝严命五公卿会审,主审之一便是张释之。当日会审,五公卿担心刘长日后报复,便不顾文帝本意,串通一气,从重判了流徙之刑,致厉王在途中绝食而死。如今面对厉王之子,张释之早已无当年威风,不免面露尴尬。

　　刘安将张释之延入宫中凉亭,不分宾主,相对坐下。亭外,可见淮南王宫,有无数白墙瓦屋,掩映于竹林间,极之清雅。

　　张释之正在观赏,刘安便笑道:“我这里,从未有朝中重臣来过,阁下是头一人。”

　　张释之闻此言,心中一怔,不禁多了些忐忑。

　　好在刘安似是全不记得往事,席间对饮,只议论刑名事。且言谈间,对张释之当年断狱,多有赞语。

　　酒过三巡,张释之见刘安知书达理,无所不通,不由心生敬佩。却不料,刘安又斟上满杯,一饮而尽,忽就脱口道:“阁下当年断狱,铁案如山,从无冤错,可还记得十七年前事?”

　　十七年前,正是厉王暴卒之日。张释之脸倏地就涨红,结巴了两声,方说道:“这个嘛……令尊当年,无非任性不羁,实无死罪,全怪县吏疏忽。臣于此事,也是耿耿于怀,曾奉旨查办沿途渎职者,杀了许多人。”

　　刘安却摆摆手道:“家父之事,不提了。臣僚之生死,君王一言而已。然阁下为廷尉七年,生杀予夺,皆以一语而断,无须先报天子。就天下刑名事而言,张廷尉之权,岂非大过了天子?”

张释之立时惊惶，连忙伏拜道："万万不敢！臣也知职分所在，不敢枉法。"

刘安便一笑："一人识见，终有不足，非干枉法不枉法。寡人也知阁下忠直，并无过错，然何以为今上所不容，外放到了敝国来？"

张释之便语塞，脸面上红白不定。

刘安见此，拿过张释之案上酒杯，亲自为他斟满一杯，劝酒道："阁下请饮。家父获罪时，正是弱冠年纪，恰如我此时一般，若不获流刑，或可以庶民身份而善终。理虽如此，我却是七岁即丧父，不得尽孝道。至今思之，仍不能释怀。窃以为，一人独断，对错便由不得他一人，不知阁下以为然否？"

这一席话，语带机锋，却又并未点破。张释之听来，句句锥心，只觉无地自容，连忙伏地稽首，几欲泣下："大王责备得是！臣下自以为无私，却是暗怀私心。于今受谪来此，便是报应，愿听大王处置。"

刘安却挥挥袖，一笑了之："阁下快请平身。今日接风，寡人也是要表明心迹。你是朝廷遣来，统领众官，一切依律行事。寡人读书二十载，规矩还是懂的。今后诸事，你我两不相犯就是。"说着，便命左右端上一道美馔来，以箸指点道，"此乃寡人炼丹时偶得，阁下请尝。"

张释之一脸茫然，见盘中物似肉醢状，便以羹匙舀来尝了，惊问道："此是何物？如此美味！"

刘安笑道："此物以豆菽为料，加以盐卤制成，寡人取名为'豆腐'，为天下未有之美味。"

"果然鲜美，大王有口福。"

"呵呵！寡人以为，人若未食豆腐而死，是为至憾呀。"

此番宴请，张释之耳闻目见，知刘安城府甚深，遂心生敬畏，不敢大意。于此后，在淮南任上，唯有循规蹈矩，再无所施展。公职闲时，想起当初在朝时，只觉得心痛。一心为天下执法者，竟不得好报，君臣之间的事，实在是说不得了。如此郁闷日久，忽一日，竟病殁于任上，这已是后话了。

　　且说景帝贬走张释之，内廷外朝都有些议论。这日，景帝依例至东宫，向太皇太后及太后问安。至薄太后处，见薄太后因丧子之痛，已几近盲目，卧于床上，不能起身。问过数语，方能答上一句。

　　景帝见了，不由得伤感，连忙好言安慰。薄太后痴望屋梁良久，只呢喃道："你父皇不敢弃黄老之术，万事淡泊，方有二十三年安稳，你也须谨记。"

　　景帝忙答道："孙儿已知，绝不敢违。"

　　稍后转至窦太后处，见阿姊刘嫖也在。窦太后目力亦不济，几近半盲，便将长公主刘嫖接来宫中，贴身伺候。平日由刘嫖搀扶，倒还能走动。

　　景帝问过安，窦太后忽扯住他衣袖，蹙眉道："近年天下安稳，讼事清平，全赖张释之打下了好底。你父皇也赞：'张释之为廷尉，天下无冤民。'原以为改元之后，九卿换人，要起复张释之，不想你却将他逐走，今后将如何治天下刑名？"

　　景帝连忙揖道："母后问得好，刑名之事，须得忠直之人担当。儿臣夹袋中，早有合意人选。"

　　"张释之桀骜，不用也就罢了，只怕旁人不能令天下心服。"

　　"非也，世上人才，非止一人。向日儿臣为太子，属下侍臣张欧（qū），便擅治刑名，为人又简素，不事苛求，僚属皆敬重。以张欧接任廷尉，为万全之计。"

　　"我只知太子太傅石奋，恭敬勤谨，倒不知还有个张欧。那石奋，不可为廷尉吗？"

　　"石奋为人固无瑕，然太过拘谨，一向管束我甚严。今儿臣登大位，若用师傅为九卿，教我又如何驱遣他？先帝生前，已擢吾师为大中大夫，儿臣并未忘恩，另外安排他就是。"

　　"哦，倒也是！那张欧，做事干练便好，然不知是何等来历？"

　　"乃是高帝时安丘侯张说之子，初在儿臣身边为吏，行事稳重，有长者风，从未贬抑他人。僚属亦尊他为长者，不敢有所欺瞒。太子宫上下凡涉刑名事，皆由他一手办理，从无冤错。"

　　窦太后面露微笑道："唔，那便好。启儿初登大位，用人谨慎就好，不可令躁进之徒近身。"

景帝便又道："儿臣即位，总要令群臣振作，九卿此次换人，不止廷尉一职，连带郎中令①、宗正、中尉，都要起用新人。否则，老臣们因循惯了，新帝之言便无人听。"

窦太后点点头道："如今天下承平，换些新人来试手，也好。那郎中令，执掌宫禁权要，须得小心，你打算换何人？"

"便是儿臣旧属周文仁。"

"周文仁？是那个白面郎吗？"

"正是。此人虽年少，已随我多年，定然可靠。"

窦太后闷哼一声，便不言语。

却说刘嫖为人，心机虽多，却也颇念旧，此时忍不住说道："你换九卿，也就罢了，如何将邓通也免了官？那邓通，人还忠厚，父皇生前所倚赖者，无过于此人，如今无故而罢免，总要顾及父皇颜面。"

景帝素来敬畏阿姊，此时又不好提起旧事，便道："那邓通，以布衣入宫，仅有薄技，却因擅逢迎，竟官至太中大夫。天下有学识者，皆嗤之以鼻。免官，也是为保全他。"

"父皇赐他铜山，如何也夺去了？"

"想来阿姊亦知，邓氏钱遍及天下，即是夺去了铜山，邓通之富，人间也再无第二，阿姊不必担心他受穷。"

窦太后此时打圆场道："你姐弟二人，不必再争。邓氏之富，连我身边近侍都垂涎。他虽罢归，好歹还是富家翁，就任由他去吧。"

景帝躬身扶住母后，应道："朝中人事，儿臣自当谨慎；无道理的事，自然不做。"

"如今启儿登位，无波无澜，真乃上天眷顾了，不似你父皇当初那般惊心。你既坐稳，便不能忘兄弟，要多顾些武儿才是。"

_____

①　郎中令，官职名，秦置，汉初沿置。主掌宫廷侍卫。属官有大夫、谒者、诸郎及宫禁卫士，为九卿之一。

景帝便笑："梁王在睢阳（今河南省商丘市），活得自在呢，与儿臣时有书信往还。"

窦后又执起景帝之手道："你兄弟二人，生于板荡之时，幼年多不安。能有今日，实属不易，务要相帮相扶。你命好，做了皇帝，也不要令你弟太过冷清。"

此时，斜阳照亮廊下，满庭海棠，炽如焰火。景帝忽就想起幼年，与幼弟绕父皇膝下玩耍，是何等快活，心中便起感伤，忙对母后连声然诺。

数日之后，张欧接了廷尉职，入朝觐见。景帝见他神色略显惶恐，便温言嘱道："你以太子旧臣晋升九卿，固然突兀，然群臣亦不敢有所非议，只放心去做。"

张欧答道："臣并非忌惮群言，只是唯恐蹈前人覆辙。"

景帝这才知他心事，便劝勉道："张释之功高才大，曾任廷尉多年，并无过失。外放淮南国，乃是为辖制外藩。张释之在朝时，颇有建树，你亦不可畏手畏脚。刑名事，关乎天下治平，往日如何，今日便如何。由你来掌廷尉府，朕放心，只不要像张释之那般苛急。"

张欧探明景帝心思，遂放下心来。走马上任后，一如在太子宫时，讼断持平，狱无冤滞。景帝看了数月，心中大喜，独召来张欧嘱道："朕闻涓人议论，往日笞法过苛，易致人死，与仁德之政相违。今日可改笞法，勿使过重。百姓犯法坐罪，挨了竹板，必也有羞耻心，知错改过就好。"

张欧喜道："臣下于此，早就有不忍之心。文帝废肉刑，初心至为仁厚，然张苍所定刑制，重笞之下，人犯焉能苟活？民间里巷间，已是闻笞刑而色变，议论颇多。"

景帝颔首道："正是此理。不可名为轻刑，实则杀人。"

张欧奉了旨，隔日便上奏，请减笞法，将原来五百改为三百，三百改为二百，依次减等。又建言，笞刑所用竹杖，须将竹节削平；狱卒行刑，中途不得换人；等等，总之是不许摧残人犯。

景帝看过奏折，含笑道："便可照此颁下。治天下，诸侯可以欺，草民却不可以欺。"

张欧闻此言，不觉惊异。抬眼望望景帝，只觉自家旧主即位后，城府顿深，真是非同往日。

　　未几，海内风闻新任廷尉治讼宽仁，疑罪赦之，不似从前苛求，显是有新政气象，官民便都赞声不绝。

　　旧属张殴既能胜任，景帝心便放下。不由又想起昔日师傅，便召石奋来问询。

　　这位石奋，乃是河内郡温县（今河南省温县西南）人。当年高帝东击项羽，石奋年方十五，于汉军过河时，前来投军，在高帝身边为小吏，十分恭谨。一日，刘邦与他闲聊，问道："家中还有何人？"石奋答曰："家父已丧，独有老母，不幸失明。家贫，有一姊，能鼓琴。"刘邦便又问："你方年少，能随我征伐吗？"石奋答："愿尽力！"

　　高帝大悦，便召石奋阿姊为美人，以石奋为中涓，掌书信、奏表。定都长安后，又徙石家至长安城内戚里。此地所居者，皆为外戚，故有此名，乃万人垂涎的富贵地。

　　至文帝时，东阳侯张相如曾为太子太傅，免官之后，公卿皆推选石奋接任。

　　自此，石奋为太子太傅历十数年。此刻景帝见了石奋，倍感亲切，忙问道："多时不见，师傅仍行走如常，不见衰老。"

　　石奋连忙称谢道："今见陛下，恍如隔世，万不可再称师傅了。"

　　景帝便笑："哪里，师傅严谨，朕受益甚多，当终身为师。不知诸公子可还好？"

　　"托陛下之福，臣之四子，勤谨孝顺，皆已官至两千石。"

　　"哦呀！石君及四子，皆为两千石；人臣之尊，集于一门。朕要送你个别号了，唤作'万石君'才对。"

　　石奋一怔，竟破天荒开怀大笑。

　　一番寒暄毕，景帝才提起正事，温言道："今我为天子，当报师恩。只恐师傅在朝，君臣皆有不便，不如劳烦师傅为诸侯国相。如此，于公于私两便。"

　　石奋焉有不受之理，连忙谢恩。君臣二人，又闲话了多时，方依依作别。待诏令颁下，石奋便打点好行装，上任去了。

　　朝中人事既妥帖，景帝才稍觉释然。他自幼在代地长大，犹记得早年，旁枝弱系，阖家时有恓惶。如今即位，年已三十二岁，虽难改急躁，却也多了些历练。

问政之初，诸事不敢怠慢，只照着父皇旧章行事，将"无为"二字奉为至宝。偏巧上天于此时，也好似真的有护佑，一连两年，内外均无大事。奉常府的一班史官，常闲得无聊。

如此无风无浪，至前元二年（公元前155年）四月，太皇太后薄氏忽然病重，药石均无效，堪堪将离人世。

一日，景帝正与旧属晁错对坐，议论天下事，忽闻长乐宫有宦者来报："太皇太后病笃，今晨已食水不进。"

景帝大惊，慌忙撇下晁错，乘舆赶至长乐宫。趋近病床前，见薄太后病体支离，面色苍白，不由就落下泪来。

薄太后闻听动静，微微睁开眼道："可是孙儿前来？"

景帝伏于床边，执薄太后之手哀泣："正是孙儿，来向祖母请安。"

"哦哦，孙儿莫悲戚，祖母还能撑几日。这里起居，无须你挂心，你阿娘昼夜守在此，方才离去歇息。"

"孙儿继位不久，百事都需指教，唯愿祖母早日痊愈。"

薄太后艰难一笑："这不是实话了。天下事，我也无甚要嘱托，只是孙儿急躁，不似你父皇那般沉稳。黄石公曾有言：'高行微言，所以修身。'我看你修身功夫，还欠缺得很，日后事多，万勿莽撞。"

说话间，窦太后由宫女搀扶进来，对景帝摆手道："祖母疲累了，且勿多言。"

景帝也知不宜多言，忙拭泪道："祖母放心，孙儿自当收敛。"

如此挨了几日，薄太后气息日弱，终是撑持不住，撒手而去了。

且说这薄太后，出身寒微，其早年事迹堪称传奇。其父乃吴县（今江苏省苏州市）人，战国末，为魏国宗室僚属，与宗室之女魏媪私通，生下了薄姬。

薄姬虽是私生，其福却是不薄，父死后，由魏媪抚养长成。秦末大乱时，枭雄魏豹起兵，自立为魏王。魏媪便将薄姬送入魏王宫，做了魏王豹的姬妾。

魏媪对此女颇为上心，曾请了女相士许负，来为薄姬看相。那许负素有盛名，所言无不中，见了薄姬，只说了"母仪天下"四个字。

魏王豹闻知此事,以为自己可做天子,满心高兴。岂料纷乱之时,运气不济,在楚汉之间反复不定,终为刘邦部下所杀。薄姬失了依傍,竟沦落至织布工房劳作,眼见得下场不妙。哪里想到,此后,却有了天大的转折。

彼时汉王刘邦身边,姬妾中有管夫人、赵子儿两人,自幼与薄姬交好,三人曾约定"苟富贵,勿相忘"。闻说薄姬丧夫,彷徨无所依,管夫人、赵子儿都不免感慨。某日,二人相语此事,恰为刘邦耳闻。刘邦早见过薄姬,此时想到薄姬守寡,顿生怜悯,便在成皋召见薄姬,有意收其为后宫夫人。三说两说,果然将薄姬说动。

薄姬于绝处逢生,也有心讨好,便笑对刘邦道:"昨夜妾有梦,见苍龙盘于腹上,今日即有幸,见了主公。"

刘邦闻此言,喜笑颜开道:"此莫非吉兆乎!"当夜,便宠幸了一回。

不想只这一夜,薄夫人便有了孕,后来诞下皇子刘恒。事若至此,倒也圆满,然薄夫人终究性情恬淡,不讨刘邦喜欢,整年也难见刘邦一面,好似身居冷宫。

如此,待刘恒成年,奉诏就国,便上书恳请父皇,请偕生母同往。刘邦早就无意于薄夫人,见了刘恒上书,也乐得破例,便准了薄夫人出宫。

吕后专权时,因妒生恨,刘邦所遗姬妾及庶子,多不能善终。唯薄夫人陪刘恒在边地,母子皆得保全。

后陈平、周勃等诛杀诸吕,拥刘恒为新帝。薄夫人则母凭子贵,尊为皇太后,这才应了许负早年所言的"母仪天下"。

薄太后素信黄老,处世稳重,一心教导文帝谨慎施政,开了汉家兴盛之世。如今以高寿宾天,朝野都感念不已,葬仪隆重,自不必说。太后陵寝号为"南陵",在文帝霸陵东南九里处(今陕西省西安市东南郊),雄踞于白鹿原上,至今可见。

薄太后在世时,有意回护娘家亲眷,早年即钦定,将自家一侄孙女薄巧慧,许给太子刘启为正妃。

薄巧慧贤淑内敛,并无短处,倒是个好内助;然刘启却不喜此女,只看在薄太后的面上,不敢不从而已。后刘启继了大位,不得已立了薄女为皇后,却仍是冷淡待之，只宠爱一位栗姬①。后宫的种种纠葛，就此埋下了一根伏线，此处暂且不表。

葬毕薄太后，景帝心内倒是略一松。原来，景帝年幼时，薄太后、窦太后就管教甚严，如今登了大位，两太后也仍是耳提面命。景帝性虽峻急，然自幼家教严格，对两太后始终畏惧。再者两太后声望甚高，臣民无不敬服，景帝即便是天子，若忤了两太后之意，在朝中亦是寸步难行。如今薄太后宾天，无异于移去了一座山，顾忌便少了一半。

此前数年，栗姬朝夕所虑，便是将薄皇后掀下位去，闲言碎语，向景帝说了不少。景帝对薄皇后不耐烦已久，也早存废后之心，所碍无非是薄太后尚在。

待薄太后一死，废后便不可免。当年秋九月，薄太后落葬尚未及半年，景帝便断然下诏废后，开了天子无故废后第一例。

薄皇后既废，皇后之位便虚悬，此时栗姬正得宠，理当扶正。景帝却用了些心思，搁下了此事，权且快活几日再说。

心情既好，景帝游猎便也多了起来。这日，视朝方毕，就带了一队郎卫，披甲执弓，又往郊外驰去。

时值天热，半途中，景帝解下皮甲，脱下战袍，只余一身短衣。手搭凉棚张望，见前面荒草萋萋，高可蔽人，便问左右道："此是何地？"

新任郎中令周文仁在旁，连忙答道："此地是轵道亭。"

"啊？"景帝一惊，立即吩咐道，"前后去探看，谨防歹人行刺。"

周文仁得令，即命众郎卫拔剑警戒，四下里散开，往草丛中去探看。

众郎卫去后，周文仁甚是不解，疑惑道："如今京畿，网罗甚密；轵道离长安不远，如何能有歹人？"

景帝便怒目圆睁，叱责道："当年吕太后即是在此，遭了黑犬冲撞，一命归天。而今我君臣过此地，焉能不防？"

---

① 姬，古代帝王妾，总称为姬，而非正式名位。

周文仁这才警觉,忙挺身一跃,持剑护在景帝之前。

片刻工夫,郎卫们提剑返回,为首校尉禀道:"陛下,左近无可疑之人。唯有一老者,独自在打草。"

景帝稍感释然,想想便道:"是何等样人? 带来看看。"

校尉得令,便带了数人复返草丛中,将老者带回。

景帝看那人模样,白发苍髯,身着曲裾白布衣,与寻常农人无异。然观其神色,又不似草莽之辈,心中便起了疑,俯身问道:"老丈,你可是农夫?"

那老者见景帝未施礼,便也端立不动,只淡淡答道:"非也。散淡之人,苍髯匹夫,虽也弄稼穑,却不以种田为业。"

景帝觉老者言语不善,便冷笑:"散人也罢,匹夫也罢,总要有个谋生的勾当。"

"在下略通黄老之术。"

"哦? 原来是位高士,失敬了。然……你既不是农夫,又缘何在此劳碌?"

"打些草,以喂羔羊。"

景帝便大笑:"原以为方术之士,餐风饮露,不事稼穑,原也要顾及柴米事。"

那老者这才一揖,似笑非笑道:"足下高看术士了。世上百样人,不虑柴米者,怕是唯有天子家人了。"

景帝一惊,心知老者绝非凡俗,连忙下了车,回揖道:"敢问长者大名?"

那老者脸上,忽露出傲然之色,环视四周郎卫,答道:"在下草民,姓名无关紧要。足下既称老夫为长者,我便要问:这班军爷,为何无礼至此?"

景帝瞟了一眼那校尉,当即叱道:"尔等做了甚么?"

那校尉不禁呆住,嗫嚅答道:"……适才,小的并无唐突。"

那老者便又道:"老夫刈草,是为生计,并无不法之举。青天朗日下,几位军爷不问情由,便要带我走。足下游猎,小民谋生,本来两不相干,即便是天子过路,也不该扰民至此。"

景帝闻言,脸色一变,疑心自己身份已被看破,连忙整好衣冠,施礼道:"闻长者谈吐,绝非寻常,在下请教尊姓大名。"

"老夫微贱，不过长安一布衣，名唤王禹汤。"

"原来是……"景帝不由惊喜，忙又深深一揖，"先生大名，传遍长安，为何却淡泊若此？"

"我崇信黄老，自是要恭俭朴素，这不足为奇。"

"然刈草这等事，终是细事，可命下人去做。先生高行，当有高致。"

"哪里，足下误会了。天生万民，各有其业，这便是黄老'致太平'之道。世间高致，无过于此。若今日一伙军爷、明日一群小吏，频来搅扰，便不是太平之世，天子便也不是好天子。"

景帝不觉悚然，脱口诘问道："莫非说，当今天子，竟不是好天子么？"

那老者瞟一眼景帝，语带讥诮道："足下愿闻我论天子，我便放胆说来。想那前朝文帝，恭谨仁厚，遇事三思而行。何也？乃因即位之初，斥老臣，拔新晋，致朝中大臣不安。后乃改过，渐趋老成，终成治平大业。再看当今天子，性本峻急，为太子时即有骇世之举；今方即位，便又蹈先帝初时覆辙，颠倒本末，不信老成，这便最可堪忧。天子宠信新晋，任由其坐大，后必致乱，百姓也将受其累。以是观之，何以说当今天子，就定然是好天子？"

周文仁浑身一震，提剑向那老者叱道："老丈，当今即是废了妖言罪，也不能放肆！"

景帝亦不禁愕然，忙喝止住周文仁，注目老者，温言道："先生博学，在下当焚香更衣请教，不该在此立谈。请先生上车，觅一安妥处，待我从容受教。"

那老者微微一笑："不必了。上车易，下车便难了。达官贵人有所谋，草民也有所谋。草民所谋者，柴米而已，请足下自去逍遥。"说罢拱拱手，返身便疾步入草丛，又去刈草了。

景帝登车，却未吩咐起驾，凭轼似有所思。

周文仁在旁为骖乘，忍不住提醒道："陛下！"

景帝这才回过神，匆忙解下腰间龙纹玉佩，唤来校尉，吩咐道："去赠予那长者，只说我主公钦敬之至，以此物相赠，聊表谢意。"

那校尉接过，奔入茂草中，良久方才钻出，竟是一脸惊异："回禀陛下，小臣遍寻草丛，只不见那人！"

景帝亦是瞠目："刈草之处，竟也无踪迹？"

"连那刈草之处，也遍寻不着，方圆数十丈，竟是寸草未断。小臣恐陛下等得心急，未敢远觅。"

"哦？"景帝下车，来至路旁，远望茫茫草海，叹道："奇了，不想这太平时日里，竟也有异人！"

周文仁便请命道："容我带人去寻。"

景帝摇头道："不必了。异人必有异行，我辈勿去惊扰。"如是怅然良久，方登车而去。

当日游猎罢，返归宫中，景帝唤来周文仁，问道："白日里所遇王禹汤，可否访到，召来奉常府任事？"

周文仁摇头道："怕是不能。臣下听人说，王禹汤为人放达，行踪不定，爵禄之类不在他眼中。先帝在时，亦请他不动，只能延入宫中，垂询半日而已。"

景帝惋惜道："原是个网罗不来的高人，那便罢了。"

灯下，又细思王禹汤所言，只觉草野之人，不知庙堂之苦，总是未说中要害。如今天下，已不似先帝时。文帝一朝，四方诸侯王多为年少者，不足为虑，故而可以宽厚。如今诸王，却多为自家尊长，城府已深，多年看似无为，却不知彼辈此时，究竟揣了何种心思。

此时若再宽厚，无异于养虎遗患。朝中诸老臣，行事中庸，若不赖新晋之臣，压抑诸王，削枝强干，则倾覆之危，恐就在眼前了。

景帝由此又想到，身边多子，大半已长成，应将诸子中能封王者，尽都加封，打发去就国，也好分守四方，如此或可制衡旁枝，不使坐大。

想到此一节，景帝心便不宁，竟像是坐于炭盆之上。无多日，便有诏颁下，封次子刘德为河间王，三子刘阏（yān）为临江王，四子刘余为淮阳王，五子刘非为汝南王，六子刘发为长沙王，七子刘彭祖为广川王。此外还有八子刘端、九子刘胜、十子刘彻尚年幼,便未封王。其中最幼小者刘彻,还未离襁褓,即是后来大名鼎鼎的汉武帝。

此时第五代长沙王吴羌①,已然病殁,无子可传国。吴羌尚有兄弟在,景帝也不教他袭封,索性除国,另封自家庶子到长沙。长沙国僻远卑湿,人多畏其荒凉,当年贾谊被贬,便是在此处。景帝素不喜六子刘发,便将他封于长沙了事。

说来,这刘发的出生,还源于一段荒唐之事。景帝后宫有一位程姬,以往甚得宠幸。刘发的生母唐儿,本是程姬身边一唐姓侍女,景帝为太子时,某日召幸程姬,程姬因来了月事,不能侍寝,情急之下,胡乱将侍女唐儿打扮好,送去伺候。当夜景帝醉酒,未能辨识,与之欢洽一夜,便误打误撞地生下了刘发。侍女唐儿缘此,也得位列姬妾,是为唐姬。

偶得这一皇子,终不是景帝所愿,景帝便不喜欢,连带那程姬也因此失宠。此次封刘发至长沙国,更将原封地大部收归朝廷,仅余长沙一郡,国势已大不如早前的吴氏封国。

景帝封了诸皇子为王,料想天下应该无事,定能有数十年安宁。不料,世事多变,这一番如意算盘,却被朝中一人搅乱。

---

① 吴羌,一说名吴著。

二　新枝独宠老树摧

　　话说前元初年的祸事，缘起还在于用人。景帝由太子而即位，未能免俗，最喜提拔太子宫旧人。用了别人还罢，却偏偏重用了旧属晁错，迭出险策，这就埋下了天大的祸根。

　　那晁错，早在文帝朝时，就已崭露头角，先为太子舍人，因屡次上疏，言辞激切，纵论内外利弊，大受文帝赏识，接连擢为博士、太子家令、中大夫①。

　　这中大夫一职，虽属要职，然终究是顾问，并不参与朝政大事。景帝即位，看满朝皆为父皇旧臣，心中不快，便要培植羽翼，更换九卿之外，又将晁错擢为内史。

　　内史之职，执掌长安及京畿数十县民事，位次九卿，可参与朝议，已属十分显要了。如此超秩拔擢，可见晁错得宠之深。

　　昔年晁错在太子家令任上，任事干练，太子僚属无不敬服。景帝为太子时，亦十分看重晁错，今日超擢为重臣，就更是言听计从，特允他一日十二时，可随时入见。

　　晁错素来才思敏捷，敢于言事，如今更无所忌惮，动辄便单独进见，每月都有上疏，建言变更旧法。

---

　　① 中大夫，官职名，秦置，汉初沿置。为郎中令属官，随君王左右，备顾问。

昔日在文帝朝，晁错曾一口气连上《言兵事疏》《守边劝农疏》《论贵粟疏》《贤良对策》等奏疏，景帝为太子时，便已逐字读过，满心钦敬。今日坐了龙庭，凡晁错所言，自是欣然准奏。每见晁错，总难掩赞赏之色："晁公所言事，皆深思熟虑，能想到朕所未料。朕初登大宝，本欲无为，然有此良臣，何能忍心无为？朕愿爱卿能日有良策，助我早些平天下。"

得此赞赏，晁错只矜持一笑："臣虽愚鲁，却不敢怠惰，凡胸中所有，必倾囊呈与陛下。"

时日既久，公卿中无论新旧，都觉晁错言僻行险，难以捉摸。朝政诸事，本已有规矩，大臣们行之多年，并无错谬，如此一月月改下去，岂非要重演贾谊旧事？

群臣之中最恼恨晁错的，当数丞相申屠嘉。申屠嘉是武人出身，阵上胜败见得多了，行事一向稳健。见晁错日日唐突，务求更张，堪堪要将守成之风败坏完了，便起意要扳倒晁错。

岂料晁错那边，圣眷正隆，哪里将申屠嘉放在眼里，只想着放手施展。

在内史府就任才数日，晁错忽觉府衙所在，实在局促。衙门正朝东，出门便是太上皇庙。往来官吏，欲至外面大道，须绕庙墙而过，令人十分不耐烦。

手下吏员，窥破晁错心思，便故意当晁错之面，议论不休。说得晁错火起，便唤了主事掾吏来，吩咐道："就近闾里，发百十个民夫来，另开南门两个，直通大道，免得我官吏多费腿脚。"

那掾吏诧异，脱口问道："开南门？向南正是太上皇庙南墙垣，如何能穿过？"

"一道矮墙，又非王屋、太行，破墙而过就是。"

"这……如何使得？"掾吏不禁倒吸一口凉气。

原来，那太上皇庙，即是高帝之父刘太公庙，尊贵无比，即便外墙，又岂是随便能破的。

晁错愤然道："京畿数十县，诸事头绪如麻。署内吏员，更须惜时如金，方可免民怨。像如此每日绕路，天长日久，不知空耗了多少光阴。太上皇庙一道墙，岂如百姓生计之贵？"

　　掾吏仍不敢冒昧,提醒道:"禀主上,拆这太上皇庙南垣,事涉奉常府,须上报丞相方可。"

　　晁错便一拂袖,笑道:"改路,又不是动兵。京畿三百里,何处不属本衙管辖?又何须惊动丞相?你照办就是。"

　　那掾吏不敢违命,立时召来附近里正、啬夫,限时将民夫征齐了。又择了吉日,一众民夫便拿了锄头、石锤,前来改路。

　　动工这日,百十人一拥而上,乱锤齐下,轰然一声,便将太上皇庙南垣拆倒两段。

　　太上皇庙内,庙仆射闻听外面人声鼎沸,连忙奔出来看,见南垣已凿出两个大洞,不由大骇,急忙喝止:"呔!尔等何许人也,敢动圣庙,便不怕杀头吗?"

　　内史府诸吏应声道:"奉内史之命,本府出入不便,拆太上皇庙南垣,另开南门。"

　　"大胆!丞相可有令?今上可有旨?你内史府管辖京畿,三百里内任你拆。莫非拆疯了吗,竟敢拆到我这里来?"

　　话音未落,但见晁错自人群之后踱出,哈哈一笑,朗声道:"仆射多虑了,本官又不是要拆庙,不过拆外墙而已。此南垣所在,乃长安之土,本官拆墙改道,有何不妥?"

　　那仆射气得浑身颤抖,戟指晁错道:"晁内史,太上皇庙,天子祖宗所在也。无诏令者,擅拆一砖一瓦,即可弃市。你有几颗头颅,可抵此罪?"

　　晁错微微一笑:"区区小事,何须本官拿命来抵?内史府出入绕路,空耗光阴,才是对不起祖宗的大事。此中有何差池,由本官担当,仆射可不必惊慌。"说罢便向众人一挥手,呼道,"左右,休得迟疑。拆!"

　　众民夫一声欢呼,便又蜂拥上前,七手八脚拆起墙砖来。

　　那仆射脸色惨白,呆了呆,遂一顿足,转身便奔出庙门,赴奉常府告状去了。

　　再说那丞相申屠嘉,这日在公廨,见奉常朱信踉跄奔入,报说晁错竟凿穿太上皇庙南垣,不由大怒:"放肆!一个新任内史,竟敢擅动圣庙?自汉家建礼仪以来,闻所未闻。今日若放任他,明日就敢拆未央宫了!"当即唤了长史来,命起草奏章,要弹劾晁错大不敬之罪。

那长史提笔拟文,写到结句处,停了笔,抬头问道:"晁内史当拟为何刑?"

申屠嘉厉声道:"蔑视太上皇,当处极刑。"

长史脸色微变,略一犹疑,才落笔写毕。

申屠嘉接过拟文,浏览一遍,对朱信道:"好。明日上朝,我便递入,要教他不日即赴黄泉,向太上皇谢罪。足下今夜请安睡,奉常府从未有之奇耻,明朝便可雪洗。"

朱信闻得此言,怒气渐平,便躬身谢过,回府去了,只等看晁错下场。

不料,丞相府中有那一二曹掾,素与晁错交好,当夜便疾奔至晁邸中,通报了消息。

晁错在白日里,带人凿了太上皇庙墙,本不以为意,心想朱信又能奈我何。此时忽闻申屠嘉要大动干戈,便心有不安。欲往宫中入见,抢先辩白,又见夜色已深,怕惊了圣驾。若等明日朝议,听候上裁,又恐君上不好袒护,事将不可测。当下纠结不已,绕室徘徊。

晁错精通《尚书》,见案头有数卷《尚书》,便拿来翻阅,以求良策。翻罢,弃卷而叹道:"我素习儒典,以备大用;然事急时,却百无一用。"

遂去书架上取了《商君书》,展开来看。只看了几行,猛见有"夜治则强,君断则乱"之语,不由拍案,大赞道:"正是此理。治事,哪里能过夜? 若拖过今夜,明日全凭君上裁断,则大事去矣! 头颅能否保全,还未可知呢。"

当即便起身,唤了家老来,如此这般,吩咐了一番……

次日早朝,是为小朝会。上朝议事者,仅有三公九卿,以及太中大夫、内史等十数人。

诸臣昨夜多半都得了消息,知丞相今日要劾奏晁错,于是满廷肃然,都侧身注目两人。但见两人神色自如,皆是无事一般,不像要斗狠。众人不知底细,只得佯作不知内情。

待殿上诸琐事议毕,景帝才乘软辇临大殿,坐上龙床,循例问道:"今日事如何?"

申屠嘉遂将细事逐一禀明,景帝微微颔首,又问道:"可还有他事? 无有,便可罢朝了。"

申屠嘉忽就一昂首,高声道:"还有!"说罢,自袖中摸出奏疏来,双手呈上。

景帝眉头稍动,接过奏疏,随口问了声:"这是甚么?"

"内史晁错,目无纲纪,昨日借口内史府另开南门,擅自动工,将太上皇庙墙垣凿开,惊动列祖列宗,骇人听闻,为神鬼所不容。臣弹劾晁错,有大不敬之罪,按律当诛!"

申屠嘉言毕,诸臣都大惊,拿眼去瞟晁错神色。却见晁错仍泰然自若,并不看申屠嘉一眼。

景帝阅毕奏疏,也只淡淡一笑:"丞相心细,容不得秋毫之过。然晁错昨日事,乃因衙署与太上皇庙比邻,出入不便,开南门以取直道,此为利民俭省之举,如何就论起死罪来了?"

"圣祖之庙,岂容惊扰? 且官署开门,不过区区细故,以细故而坏纲纪,为法所不容。臣请诛晁错以谢天下。"

"呵呵,丞相年纪大了,要制怒才好。官署开新门,是为公事,公事便不是细故。开新门,免得吏佐绕路,事亦不算小。且所毁并非庙墙,乃为外垣,祖宗又何以受惊动?"

申屠嘉未料景帝不问情由,便回护晁错,不禁哑然,稍顿才又争辩道:"若为公事之故,则应有公文呈报,否则便是擅举。擅自毁庙,如何就能无罪?"

景帝抬眼望望申屠嘉,不疾不徐道:"此乃朕之意。朕授意晁错而为,并非他擅举,丞相可以息怒了。"

诸臣闻景帝之言,都惊诧万分,原想看晁错落败,却不料,所见反倒是丞相张口结舌。

原来,昨夜晁错在邸中打定主意,唤来家老,命其备车,要赍夜赴北阙求见。

那家老备好车，便自任御者，载着晁错穿行闾里，飞驰至阙门，跳下车来高呼："内史晁错求见！"

门内的公车令闻声，心中纳罕，忙登高去看。见北门外甲士提灯，照亮了来人面孔，果是晁错无疑，便慌忙开了宫门，又去请谒者通报。

其时已近夜半，景帝沐浴已毕，正待入睡。忽闻谒者来报内史求见，便满心疑惑，对那谒者道："晁错黉夜入宫，所奏非贼即盗，怎不见中尉同来？速传他入内。"

少顷，景帝便披了常服，出来见晁错。但见晁错身着朝服，宛如上朝一般，趋入大殿，伏地便拜。

景帝见晁错神情惶急，也是吃惊，忙问道："爱卿，何事如此之急？"

晁错道："白日里臣有一事，未及禀报。恐明日事有意外，特来奏明。"便将内史府另行开门一事，详细奏来。

景帝仔细听罢，颔首道："不错，爱卿倒是想得细。绕路事小，日积月累，却也误了许多大事。"言毕忽又疑惑道，"黉夜入宫，便是为此事吗？"

"正是。"

景帝正要责备，何必为此小题大做，忽而悟到玄机，便一笑："晁公，是怕丞相有意留难吧？"

晁错并不直接作答，只回道："臣于今夜，读《商君书》，心有所感。商君言，官衙治事，不应过夜；故而黉夜求见，惊动了陛下。"

景帝心中有数，便含笑道："好，朕已知。晁公也是不易，且去歇息吧。"

晁错谢恩再三，才退下殿来。行至中庭，望见月光如水，一泻千顷，心情便大好，长长嘘了一口气，自语道："终无事矣！"

再说这时申屠嘉在殿上，见景帝无动于衷，便知劾奏一事已泄露，定是晁错昨晚抢了先机。如此一来，反倒显得自己唐突。万般无奈之下，只得伏下身，叩首谢罪。

景帝挥挥手道："丞相也无甚过错，不过是躁进了些。治长安，颇不易，今后要多体谅晁内史。"

申屠嘉在心里暗骂道："晁错小儿，鬼捣得好，老夫倒成了躁进！"

一场弹劾风波，就此化为乌有。返归丞相府，申屠嘉越想越恼，脸色便不好。各曹吏员也都闻知弹劾事，便来打问，申屠嘉恨恨道："乱天下者，晁错也。此竖不除，还有何事可做得？"

有曹掾便劝道："丞相勿急，晁内史行事一向乖戾，假以时日，他必有苦头。"

"悔不该昨日未绑了他，送去廷尉府！只这一夜间，便教他得了转圜。世事不平若此，这丞相还有甚么好做？"正说到此，忽觉一股急火攻心，就涌出一口痰来。痰中，可见血丝缕缕。

众吏员慌了，忙抢上前去，将申屠嘉扶住，又唤仆役抬来软舆，送回了邸中。

家中眷属见了，也是慌作一团，急请了太医来看。如此，申屠嘉便不能视事，每日卧于床上，时有呕血，眼见得病体支离，一日不如一日。

众公卿闻知，心中不安，都纷纷前来探望。申屠嘉见旁人来，并无一语，唯见袁盎来，则执其手不放，似有千言万语要说。

其时袁盎已罢吴相，归乡赋闲；闻丞相病重，专程自安陵故里来探。

这袁盎免归之事，说来也缘起晁错——此前晁错屡次上书，蒙文帝赏识，暴得大名。时袁盎已在朝，甚看不惯；于是两人同朝，竟无一语。后袁盎罢吴相，回朝复命，忽又遭晁错弹劾，称其私受吴王刘濞（bì）财宝，应坐贪渎罪。

此事混沌不清，袁盎亦是百口莫辩。文帝命御史府清查，却也不得要领，似在有无之间。文帝觉如此甚不妥，便诏令袁盎免官，归乡了事。

袁盎落拓至此，之所以独得申屠嘉推重，却是另有一番缘故。

原来，申屠嘉性素耿直。自文帝后元二年为相，侍奉了文帝五年，一向孤清自守，不结私交。僚属见之不忍，屡有劝谏，他也一概不听。

当日，袁盎罢归途中，恰遇申屠嘉车驾迎面而来，便连忙下车施礼，口称拜见。那申屠嘉孤傲惯了，不喜臣僚恭维，只在车上拱了拱手，谢也未谢一句，便命御者驱车而去。

远望丞相车驾尘头，袁盎大窘，便是左右随从，也都看得目瞪口呆。

返回家中，袁盎思之，觉大失颜面，心中颇不平，便专程赴长安，往叩丞相府求见。申屠嘉闻袁盎登门，心中好不耐烦，令袁盎在堂上等候良久，方才出来，只淡淡问道："袁公远来，可有要事吗？"

袁盎长揖道："请屏退左右，愿与丞相私语。"

申屠嘉冷笑一声："袁公昔为中郎将，应知规矩。若有公事，请至衙署中，与我长史、掾吏商量。有何建言，我定如实上奏；若非公事，则我从不知何谓私语。"

袁盎料到申屠嘉孤傲，定是这副冷面孔，便伏地恭谨问道："敢问丞相，足下与陈平、周勃比，何如？"

"这个……我自是不如。"

"还好，丞相倒还有自知。昔陈平、周勃辅佐高帝，诛杀诸吕。足下仅为弓弩手，后为淮阳郡守，也不过循序而升，并无尺寸战功，缘何却敢傲视群僚？再看今上，自代地入都为天子，逢有郎官上书，必停车询问，纳其可用之言。世人闻之，无不称道。今上谦逊如此，见闻日广，圣明亦日增；足下却反之，不听劝谏，拒人甚远，则日愚一日。我见今日朝堂上，乃是以圣明之君，督愚蒙之相。以此而论，足下祸将不远矣！"

一席话，说得申屠嘉大惭，连忙跪下，向袁盎敬拜道："我本粗人，从来愚钝不明，幸得袁公指教。"说罢，恭恭敬敬将袁盎扶起，引入内室同坐，奉为上宾。

自此，申屠嘉便视袁盎为奇才，病笃之时，唯愿与袁盎私语几句。

袁盎看申屠嘉憔悴，心有不忍，伏床劝道："天下事，不平者多，丞相不必愤懑。"

申屠嘉摇头道："我岂是小童，不知世事？然晁错一人，便致大局动摇，实可堪忧。老夫为相，却不能救天下之危，又何以心安！"

"丞相劾奏晁错，非为过也，乃事不密也。恰如韩非子言：'事以密成，语以泄败。'然这又如何？天下安危在大道，不在小技。一事之成败，不足为凭，丞相请安心将养。"

纵有袁盎这般劝慰，申屠嘉心中仍不能平，郁积渐重。又过了半月，所有药石针砭，全不见效，太医只是摇头叹息，无可奈何。未挨过四月，忽一日里，申屠嘉吐血数升，竟含恨而卒了。

丧报传入宫中，景帝亦大感意外，叹道："武人迂执，何至于此？"为之戚戚不欢半晌，方遣奉常朱信往吊。

郎中令周文仁，此日正侍奉在旁，见景帝郁闷，便提醒道："外间传闻，丞相是为晁错所气死。虽为流言，亦不可小觑。"

景帝眼睛便睁大，哂笑道："居然如此！也罢，丞相丧仪，务必隆重些，免得朝野议论。"便传令少府，赠予丞相家眷重金，以作丧仪。又令奉常府礼官，要为申屠嘉拟个好谥号报上来。

隔日，朱信入朝，将所拟谥号呈上。景帝看了，见是一个"节"字，便频频颔首称道："好好！申屠嘉也恰合此谥。"

原来，古之谥字中，"节"为"好廉自克"之意，正合申屠嘉品行。朱信原就厌恨晁错，见申屠嘉弹劾不成，反倒积郁而死，不免物伤其类，便令属下好好找一个字，要为已故丞相出口气。此番所议谥号"节"，又另含有"直道不挠"之意，暗讽景帝不公。景帝只知其一，却不知其二，看看甚妥，当下就准了。

申屠嘉病故，丞相一职由谁接任，令景帝颇费了一番踌躇。申屠嘉虽无显赫战功，但到底是高帝时旧部，阅历深厚，压得住百官。在他之后，竟然无一人能与之相比了。

如此延宕三月，丞相仍旧空缺。景帝赴长乐宫问安时，窦太后就问起："启儿，百官之上，不可无人。我身边涓人都在议论，你还犹豫甚么？"

景帝便摇头："丞相之才，实难寻觅。"

"那晁错，可中你意？"

"不可！今申屠嘉死，外间就有人归咎于晁错。若用了晁错为相，朝堂之上，怕是乱就在眼前了。"

"也是。晁错固然精明，然其性苛急，似全不信黄老。启儿用他，万不可过急。"

景帝点头应诺，便扶起窦太后，一边在庭中慢慢踱步，一边慨叹道："老臣在时，万事都觉掣肘；老臣一朝病亡，却又似失了依凭。当年父皇，怕也是这般两难……"

转眼来到秋八月，景帝想想也无法，只得循序，将那御史大夫陶青，擢为丞相。空出御史大夫一职，恰好授予晁错。如此，晁错亦是位列三公，能左右朝政了，与丞相实无差别。

诏书颁下，朝中众臣心头都一震。想那晁错原为内史，竟能略过九卿，一跃而成三公，看来是圣眷日隆，谁也挡他不住。众臣中，有半数心中不服，却又不敢声张，只敢腹诽。

那继任丞相陶青，亦为新晋之人。其父名唤陶舍，乃高帝时功臣，曾任中尉，得封列侯。父死，陶青便袭了侯，为人素无大志，只知听命。

晁错闻听任命下来，心中大喜，知景帝这步棋，甚是绝妙。陶青为相，只是个摆设，日后朝政大事，便可由自己随心摆布了，虽不是丞相，却也不远矣。

罢朝归来，步入邸中庭院，晁错忽嗅到满庭桂香，便捺不住狂喜。唤来家老，召集邸中随从，在桂树下摆宴，把酒庆贺。

席间，晁错对众人道："尔等随我，已有多年，尝尽我家清苦，今日可望出头了。记得年少时，我在颍川（今河南省禹州市），随郡中高人张恢，研习法家之术，邻人皆笑无用，今日如何？"

众随从便都恭维，大赞主人有异才，来日方长，更有高爵厚禄在后头。

晁错趁着酒兴，又放言道："韩非子曰：'智术之士，必远见而明察。'我生也晚，无由获战功，若非依凭远见，何能一夜间便为三公？正所谓乱世唯勇，承平唯智。无智者，空有抱负，也只能潦倒一生，我辈焉能如此？"

众人又是齐声赞和。晁错一时兴起，便起身，抖了抖衣襟上落英，引吭高歌了一曲。歌曰：

皎皎白驹，贲然来思。

尔公尔侯，逸豫无期。

慎尔优游,勉尔遁思。①

　　唱罢,邀众人举杯,慨然道:"大丈夫贵在有为。我学问尚欠,胜不过韩非子;然智术却不逊前人,或可比肩李斯。来日,还有待诸君助我。"

　　此时,正有一缕微风拂过,桂花忽就飘落如雨。摇曳烛光中,唯见各人脸上,全是喜色。

　　再说申屠嘉含恨故去,朝野多有哀伤者;唯蜀郡中有一人,心中却是暗喜。此人便是前朝宠臣邓通。

　　此时,邓通免官已有两年,在故里南安闲居。文帝一朝,邓氏所铸"半两钱",成色既足,品相又佳,压过官铸的"五铢钱"。百姓喜用,都称:"邓氏钱,布天下。"二十年来,不知聚财多少,其身家富过天子,堪比在东南铸钱的吴王。

　　此时,他虽无官做,又被夺了铜山,却也是优哉游哉一个富家翁。此前文帝所赐十数次,每次皆是巨万(一亿钱),加上铸钱所获,只怕是十代也消受不完。

　　日子虽富,邓通却贪恋往日风光,常感寂寞。当初被免,他不疑是景帝之意,只道是申屠嘉挟嫌报复。这日闻听申屠嘉死,便觉有望再返长安,立遣心腹赴长安,广施钱财,买通故旧,为他活动起复。

　　钱撒了出去,自然见效。不多日,便有近臣收了钱,在景帝耳边提起,称邓通忠直,被申屠嘉无故罢免,实为不公。

　　那景帝是何等聪明,闻此言,知是邓通仍存侥幸之心,希图再起,便唤来周文仁问道:"前太中大大邓通,百无　用。近日,如何为他辩白者甚多?"

　　周文仁略一踌躇,回道:"邓通钱,流遍天下。邓大夫想也是富过王侯,或是在都中使了钱,教人为他辩白。"

　　"中涓诸人,亦有盛赞邓通的,莫非钱已使进了宫里来?"

_____

　　① 见《诗经·小雅·白驹》。

"内外朝诸臣,皆是俗子,如何能见钱而不喜?"

"焉有此理!如此,朕之安危何人能保?你这便去彻查,有收邓通钱财者,都逐出宫去!"

周文仁便一时不语,稍后,才缓缓道:"陛下,倘是如此,则未央宫内,将无一个涓人矣。"

景帝闻言,几乎惊倒:"莫非,你也收了邓通钱财?"

周文仁慌忙伏地,额头冒汗道:"……臣下虽受贿,却不敢为他美言。"

"你为朕亲信,位列九卿,仍恨钱少吗?"

"望陛下宽恕。微臣若不收,便为众人所猜忌;无须多时,必为众口流言所毁,捏造些罪名。我便是有百张嘴,又如何说得清?"

景帝默然良久,方叹息一声:"朕明白了:水在潭中,原是不能至清。世间人情,竟要强过天子诏令,奈何!此事……收便收了,不助他人作恶就好,你下去吧。"

周文仁连忙谢恩,战战兢兢退了下去。

景帝望望周文仁背影,心中不禁怒道:"邓通!吮痈之辈,竟猖獗至此乎?"

权衡数日,景帝打定主意,要处置邓通,以解当年之恨,不再顾忌先帝脸面了。

于是召来廷尉张畋,密问道:"前太中大夫邓通,被免归家,如今竟贿买涓人,诬言申屠嘉不公,希图起复。日前朕欲治他罪,还是申屠嘉为之说情,仅免官而已。邓通所为,实是小人不知好歹。只不知他往日在朝,可有何不法情事?"

张畋答道:"查廷尉府旧档,多年前,蜀郡曾有密报,邓通归乡探亲时,行踪诡秘,有潜出关外之嫌。"

"哦!他去了哪里?"

"往西南夷之地。"

"往那里去做甚?"

"尚不知。此前仅为风闻,又碍于文帝颜面,廷尉府未便深究。下官接任后,觉世易时移,不宜再重提此事。"

景帝便一笑:"张公治讼,还是往日做派,宁纵不枉。朕之意,刑名既开新政,则此事理应查清楚。可遣一得力掾吏,赴蜀郡将他拿下,解来京师,一问便知。"

张鸥惊道:"莫非邓通……竟有谋反之意?"

景帝笑笑:"邓通,小人也,谋反尚不至。然此人不知礼法,恃宠骄横,当年私自潜出,焉能无不法之事? 你拿问便是。"

张鸥原为太子旧属,亦知景帝素恶邓通,当下会意,便领命而去。

隔日,便有廷尉府一曹掾,带了数名法吏,飞马出都。一月之后,邓通便被押解至长安,下了廷尉诏狱,械系待罪。

张鸥唤来狱令周千秋,吩咐道:"邓通一案,为钦案。昔年有蜀地郡丞告发,邓通曾潜出西南夷,不知何为。你为廷尉狱老吏,执事三十余年,深谙关窍。今务求严讯,不得包庇。"

那周千秋闻知是通天大案,也知张鸥为人精明,便不敢怠慢,当下承诺:"廷尉放心,有周某在,管教他招认。"

过了数日,周千秋便命狱吏,将邓通押上来,提审按验。

那邓通本在蜀郡听候佳音,不料,却等来了廷尉府差人,不问情由,一副锁链套住,便押解进京。路上打问犯了何罪,公差却只是不理。入长安后,又知是押入廷尉狱,心下这才慌了,不知是得罪了何人。

邓通往日养尊处优,享惯了富贵,入狱不过才几日,便觉度日如年。听闻提审,反倒是高兴,心想在故里未曾犯法,廷尉又岂能诬人,好歹敷衍几句,料可无事。

待上得堂来,狱卒摘去足枷,邓通抬眼一望,见诏狱大堂上,是一老迈狱令在问案,心下就一松,料定未必有甚大事。

周千秋见邓通神色倨傲,心中便有气,猛一拍惊堂木道:"下面人犯,可是邓通大夫?"

邓通揖道:"正是在下。"

"你既做过太中大夫,便问你,可知韩非子为何人?"

"在下读书少,只知是……法家先贤。"

周千秋便仰头笑:"你既知法家,便应知法不可违。孝文皇帝一朝,邓大夫权倾一时,可有过不法之事?"

邓通挺了挺身,答道:"并无。"

周千秋瞄一眼邓通,轻蔑一笑:"初来此处的,都说无罪……"说着倏尔就变脸,猛地招呼道,"来人,先以笞刑伺候,重重打!"

两旁狱卒一声呼喝,拥上前来,将邓通按翻在地,掣出竹板便要打。

邓通急得大呼道:"狱令留情! 我往日在朝中,做事千头百绪,不知何事犯了法,可否指点一二。"

周千秋冷笑道:"你可知本官姓名?"

"不知,还望指教。"

"在下周千秋,昔日曾折辱过周丞相的,料你也有所耳闻。你纵有铁骨四两,可比得过周丞相骨硬吗?"

"邓某不敢! 然我因何事系狱,也请指教。"

周千秋眯眼片刻,忽而睁圆眼喝道:"本官问你,汉家臣民无数,可有几个能潜入西南夷的?"

此言一出,邓通顿时色变,知昔日擅出关外事,已被人举发,不由汗出如雨,只得咬紧牙关道:"在下不明,狱令此言究是何意?"

周千秋冷冷道:"邓大夫既不明,老夫可教你懂。左右,动刑!"

几个狱卒得令,便将邓通死死按住,撩开他深衣,褪下内裤,一人抡起竹板便打。

才打得数十下,邓通便耐不住,一迭连声地惨叫:"娘哟! 我招,我招!"

周千秋便抬手,示意停刑,教狱卒扶起邓通,拽至案前问道:"你出关去了哪里?"

"只在滇国勾留。"

"潜出关去,有何图谋?"

"久闻滇国异域,有苍山大泽,景致奇佳。在下饱食无趣,便忽生奇想,欲往异邦赏玩山水。"

"那么,有何所见?"

"民皆从楚俗,男女衣裳同款,喜猎取人头以祭祀……"

"哦?"周千秋面色一沉道,"太中大夫,你是好兴致,本官信了,然夹棍却不信。来人,抬上夹棍!邓先生一肚子学问,非用夹棍方能讲得出。"

众人一声唱喏,便将夹棍、石锤搬上。有皂隶如狼似虎扑上,捆绑邓通脚踝。

那邓通早知夹棍厉害,料想今番是逃不过了,便将心一横,仰天叹道:"罢罢!拿笔墨来,我自写供状,绝无隐瞒。"

周千秋这才拈须一笑:"知时宜便好,莫要再藏了心机。"遂命书佐将笔墨、竹简拿来,递给邓通。

无多时,邓通将供状写就,周千秋接过看了,见上面写道:"邓某昔年潜入滇国,乃闻听彼处有铜山,故而入夷地,聚游民挖铜,驮回铸钱,有私逃货税之罪。"

周千秋心中一惊,脱口问道:"只是此事吗?"

邓通叩首道:"在下既服罪,便不敢有所隐瞒。"

"出关外挖铜,所获几何?"

"滇国铜山甚小,仅获利千金而已。"

周千秋又看一遍供状,沉吟不语,心中暗想:"无怪此案通天,这邓通,真有包天之胆。既如此,千金是他,万金也是他,何不问成获利十万金?成就我大功,也令廷尉高兴。"于是沉下脸来,将供状掷还邓通,叱道:"潜入关外,必图大财,何止区区千金?怕是十万金也不止。"

邓通慌忙辩白道:"狱令有所不知:若获利十万金,铸钱便不止数十亿枚。那西南夷,山高路险,如何驮得这许多铜回来?"

周千秋立时横眉立目:"邓大夫,你欺蒙本官,莫非想断足吗?"

邓通一怔,注目周千秋片刻,反倒是不慌了,反问道:"足下无凭而严鞫①,是要令我自诬吗?"

_____

① 鞫(jū),审问犯人。

周千秋未料邓通出此言，一时竟哑然，猛然想起：邓通终究是前朝重臣，今虽入狱，朝中或还有朋党，须探个究竟，才好下狠手。于是微微颔首道："邓大夫倒还有骨气。也罢，今日过堂，便如此吧。容你先退下，好生思量。"

提审毕，周千秋便整理好衣冠，来至廷尉府厢房，求见张敺。

张敺见是周千秋，劈面便急问："邓通可曾招供？"

周千秋俯首答道："回廷尉，邓通招认：昔年曾潜入滇国，在彼处招流民，挖铜载回，可值千金。"

张敺大喜，不禁拍掌道："老吏断狱，到底是爽快，我这便草拟上奏。"

周千秋却故作迟疑道："下官以为，邓大夫私出边关，偷逃货税，已是铁案。然其所得利，远不止千金。"

"何以见得？"

"廷尉也知：邓氏钱常年流遍天下，其家财，何止万万钱。他岂能为千金之利，便犯险偷出边关？下官以为，他在西南夷挖铜所得，定在十万金之上。"

张敺未置可否，沉吟片刻，只说道："那邓通，佞臣也，一向不为今上所喜。虽如此，狱令断案，也不可无凭，更不可罗织成罪。"

周千秋闻听此言，知邓通入狱乃是触了逆鳞，心中便有了数，于是断然道："廷尉放心，无须下官动刑，明日便教他自招。"

自廷尉府出来，周千秋便去找了相熟的涓人，探得邓通当初开罪今上，原是为"吮痈"一事，心中更有了主意，要教邓通甘心自诬。

次日，复又提审，邓通心怀恐惧，以为必会有大刑伺候。不料上得堂来，却不见如狼似虎的皂隶，仅有两案相对，案上摆有酒馔。

只见周千秋独自在堂上迎候，施礼见过，便请邓通入席。

押解狱卒立刻上前，卸下足枷，扶邓通入座。周千秋挥一挥袖，众人便皆退去。

邓通不明就里，于恍惚中坐下，只听周千秋好言劝道："邓大夫，且饮美酒。你我相识一回，便是前缘。此后何时再饮，怕是未可知了。"

邓通听出此言蹊跷，便不举箸，抬眼问道："狱令究是何意？可以直说。"

周千秋却不理会，只以平常语气问道："下官曾闻：太中大夫在昔日，竭诚尽忠，曾为孝文皇帝吮痈。可有此事？"

"有过。为臣之道，在于不避繁难。"

"哦呀！能为此者，岂非与孝子无异了？"

"在下以为：孝道便是臣道，并无不同。"

周千秋微笑片刻，忽就话锋一转："然臣子到底是外人，不是皇帝真孝子。你如此做，教那真孝子的颜面，又如何安放？"

邓通不禁愕然，略一思忖，这才猛省：原是当日为文帝吮痈事，触怒了今上。今日系狱问罪，即由此事而发。

正恍惚间，又闻周千秋举杯劝道："你既知原委，便不须本官费力了，招或不招，总归逃不过的。"

邓通哀叹道："往日事，追悔也是莫及了。"

"不然！若你招认曾潜入外邦挖铜，获利十万金，愿以家财抵罪，今上岂能不顾文帝颜面，叫你去死？"

"去死？"邓通脸色一白，不禁喃喃道，"且慢且慢，容我细思量……"

周千秋这番威逼，果然见效。才过了一夜，便有狱卒交上邓通供状，招认潜出挖铜，获利十万金，罪无可逭，愿以全部家财抵罪。

周千秋看过大喜，命狱卒安抚好邓通，便急赴廷尉府厢房，将供状呈递张敺。

张敺看过供状，将信将疑，只问道："可是拷问所得？"

"非也。下官未动一指，仅晓以利害，邓通便自愿招认。廷尉若不信，可往狱中掀衣验之。"

张敺想了想，才面露喜色，赞许道："秉公断案，当如是。邓通既服罪，你便立有大功！"

旋即，张敺将邓通案卷呈上，请景帝定夺。景帝看过，冷笑一声，询问张敺道："以爱卿之意，当如何决此狱？"

"臣以为：邓通铸钱，终究是先帝特许。潜入外邦固然违禁，然只为铸钱，亦无大罪。法之威严,乃在于持平,不如准其所请,罚没家财,以示儆惩。"

"只抄了他家财,岂不太轻?"

张敺一笑:"邓氏家财虽厚,然亦不足顶罪。其不足之数,可视为官债,令他限期偿还,不得通融。如此办理,既不伤先帝颜面,亦可令天下之人心服。"

景帝望住张敺,笑道:"张公到底是精明,也好! 一个黄头郎,如何就能富逾天子? '吮痈大夫',只恐要贻笑万年了,若不惩戒,又怎向后世交代?"

经廷尉府一番忙碌,待得邓通蒙赦出狱,方知全部财物及家宅,尽已没入官家。如此,昔日巨富,转瞬便成赤贫,且身负数亿官债,独自流落长安,衣食无着。

邓通遭罚一事,数日之内,即哄传于长安城内,百姓皆喜形于色,只恨罚得太少。

这日,馆陶长公主刘嫖在长乐宫,正为窦太后剥枣。闻听宫女说起此事,不觉黯然,对窦太后道:"那邓通,也是可怜。父皇在时并无劣迹,不过擅逢迎而已。"

窦太后亦感叹:"正是。人不可以骤贵,即便小人得志,也是要遭妒的。"

"启弟行事,向来苛急。邓通在往日,尽心伺候父皇,并无差池;如今落拓,总要留些颜面给他。"

"嫖儿心慈,便赐些财物与他吧。免得人议论,说咱家忘恩负义。"

如此,刘嫖便遣心腹,送了些衣物、钱财给邓通。邓通得了这接济,好歹在长安赁了屋,东奔西走,指望有朝一日,赚些钱来偿还官债。至于家眷落魄南安,已是顾不得了。

哪知廷尉府一班法吏,早盯牢了他。见邓通有钱财到手,便如狼似虎般闯入,声称索取官债,要收缴财物。

邓通连忙辩称:"此为长公主所赐。"

法吏却不理会,呵斥道:"赐物亦是所得。按律法,所得须先拿来偿债,不得私用。你若不服,可诣阙告状,天子自会处置。"便将所有财物,一掠而空,连一根金簪也未留下。

邓通哪里还敢告状,只得忍下。次日,又被房东驱赶,仓促间无处可去,只得寄身桥洞下过夜。

夜寒难眠，邓通睡了一刻，又掩衣坐起，远望城内万家灯火，不禁大哭："先帝，邓某愚忠，可曾有片刻负过你……"

长公主刘嫖闻知，亦是忍不住落泪，忙又遣人送去衣食，密嘱邓通，只说这财物是借贷而来，方不至为法吏夺走。

果然未过几日，法吏又闻讯而来，其势汹汹，邓通便照密嘱所言，搪塞了过去。如此勉强撑持，又苟活了多时。

此后，长公主为儿女事操心，已无暇顾及。邓通便日渐潦倒，竟至不名一文。只得在故旧家中寄食，饥一餐，饱一餐，困苦至极。久之，那旧友见他起复无望，便也厌烦，渐渐将他冷落了。

初冬日，邓通栖身的偏屋中，四处裂隙，不能遮风。邓通感染风寒，已有数日粒米未进，浑身无力。那旧友本不是良善之辈，施舍多日，已觉亏本，此时便故作不知，也不来问。

这日晨间，天降初雪，雪花飘进窗棂，一层层覆于身上。邓通睁眼醒来，饥肠辘辘，更觉周身寒彻，便想起往日，珍馐满盘，食不厌精；到如今，枵腹忍饥，欲求一钵黄粱而不得，又何其哀哉！

此时，耳边隐约响起人声，似是喃喃咒语："或将饿毙……"便想起当年，方士阴宾上曾有此言，当时只道是诳语，今日却应验了。只恨自己，年少时为何不守本分，偏要来长安。若留在蜀郡做个船夫，或还可以善终。

想到此，邓通不禁万念俱灰，只顾闭目呻吟，奄奄待毙。

至朝食时分，邻家有汤饼熟了，一股香气飘进。邓通眼前，忽就现出一只大陶碗，碗中是狗肉汤饼，上覆紫苏，香满陋室……

隔了数日，那旧友不见邓通动静，进来看时，才见邓通竟已活活饿毙！那人自认晦气，忙找来里正、啬夫验过。又邀众邻人帮忙，以破席裹住尸身，抬去城西，埋在了乱葬沟中。

消息传入宫中，有涓人与邓通相熟，说起此事，都唏嘘不已。景帝闻知，只微微摇了摇头:"当今之世,怎会有饿死沟渠者?"

可叹一代嬖臣,聚财数十亿,富逾天子,万人垂涎。其终局,竟如此凄凉,实是出人意料。

邓通虽死,景帝对此人犹自痛恨不已,暗暗发了毒誓,终其一朝不用佞臣,只用大才。对晁错,就更是信任不疑。

再说那晁错,自升任御史大夫之后,权倾九卿,势不在丞相之下,不免就顾盼自雄。想汉家开辟以来,受天子宠信者,无过于此,或是天将降大任于己。于是每日罢朝,便将那《商君书》《韩非子》翻了又翻,誓欲有一番作为。

这日夕食后,又在书房翻阅《韩非子》,偶见"事在四方,要在中央;圣人执要,四方来效"一句,不禁击节赞道:"大哉韩非子! 书生坐屋中,竟能洞见古今千年。仅十六字,便说尽了治天下之道。"

放下书卷,抬眼望窗外,直觉有慷慨之气鼓荡于胸。狭室内不能安坐,便独自踱至后园,见雪落纷纷,冬景萧索,满园竹篁已成琼枝,更痛感时光易逝,不能再蹉跎了。

恰好这日休沐,景帝起意赴郊外赏雪,召来晁错、周文仁同往。三人皆着便装,纵马在前,带了一队郎卫随后。

出东南霸城门,但见原野起伏,皆覆薄雪,天地间清朗之至。景帝不禁挥鞭喜道:"人在此间,便无杂虑,今日你我君臣,可学田忌、孙膑,驰逐决胜。"

周文仁喊了声好,打马便跑。景帝、晁错哈哈大笑,随即亦加鞭催马。雪天行人无多,一行人放胆驰骋,马蹄过处,腾起片片雪雾。雾中唯见白裘飘飞,似仙人御风而行。

快意之中,并不觉路远,不足半个时辰,堪堪已驰上白鹿原。三人便勒住马,放眼观看。此时远处梁峁,皆落满雪,起伏如素帛飘逸。有三五人家,点缀其间,望去似墨迹点点。

片刻之后,随行郎卫也赶到,景帝遂挥鞭向北一指,问道:"尔等可见否?"

众人皆往北望,见霸陵高蠹,隐于薄雾之后,宛若神山。

晁错见此景,不由大赞道:"壮哉!"

景帝亦是心潮难平,回首道:"先帝遗我,真是一片好河山。"

晁错低回片刻,忽然叹道:"可惜这等河山,却是片片如褴褛,不得连缀。"

"唔?"景帝便觉惊异,直视晁错道,"晁公此是何意?"

晁错便跳下马来,以鞭柄在雪地上画个圈,指道:"设若这就是天下,陛下以为,是否已尽在股掌中?"

景帝、周文仁也都跳下马来,驻足观看。景帝瞥过一眼,便道:"不错,自长沙国改封,化内之境,皆已姓刘。晁公于此有何异见?"

晁错微微一笑,便以鞭柄作笔,边画边说道:"昔年高帝初定天下,觉异姓王不可信,故而大封旁枝同宗。陛下请看:高帝庶长子齐悼惠王,封得齐地七十余城;庶弟楚元王,封得楚地四十余城;族侄刘濞,封得吴地五十余城……"

景帝定定望住雪地,只见那圈中,已被划走一半大小,不禁倒抽一口冷气。

晁错见景帝有所动容,便趁势道:"仅这三支庶孽,便分去天下一半;父子相传,自成一统,遂与天子分庭抗礼。陛下如何便能说,天下已尽在股掌之中?"

周文仁望望雪地上图画,也是惊异万分,脱口道:"以晁公所见,天下之半,竟是危殆了吗?"

景帝沉默有顷,忽拽住周文仁衣袖道:"话说到此,也无心游赏了。来,且席地而坐,你我恭听晁公高见。"

三人遂解下白狐裘,铺于地上,面对雪上图画而坐。周文仁抬头,以目示意,众郎卫便都散开,拔剑警戒。

景帝耐不住,先开口问道:"依晁公之见,天下事,已等不得了吗?"

晁错未答,只反问道:"臣要问:数十年来,汉家君臣治天下,以何为本?"

"无为。"

"正是!秦末之乱,荼毒已甚,若不尊'无为'二字,则百姓不可活。即是高后称制时,亦尚无为,百姓有口皆碑……"

周文仁便不解，发问道："下臣不明：高后临朝，正是多事之时，何以能称'无为'？"

晁错瞟他一眼，微笑反问道："郎中令以为，治天下，只是治王侯公卿吗？"

周文仁茫然不能作答，只得拱手道："愿闻指教。"

晁错望了望景帝，便从容道来："治天下者，其义有二，一为治百姓，一为治诸侯。治百姓事，在上者若无为，百姓不受扰，便似草木发荣滋长，无须人力相助。诸侯则不然，你若无为，他便想有为，放任既久，小兽亦成猛虎，反要来噬人了。"

景帝脸色微变，却故意问道："刘氏诸王，到底是骨肉，如何便能骨肉相残？"

晁错淡淡一笑："以臣愚意，骨肉相残本无可怪，恰是骨肉，最不相容。"

"何以见得呢？"

"百姓欲效陈胜王，揭竿而成大事，难似登天。诸侯王则不然，恰是顶着个'刘'字，与天子之位，仅一步之遥，何人能不动心？人心不知足，自古而然，若不加约束，有几人能安分守己？故而治诸侯事，勿忘有所为，否则必酿大祸。"

周文仁闻言，登时张口而不能合，景帝亦是汗流浃背。一时三人相视，都默默无言。

少顷，景帝才叹息道："诚如是，晁公并非危言。向时为太子，遵父命，常读贾谊上疏。贾谊眼光老辣，指同姓诸王，名虽为臣，实则无不以天子自居。每读至此，忧思难眠，方知父皇为难之处。"

周文仁却有疑惑，问晁错道："各方诸侯王，锦衣玉食，代代享富贵；若谋反，则成败之数难料。彼辈不愚，何以甘愿冒此风险？"

晁错冷笑道："赌徒之心，你我可测乎？"

景帝不由微微颔首，瞄了一眼雪上图画，又问："依晁公之见，天下危殆，以何处为最？"

晁错拿起马鞭，指向图画东南隅，斩钉截铁道："即是此处。诸王之心，唯吴王最险。此前，吴王因已故吴太子之事，心生嫌隙，诈称病而不朝。若按古法，当诛杀勿论，然文帝不忍，反倒安抚了事。文帝厚德至此，吴王本应改过自新，他却不然，反倒日益骄恣,挖山铸钱,煮海为盐,诱使天下逃人归附。此等虎狼,岂能无事?今若削藩王之地,当从吴王始。"

景帝沉吟道:"若削藩令下,吴王举兵而反,将奈何?"

晁错弃鞭于地,叩首道:"陛下,今削之亦反,不削之亦反。削之,其反急,祸小;不削之,其反迟,祸大。"

景帝尚未发话,却见周文仁面露忧色,连连向晁错拱手:"下官不才,请晁公也听我一言。吴王譬如火药,硝石硫黄虽在,然无火不发,我又何必举火?"

晁错挺身而起,高声道:"与其等他举火,不如我先举火!昔日陈胜王举事,天下皆郡县,尚且顷刻崩解;而今之势,天下半属诸侯,一旦吴王反,你我君臣,欲再来这原上闲聊,可得乎?"

周文仁正欲反驳,景帝连忙制止道:"晁公乃智囊,天下大势,你我皆听晁公之言。"

周文仁悻悻道:"晁公之言,固然高明,只恐诸臣不肯听。"

景帝望望二人,便对晁错道:"既如此,你明日上奏本,交公卿列侯及宗室共议。朕并无定见,只从众议。"

三人议罢,遂起身举目四望,见冬日昼短,天已微有暗色。景帝便道:"这便返回吧,今日听晁公高论,不虚此行。"

周文仁故意问:"归程可还要驰逐?"

景帝望一眼晁错,摇头笑道:"张弛有道,孔夫子之言,亦不可废。归程且徐行就好。"

一行人便揽辔徐行,缓缓下了白鹿原。

薄暮中雪意渐浓,漫天皆白,乡路蜿蜒伸入苍茫中。行至半途,忽见前面有一白衣老翁,手执长鞭,正赶着一群羊蹒跚而行。

景帝忙一摆手,众人皆勒住马,随在羊群之后。乡路两旁,植有冬麦,一行人欲下田绕过羊群,又恐践踏青苗。周文仁耐不住,嚷了一声:"如此缓慢,要走到何时?"便要去唤老翁让路。

景帝喝止道："不得打扰！"

那老翁闻声，回头来看。景帝、周文仁便都一惊：原来此人，即是年前在轵道遇见的王禹汤。

王禹汤也认出二人来，仰头一笑："天下路窄，故人又相见了。"

景帝担心道："雪天路滑，王生如何远出至此？"

王禹汤苦笑道："今夏蝗虫四起，将禾苗掠食一空，羊也无草可食，故而来原上放牧。"

景帝便笑："天意乎，如何又遇老丈？"

"差矣！是老夫如何又遇诸公？"

"哦，这又有何不同？"

"老夫出门，本为生计，不欲有人搅扰。昔我刈草，被诸公无端拿问；今我赶羊，又遇诸公来争路，不是么？"

"不敢！我等只是乘兴出游，不意惊扰了老丈。"

"不知诸公是何处贵人，不事生计，却得终日优游。若是意在无为，便随老夫缓行；若是想有为，便请赶散羊群，只管前去。"

晁错在旁闻听，心中惊异，忍不住脱口道："你是何人，敢论无为有为？"

景帝忙对晁错道："这位老丈，即是高士王禹汤。"

晁错一怔，细打量王禹汤一番，才施礼道："原来是王生！久闻大名，恕在下冒犯。"

王禹汤略一还礼，横瞥一眼道："呵呵！阁下多礼了，我本布衣，谈何冒犯？然无为有为之道，各有所见，莫非唯有公卿方可谈论吗？"

晁错一笑："非也。朝堂之人，草野之民，所守之道各不同，岂是交臂之间说得清的？"

王禹汤便止住步，注目晁错道："如此说来，阁下当是朝堂之人了？无怪口气颇似晁大夫。"

三人闻听，皆惊愕不止，景帝忙问道："晁大夫又如何？"

王禹汤仰头笑道："晁大夫，当今之翘楚也，才比商鞅、韩非，只不要终局也相似便好。老夫以为，法家重刑名，虽多智，亦有一失，那便是：不知百姓安一日，君王也就安一日。若只顾朝夕更易，变动无穷，百姓不堪其扰，则君王天下又赖何以存？"

晁错听得刺耳，忍不住反驳道："先生谬矣！韩非子曰：'不变古者，袭乱之迹。'为政者，岂能惮于民心不安，便守古不变？"

"荒唐！韩非子亦有言：'法禁变易，号令数下者，可亡也。'想那秦之一统，固是法家之功；然转瞬即亡，不也是法家搅的吗？"

三人顿又面面相觑，景帝连忙一揖道："谢先生指教，惜不能朝夕俯身求教。前面有歧路，我等可择他路而行，先生请自为。"

王禹汤自顾赶羊，头也不回，只摆手道："不谢。老夫妄言，诸公只当未闻。我素不信孔子，只信他一句'血气方刚，戒之在斗'。你等尚在壮年，不知其玄奥，我是早已无此血气了。"

晁错又反讥道："老人家阅世既多，胆量便小。当今天下，诸强藩环伺，你不与人斗，人却无一日不与你斗。若是君王坐困关中，待四方祸起，怕要悔之不及！"

王禹汤只一笑："这世上人，管他是草民藩王，有一日可安稳，便图一日安稳；你若乐与人斗，他便不得不陪你斗，试问如此君王，可还坐得安稳吗？"

说话间，诸人已至前面路口。晁错还想反驳，王禹汤却不再理会，只回身扬臂，一声鞭鸣，将羊群赶向一旁，为景帝一行让开路。

景帝望望前面，对晁错道："天色已晚，不宜耽搁，且赶路要紧。"便匆忙向王禹汤揖过，打马前行。

一行人驰驱片刻，景帝心绪仍不宁，又勒住马回看，却惊见王禹汤连同羊群，竟是踪影全无！

景帝久久凝望，只觉恍惚。晁错在旁道："白衣人偕白羊远去，想是已隐于雪野中了。"

景帝微微摇头道："王生，异人也，或是专为我而来……"

自原上归来，当夜晁错便遵旨，挑灯写好奏本，于次日入阙呈上。景帝看过，交还晁错，便令公卿、列侯及宗室齐集前殿，共议此奏可否。

待诸人会齐，景帝也来至前殿，旁听集议。丞相陶青略述过大意，便请晁错宣读奏本。

晁错此奏，经一夜斟酌，所论愈加有据，即是史上著名的《削藩策》。由晁错本人读之，更是滔滔雄辩，声震殿宇。

读罢，晁错昂然四顾，向众人揖道："臣晁错，以此上奏，请告谕天下：责诸侯之罪过，削其地，以明尊卑。"

宣读毕，满堂公卿列侯皆屏息敛气，不敢作声。虽有人不以为然，却只道是天子授意，亦不敢发难。

陶青见此，便道："诸君既无异议，可上呈御批，颁行削藩之策。"

"慢！"座中忽有一人，举手朗声道，"御史大夫此议，乃鲁莽之见，万不可行。"

话音落地，满堂皆惊。景帝也向前倾身，要看清是何人敢争辩。

待众人看清，原来此人是詹事窦婴。窦婴，字王孙，乃清河郡观津人，为窦太后族侄。他所任詹事一职，为宫内官，专掌皇后、太子家事。逢皇后法驾出行，詹事须为前导，乘导引车开路。

此次集议，本是公卿列侯议事，轮不到詹事这类小吏。然窦婴却是外戚，身份显贵。早在文帝朝时，曾任吴相，不久因病免归。景帝即位后，得窦太后之力，又入宫执事。这日，便是以宗室身份参与集议。

陶青也颇感意外，望了一眼景帝，才道："窦詹事有何见教，不妨说来。"

窦婴便振衣而起，向众人一揖道："御史大夫之议，乃申不害、韩非子一流，言必称赏罚，事必求功成。急功近利，锱铢必较，恨不能一日便成。此道，可以取天下，而不能治天下。今日所奏，竟不惜逼诸侯急反。试问，诸侯急反，我可有急备？我若无备，而天下之半皆反，又何以当之？"继而又转向晁错，直面问道，"晁公以文吏出身，娴于文牍，耽迷掌故，既不知财计，又未识兵革，有何胆量轻言削藩？"

此言一出，满堂哗然，诸臣皆面露惶恐，左右张望。

晁错遭此反驳，气得须髯偾张，当下叱道："詹事之务，仅是眼前琐细，无怪你目不及廊下，耳不闻窗外。当今急务，乃在天下枝强干弱。诸侯居其国，法令自立，官吏自任，铸钱以富其国，聚徒以强其众；名为诸侯，实为敌国，是为不反之反。今若不削藩，天子之威日弱，崤关之外，不尊诏令；天下之半，难称汉家。大势如此，詹事你可知吗？"说到此，晁错意气愈盛，向前几步，又戟指窦婴道，"臣少时习从法家，诚惶诚恐，不意今日厨灶马厩间，竟有敢蔑视法家者！君不闻，韩非子素重'上尊''主强'，若是上不尊、主不强，则天下纷乱，就在眼前。似窦詹事这般，浑噩如秦二世，坐待事发，则崤关如何能守，咸阳又如何能不焚？"

听晁错这番纵论，众人中便不乏叫好者，此处彼处，赞声四起。

窦婴却不为所动，双目炯炯，略一躬身道："晁公所言，不无道理，然天下事，非道理可以言尽。今之汉家，其务不在扫六国，而在安民，故法家之苛急，便是无端肇祸！孔子曰：'君使臣以礼，臣事君以忠。'诸侯虽不臣，然并非公然倡乱，若以礼而化之，则似引水浇火，可徐徐而熄之。晁公所本，乃商鞅之术，恃力而为，恃强而动，视诸侯为敌，必将逼反四方。天下得太平，迄今不过三十年，晁公便忍见刀兵四起、生灵涂炭乎？生于治世，却喜闻剑戟声，不是疯癫，便是文痴！似晁公这般，欲自取其乱，竟是何居心，还请指教。"

窦婴之言，说出多人心中隐忧，众臣便有大半高声赞同。

晁错不甘削藩之计为一小官所阻，当即叱责道："腐儒之论！你岂知人性本恶，若水之下流，仅凭善言怎可以教化？殷纣作恶，非流血不可以止；齐楚称霸，循周礼则不能劝。今诸侯坐大，民间皆能预见其乱不远，若断然削之，便是利民。商鞅曰：'苟可以利民，不循其礼。'若以礼教徐徐化之，则远地未服，都邑已破；丝竹未尽，鼙鼓惊梦；此处宫阙，恐早已不复为汉家了。覆亡之患，忠臣当挺身而救之；似窦詹事这般阻挠，又是何居心？臣是万万不可忍！"

待晁错言毕，众人心中一凛，都不敢当场置喙可否。

景帝细听了许久，一时也难以决断。又见两人论辩，语气愈加激愤，终不是事，便摆手劝止道："二位所言，都不无道理。削藩事大，牵动国本，非一二日可筹划妥备。且搁置不论，容后再议。"

　　闻景帝发话，众人才觉松一口气，都低声议论不休。

　　陶青领会景帝之意，连忙打圆场道："如此最好。孔子曰：'朝闻道，夕死可矣。'今闻二公高论，可以放心死两回了。"

　　众人便一齐发笑，纷纷附和，赞成缓议削藩为好。

　　晁错见好事落空，满心恼恨，本想奋力再争，然碍于窦婴外戚身份，不便太过得罪，只得忍下。

　　待返归家中，晁错百事不欲再问，独立于廊下，痴望着满庭白雪，良久方叹道："无怪《商君书》云：'拘礼之人不足与言事。'先贤到底是聪明，早看得明白。"

三　削藩策急不知危

自削藩之议搁置，朝中也就无大事。转眼已至冬十月，正值元旦，又逢景帝大赦天下，诸侯来朝贺，削藩之事就更不能提起，上下都只忙着过年。

诸王之中，以梁王刘武来朝时，阵仗最大。梁王乃景帝唯一同母弟，自幼得窦太后宠爱，所封四十余城，全为膏腴之地，物产甚丰，赋税亦多，加上历年父兄赏赐，更不可计数。府库中，所藏奇珍异宝，世所罕见，即是长安富豪绑作一处，亦不能敌。

梁王财富既多，便大兴土木，拓宽睢阳城垣，造起一座"梁园"来，方圆八十里。园囿幽深，宫观相连。其间奇果佳树，珍禽异兽，无不毕至，素有"七台八景"之称。又新建宫殿，中有复道凌空，横跨梁园，自宫中直通"七台"之首的平台（今河南省商丘市平台镇），曲折长三十余里，可饱览景色，望之如天街。

梁王素有大志，并非耽于享乐，时常留心招揽豪杰。重赏之下，自崤关以东，各国游士无不入其彀中。有齐人羊胜、公孙诡、邹阳，吴人枚乘、严忌，蜀人司马相如等，各擅异才奇技，名闻于中外，皆归于梁王门下。

那公孙诡，名如其人，胸中多诡邪之计，然文采也是了得，凡有辞赋，世人皆争诵。初次见梁王，即大受赏识，获赐千金，官至中尉，统领梁国兵马，人皆尊称"公孙将军"。此人擅制兵器，任中尉后，命工匠打造弓箭、戈矛数十万件，以备不时之需。

梁王平时出入,皆称警跸,树天子所赐旌旗,随从有千乘万骑,拟同天子,天下诸侯无人可及。

景帝即位后,梁王曾两次入朝,景帝都特予优待。入宫时,兄弟两人同乘步辇,出宫则同车游猎。梁王所率侍中、郎官、谒者等,姓名录于宫门籍册,发给"凭引"①,出入天子殿门,与汉家官吏一般无二。

这日车入司马门,梁王见景帝早在门内等候,忙跳下车来,施礼拜谒。景帝满面含笑,执了梁王之手,寒暄多时,方才同乘步辇,一道入宫。

景帝幼时,与梁王同在代地生长,手足之情尤深。此番见梁王来,不由慨叹:"帝王家,如何比得上民家?百姓家的兄弟,比邻而居,朝夕得以见面;你我却不能,一年方可见两面。"

梁王亦有同感:"少年时入朝,尚可留京数月;而今为阿兄守土,想多来几次,也是不敢。"

谒过景帝,梁王便要去拜谒窦太后。景帝欣然道:"我也与你同往。今日已有安排,在长乐宫设宴,为你接风。你拜谒太后毕,我二人便与太后一同入席。"

窦太后见了幼子梁王,自是满心欢喜,嘘寒问暖不停。眼看将至夕食时分,景帝便吩咐开宴,请窦太后入上座,自己与梁王分坐左右。

窦太后虽然看不大清,但眼前两子英武豪壮,心中终究是喜,遂对梁王道:"武儿这几年,有了些历练,城府也深了,不比你阿兄差多少。"

梁王忙道:"哪里,自幼阿兄就强于我,文韬武略,无不是由他指点。"

此时,詹事窦婴持了酒卮②上来,为三人逐个斟酒,执礼甚恭。

窦太后便指指窦婴,对景帝道:"你这表兄,已到中年,尚无显赫事功,害得我牵挂。近来他在宫中如何?"

景帝望一眼窦婴,笑道:"王孙兄敢直言,日前集议削藩事,连晁大夫也敢顶

---

① 凭引,证明身份的凭据,相当于身份证。
② 卮(zhī),古代盛酒的器皿,广口、筒状。

撞。"

窦太后便惊异："晁大夫学富五车,人说可比得韩非子,窦婴如何能敌得过?"

窦婴连忙俯首道："不敢。小臣只是主张,削藩之事不宜急。"

窦太后便道："那也是。启儿这大位,尚未坐暖,凡事总要'无为'在先。"

景帝笑道："太后放心,有武弟为我屏障,暂不削藩,料也无事。"

饮到微醺时,窦太后见眼前阖家团圆,忽就想起了文帝,心中一酸,竟落下泪来："你们阿翁最不易。当年自代国入都,不知长安虚实,恐老臣作乱,临行前嘱咐我:一旦生变,务要发兵守住北塞三关,保晋阳不失。有晋阳在,便有自家的根基。我一个妇道人家,哪里当得了这嘱托?只顾抱住你兄弟二人啼哭。"

说起往事,梁王也不禁动容："彼时幼小,不知父王遭了何事,只记得阿母啼哭,我也啼哭,唯兄长神色不变,牵住父王衣襟死死不放。"

窦太后抹干泪又笑："这大喜时日,倒要说这些伤心事!我母子还是饮酒,不提往事。"

窦婴闻此言,急忙又趋近斟酒。如此饮至酣畅时,三人都有醉意,梁王命窦婴再斟满,举起酒杯道："咱家得了这天下,是上天选中。这一杯,我独自饮了,祝阿兄不负天意,近用能臣,远服诸侯,定教这山河永固,代代相传。"说罢便仰头饮下。

一番话,说得景帝心暖,也举起杯来,慨然道："这一杯,我也独饮。这山河,既属了咱家,千秋万岁后,将传于梁王!"

梁王又惊又喜,连忙拱手道："我哪里敢!不敢不敢……多谢阿兄,弟知阿兄心意了。"虽也知景帝并非当真,心下却不免暗喜。

窦太后闻听景帝此言,竟然笑出声来："哦呀,这便好,这便好!为母生养你们兄弟,也不枉一番辛劳了。"便举杯向景帝,斟酌着似有话要说。

岂料此时,窦婴忽然持酒卮趋前,跪地向景帝进言道："天下者,高帝之天下。循例父子相传,方为大统,陛下如何能传位于梁王?"

座中三人闻言,都是一惊,直直望住窦婴,一时无语。

窦婴也不理会,双手奉酒卮递与景帝,高声道："陛下酒后失言,请罚一杯。"

景帝这才猛省,便哈哈一笑,为自己斟满一杯饮下,舒口气道:"今日这罚酒,也是好酒!"

梁王却忽地敛了笑意,惘然若失,只顾埋下头去,盯住手中空杯。

窦太后则怒视窦婴一眼,面有愠色,将酒杯重重置下,叱道:"竖子!我母子说话,要你窦婴来插言吗?"

景帝忙对窦婴道:"王孙兄,我母子谈家事,你且退下吧。"

窦婴面不改色,向三人逐一拜过,才从容退下。

望见窦婴出去,窦太后恨恨道:"无眼力之人,真是可恨!无怪乎人到中年,尚一事无成。"

景帝便道:"太后无须理他,还是饮酒。"

窦太后望望梁王,微微叹一口气,忽就道:"算了,饮够了!再饮也是无味。"说着,便唤宫女进来,冷冷道,"你兄弟在此吧,为母累了,要早去歇息。"

兄弟俩连忙起身,揖礼相送。

窦太后由宫女搀扶,蹒跚走到门口,又回头对景帝道:"近有彗星当空,涓人都说,世将有乱臣出,我还不信呢。看你日渐骄矜,所用之人,也都恁地张狂,只恐祸将不远了!"

景帝、梁王呆望着窦太后走远,再坐下时,两人都觉无话。

少顷,景帝才含笑道:"好酒不饮完,终究可惜。来,我为你斟上。"

梁王闷声不响,以衣袖遮住酒杯,望住景帝微微摇头。

景帝也觉无趣,便对梁王道:"阿母的目疾日甚一日,偶有急躁,武弟也不必在意。"

梁王还是不响,恍惚不知望向何处。

景帝心中有数,暗责自己方才失言,便放下酒卮,上前将梁王扶起:"今日就到此吧,你舟车劳顿,也早些回去歇息。"

次日朝食后,景帝正欲唤窦婴来,嘱他言语要小心,不料却有宦者进来,递上了窦婴的辞呈。

景帝惊道："这是哪里话？去唤窦婴詹事来。"

那宦者却回道，窦婴已于今晨，将诸事交卸完毕，自出宫去了。

景帝便双眉紧蹙："这又是何苦？"默思良久，终还是提起笔来批了，准窦婴免职。

消息传至长乐宫，窦太后余怒未消，恨恨道："跑掉就算了？人无良心，可至此乎！"说着，便命身边宦者，去传谕宗正刘礼，除掉窦婴外戚门籍，削为平民，不再认这个族侄了。

饶是如此，梁王仍觉无趣，朝贺完毕，也无心在长安多留，带了一干随从，怏怏而归。

窦婴平白被免职，朝中众臣不知底里，只风闻他言语有失，都甚感惋惜。独有晁错闻知，却是心中暗喜。

前次削藩之策受阻，晁错尤恨窦婴，如今窦婴自败而去，想那削藩一事，便有望重提。晁错也知，若再交付公卿集议，或又将争执不下，不如先不声张，瞄住一二诸侯错处，便可下手。

可巧就有失心的诸侯，自己送上了门来。此次朝贺，各路诸侯中，有一位楚王刘戊，最为招摇。入住长安楚邸后，未等拜谒，先就遣人四处寻找女伶。逢入夜，楚邸中灯烛通明，欢歌狂舞，直闹得一派妖冶气。城中有百姓望见，艳羡不止，满城里传得沸沸扬扬。

晁错任御史大夫，专事监察百官，手下眼线遍布四方。楚王刘戊行为不检，才入都便闹得不成体统。若在平常，也就罢了，诸王品行如何，由宗正府督察，御史大夫按例不问。岂料此次，正撞到了晁错网中。晁错瞄住诸侯王罪错，已不止一两日。此前薄太后驾崩，丧报传至四方，诸侯王虽不必进京，也须守制服丧，禁歌吹宴乐。刘戊荒唐惯了，只道是长安远隔千里，有何人能知守不守丧？于是照旧在王宫中淫逸，左拥右抱，颠鸾倒凤。

这刘戊，乃楚元王刘交之孙，亦即景帝的堂弟。前文曾有交代，刘交乃刘邦四弟，最具文人气。其子刘郢客，亦是文质彬彬之人。这父子两人，先后为楚王，传到了其孙刘戊这里,却是文脉尽失。刘戊袭了楚王,谨慎了不多时,便开始放浪,耽迷酒色,蔑视礼教,正应了"三代败家"的俗谚。

楚王刘戊不成器,曾有一逸事,流传甚广。当年楚元王刘交,喜读诗书,召名士穆生、白生、申公三人为中大夫,待若上宾。其中穆生不善饮酒,楚元王每逢召他对饮,都特备一壶醴酒(黄酒),清淡如水,也好令他不至醉倒。后刘郢客袭位,仍照此规矩优待。待刘戊袭了楚王,初时召穆生饮宴,尚备有醴酒,稍后便忘到了脑后去。

穆生见此情形,待宴罢出门,便仰天叹道:"醴酒不设,王意已怠。若不离去,楚人迟早将以铁钳拘我,示众于闹市。"于是称病不出,打算就此隐退。

白生、申公闻知,知是穆生闹意气,便上门去强劝:"公乃知理之人,如何不念先王旧德?今楚王忘置醴酒,略失小礼,公又何至于此!"

穆生对二人道:"昔读《周易》,内称'君子见机而作',我不能有眼而不辨高低。先王之所以礼遇你我,是为重道;今嗣王轻慢我,便是忘道。忘道之人,焉能与之久处?我岂是为区区之礼而怄气?"不久便称病,挂冠而去。

白生、申公两人,终究是念旧,未肯离去。岂料两人日后遭际,果然被穆生说中,此处且按下不提。

此事传于后世,便成了一句成语"醴酒不设"。意在警晓世人,若宠顾已衰,便要趁早离去。

再说年前,薄太后讣闻传至楚国,楚王不独心里无悲,连佯装文章也不做,照旧偎红倚翠,纵酒欢会。此事早为御史府察知,今番人都又不检点,真是忘乎所以了。

晁错拣阅旧档,抄录下这一节,写成一道劾奏,称楚王在薄太后丧期内,纵酒暴淫,实属大不敬,按律当斩。

劾奏写成,晁错踌躇满志,掷笔大笑道:"楚王你来得,却是走不得了!削藩乃我平生功业,何人可以阻挡?贾谊未竟事,自有晁某做得成,留得美名于后世,岂是李斯辈可比的!"

景帝接了这奏本,暗自吃惊。稍加思忖,方知晁错是一心寻隙,要将诸侯逐一剪除,于不露声色中,便施行削藩。景帝初起也有此意,不妨就此扣押楚王,交廷尉问罪。然提笔再三,仍是下不得手,末了只削去东海郡(今山东省临沂市南)、薛郡(今山东省滕州市)两处,夺其大半封土,令楚王归国了事。

此次楚王虽得脱罪,但削楚到底还是成了。晁错心中大喜,一鼓作气,又查出赵王刘遂两年前有过失,遂奏请削去常山郡。继而又上奏,指胶西王刘卬贪得无厌,私下卖爵,请削去六县。景帝接了两个奏本,心领神会,一并照准。

三王被削部分封地,自是将晁错恨之入骨,亦恨景帝昏聩不明,便欲谋反。然权衡再三,终因天下尚安稳,未便擅动,只得先忍下。

那晁错连连得手,只道是诸王不堪一击,便又接连上书,请更改法令。仅二三月间,竟更动法令三十章,处处削损诸侯,意在逼迫。天下诸侯闻此,一片哗然,都攘臂痛骂,只恨晁错不死,当着朝使之面也不避讳。

如此惹了众怒,晁错却毫不在意,见三王被削部分封地后,并无异动,只道是削藩大得人心。于是日夜筹划,只待稍有时机,便要着手削吴。

这日暮间,晁错忙毕公事,独坐书房,随手拿起陶埙来吹,聊作自娱。暮光斜照中,其声中和,悠扬满庭,又微微含有哀意。

正自陶醉间,忽有一老者排闼而入,进门便戟指晁错,叱道:"竖子,你欲寻死吗?"

晁错大惊,抬眼看去,方知是自家老父,自颍川故里入都。晁父一身尘土未拂,便寻来书房,不知何故勃然大怒。

晁错慌忙起身,扶老父入座,恭谨问道:"阿翁何故赶来?"

老父甩脱晁错手臂,气仍未平,怒问道:"今上即位,拔擢你主政用事,你却侵削诸侯,疏离人家骨肉。天下汹汹,众口都怨恨你,这又是为何?"

晁错知老父发怒原是为此,便含笑道:"不错,我并非盲聋,亦知反对者众。然不如此,则天子不尊,宗庙不安。"

晁父便连拍膝盖,痛心疾首道:"宗庙安否,你倒比那皇帝更急了。你可知,刘氏安则安矣,晁氏却将危矣!"

"阿翁糊涂了——刘氏既安,晁氏又如何能危?若刘氏不安,我才有不测。其中道理，如何能与你讲清？”

“混账话！我在局外，窥得清楚。昔年吕太后时，刘氏骨肉被诛，血流遍地，他宗庙可曾危乎？天命所在，外力如何能撼？你出身学子，即便为《尚书》作注，也可留名百世；如今卷入宗室纷争，问你有几颗头颅，能禁得起人家砍？”

晁错闻言，脸色微愠，起身道：“阿翁无须再说！天子至尊，为我立身之本；为天子除弊，虽万死而不辞。朝中有削藩令，不日即下，势必如雷霆，几个诸侯怎可挡得住？”

晁父闻言，顿时有老泪涌出，连连嗟叹道：“吾儿呀，这官面上的话，拿来与我搪塞，究有何用？自古疏不间亲，乃常情也，怎的你便不知？你竖子得势，不过才几日，莫说御史大夫，便是那丞相，也不过天子家犬马。你素来目中无人，稍有得势，便以为可得百年恩宠。若遭了囹圄之祸，刀斧加颈，那公卿百官中，又有何人肯替你辩白？”

“若陷不测，后世自可还我清白。”

“身后清白，当得饭食吗？大臣蒙冤，累代不绝，你屈指算来：李斯如何，韩信如何，周勃又如何，几人能有个圆满了局？一日得势，换得千年悔恨，你莫非，也想做那新垣平吗？”

晁错顿时色变，拂袖怒道：“世间庸碌者，何其多也。吾志已坚，阿翁请勿多言！”

晁父痛极失语，良久方颤颤起身，向晁错一揖道：“晁公！为父适才所言，不值一钱，你不愿听也罢。今彗星出西方，民间百口喧腾，皆言祸事将近。吾年已老迈，不忍见祸及家门，还是离你远些的好。”说罢，水也不饮一口，转身即走。

晁错初时未应，稍后方猛省，忙追出门去，大呼道：“夜禁将至，何不等到天明？”

哪知晁父出了门，立即登车，吩咐家仆起程。闻听晁错呼喊，头也不回，只抛下了一句：“宁宿逆旅，也不沾你这大夫邸。悔不当初，未教你务农贩菜！”

晁错独立门外，痴望老父乘车驰远，心中顿起哀戚之意，不觉深深一躬，俨如诀别。

却说朝中削藩令下来以后,百姓并无议论,诸侯王却是心中震恐。各王都世袭罔替,做了两三代,锦衣玉食,尊享一方,只道是可享百世安稳,却不料飙风乍起,眼看就要削地失民,无异于被剜肉般,痛彻肺腑。

那吴王刘濞,最不敢大意,命长安吴邸属官四处打探,三五日便有密信送回广陵(今江苏省扬州市)。月前,探得晁错得宠,逼走窦婴,便知大事不好。果然,旬日之内,即盛传有三王部分封地已被削。

待都中属官将民间私传的"京师书"送来,坐实此事,刘濞当即冷笑:"晁错狂徒,再削,必为吴矣!"便抛下政务,带领三五亲信,驰上城内独岗。

时值十二月,朔风凛冽,于岗上可望见江流入海,一片烟波。刘濞勒住马,良久不语,左右近臣亦不敢多言。

稍后刘濞下马,众人也随即跳下马来。刘濞望住中大夫应高,缓缓道:"国中百官,唯应公见解不凡,请随我去石上一坐。"言毕,便带着应高,攀上山顶一巨石,抱膝而坐。

望了海面良久,刘濞方道:"应公,可知这东海,已有万年之久吗?"

应高答道:"开天辟地时,即有东海,几番沧海桑田,怕不止万年了。"

"万年前,此处曾是何地,此地曾有何人?"

"这……臣实不知。"

刘濞便感叹:"寡人弱冠时,即获封王,自沛县至此,竟四十年矣。然终究人生苦短,万年之后,此地可还有人知我?"

应高斟酌片刻,方才答道:"吴国之民,富逾天下,皆念大王恩德。即是千万年后,亦必有口碑流传。"

刘濞笑笑:"人间事,怕是连百年也等不得了。应公,我愿与你赌:不出旬日,定有削藩令下,夺我吴土,分我吴民。人生在世,四十年安稳都难保,何况万年乎?"

"大王不必多虑,此次削藩,三王各有其咎。大王则无错,即便欲削吴,亦不能无故加之。"

"呵呵！君不闻'楚人无罪,怀璧其罪'乎？若此地为长沙,则吾土可安泰万年。正因吴地富庶,便成了寡人之罪。"

"臣以为,那晁错虽得势,然削藩之事,群臣仍多有反对,故所削三王,皆为旁枝弱国。吴则为东南要地,国强民富,大王甚得民心,晁错断不敢逆势而行。"

"不然！先易后难,晁错也无非是此等路数,先削三王,实是意在削吴。今之大势,寡人不能坐以待毙。"

"大王之意,是要……"

"起兵自保！你为我心腹,说了也无妨。"

"大王待我恩重,臣愿随大王执戈。然区区一晁错,值得大王犯险吗？"

"还记得我故太子枉死之事吗？既有当初,必有今日。主上不容我,恐不单是晁错蛊惑之故。"

应高顿时领悟,心中一凛:"臣明白了。"

刘濞便道:"寡人这里,要托付你一事。"

应高忙俯首一拜:"大王请吩咐,臣万死不辞。"

"诸侯恨晁错已久,然三王被削,天下却静如止水,可见诸王胆量不足。如此孱弱,终将被赶尽杀绝。我看诸王中,唯胶西王刘卬一人勇武,好气斗狠,喜兵事,世人皆忌惮。请足下潜入胶西,约其起事,兴兵以诛晁错。吾人若不自救,则世间再无人救我了。"

"此为大计,仅胶西王一人,臣尚觉势单。"

"应公放心。天下之势,已如薪柴遍布,若胶西王肯起事,则其余诸王必将影从。"

应高应声起身,拱手道:"大王明见。臣明日便微服出城,前往高密,说动胶西王。"

刘濞便也起身,执应高之手道:"当今群僚,慕赵高者多,慕荆轲者少。公今此去,是为举大义,吴地万民得益,将不忘公之名。"

应高当即拔剑而誓,慷慨应道:"此处大江,以臣看来即是易水;臣此去若无功,誓不生还。”

两人凝望江流，豪气顿生。刘濞迎风长啸一声，仰首道：“既为王侯，岂能不如陈胜、吴广乎！”

旬日之后，应高单人独骑，驰入高密，赴胶西王宫求见。

此时的胶西国，被削去营陵、平寿等六县，归朝廷所有，另置北海郡。

那胶西王刘卬，为齐悼惠王刘肥之子，自文帝裂齐为六国，迄今封王已十一年。正在无忧之时，忽被削去封土大半，仅留一隅，自是郁郁寡欢，觉颜面尽丧。

这日，忽闻谒者通报，有吴王密使来见，刘卬心中便一动，忙命人宣进。

应高上殿礼毕，环顾四周道：“吴王遣应某来，有肺腑之言相告，请大王屏退左右。”

刘卬稍露诧异，挥袖命近侍皆退下，语带讥嘲道：“久闻吴王老到，看足下这般做派，果然不假，请拿吴王书信来。”

应高道：“事密，吴王不便着笔墨，臣下口传于大王。”

刘卬原本愁容满面，此时望望应高，不禁一笑：“越发鬼祟了！那么，足下请说。”

“我王无能，恐招致旦夕之忧。偶有所思，当说与大王听，故遣小臣前来，如实转告。”

“哦？吴王有何见教？”

“大王请看。”应高说着，便将一物从身后拿出，置于地上，上覆有帛巾。

刘卬眉毛一动，望了那物什片刻，便起身来看。应高伸手揭去帛巾，原是一个铁笼，内有白雉一只。

刘卬不解道：“野鸡嘛，有何稀罕？”

应高抬手指道：“请大王看那爪子。”

刘卬俯身看去，只见那白雉，两爪皆被斩去，蜷缩笼内不能站立，便不禁“啊”了一声。

应高趁势便道：“此禽鸟羽毛华丽，振翼可飞，然爪子被人斩，欲自立于世而不能。小臣敢问，大王可愿做此禽否？"

刘卬登时瞠目，连忙拉住应高道："本王已知你意，请随我往密室谈。"

二人来至殿后密室，分主宾坐下。刘卬便向应高一拜："吴王德高，天下人无不敬，公请尽言无妨。"

应高便正襟道："臣在吴地，久闻大王英武，然禽鸟爪子若失，又何以高飞？今主上昏庸，为奸臣所蔽，好小善，听谗言，擅变律令，侵夺诸侯之地，真是日甚一日，大王竟无所见乎？俚语有言'舐糠及米'，大王又不曾闻乎？吴与胶西，皆为知名诸侯，若主上意在逼迫，恐不得安生矣！"

"唔……吴王年高，德声在外，如何竟为主上所忌？"

"吴王身有内疾，不能入朝已二十余年，常忧惧见疑，无以自白。数十年来，唯袖手谨言，仍惧天子不释疑。"

"吴踞东南，财富倾天下，有何人能撼动，莫不是吴王多疑了？"

应高直视刘卬，双目炯炯道："臣闻大王因授爵事被责，削地大半。其余两王亦如是，罪不至此，何以被削地？此等蹊跷事，恐不止削地便罢。"

此话说到了痛处，刘卬不由轻叹道："正是如此，公有何好计？"

应高便朗声道："臣仅有一语：'同恶相助，同好相留，同情相成，同欲相趋，同利相死。'今吴王自认与大王有同忧，愿趁此时机，从天理，举大义，捐躯为天下除害，不知大王可允否？"

刘卬闻此言，不禁大骇："寡人怎敢如此？今上催迫虽急，唯死而已，安得做乱臣贼子？"

应高正色道："乱臣今就在朝中！御史大夫晁错蛊惑天子，侵夺诸侯，蔽忠塞贤，朝臣亦多怨之，诸侯皆有背叛之心。人事之危，达于极致。今有彗星出，蝗虫数起，此乃万世难逢之时，愁劳之众在前，圣贤随于后，正可相率起事。"

刘卬听应高提及晁错，顿生切齿之恨，神情便一振："晁错固当斩，然吴王有何良策？"

"吴王欲以讨伐晁错之名，随大王车后，起兵扫平天下。义师既出，所向者必降,所指者必下,天下无人敢不服。若大王许之,则吴王必率楚王,取函谷,扼荥阳,拥敖仓之粮,以拒汉兵东来。吾人将洒扫馆舍,以待大王;若大王有幸来会,天下便可易手,任由两主分割,不亦可乎?"

刘卬听得血涌,霍然而起,以掌击案道:"吾素习武,最喜爽直。使臣无须多言了,这便可回报吴王,寡人愿起兵!"

应高大喜过望,遂俯首拜道:"大王勇武,小臣已见识了;吴王今虽老,英武仍不减当年。两王兵锋所指,将攻无不克。"言毕,即辞别而去,连夜归吴复命。

再说那吴王刘濞,在广陵城翘首以盼,终等到应高归来。知刘卬已被说服,不禁拊掌大笑:"胶西王入我彀,天下事定矣。应公有大功于国!"

夜来,刘濞于灯下思之,又恐刘卬反悔。于是不待天明,便扮作使臣,率郎卫一队,北上高密,要亲见刘卬。

这日刘卬在宫中,闻吴使又至,不由得失笑:"吴王心急,竟等不得二三日乎?"

因刘卬从未见过刘濞,待刘濞上殿,自然不识,只脱口道:"吴王老便老矣,如何使者亦这般老?"

刘濞微微一笑,上前几步,摊开手掌,只见掌心写有"我乃吴王"四个字。

刘卬大惊,正要开口,刘濞连忙摆手道:"大王,请往密室去谈。"

两人进了密室,这才相视大笑。刘卬施礼道:"久闻伯父大名,今日才见雄姿,恕晚辈失礼了。"

刘濞道:"哪里! 吾闻世人皆畏贤侄,今日见之,果然英武! 吾今来,欲与贤侄面商结盟事。"

两人遂相对而坐,将诸般事宜细细说来。一连数日,言无不尽,说到高兴处,竟是废寝忘餐。

如此,刘濞在高密勾留数日,如愿而归;联络齐地诸王之事,便交由刘卬去做。

此次刘濞来,事虽机密,然胶西王刘卬身边,仍有人听到风声。

此时,刘卬生母仍健在,居高密城内,为王太后。经吕氏之乱,王太后一向谨慎怕事,风闻刘卬要反,不免又惊又怕。

刘卬身边有一二老臣，素敬王太后，便颇感不安，向刘卬谏道："我胶西小国，上承汉家一帝，为至乐之事。今大王却弃安宁，涉险地，欲随吴王起兵。若事成，则两主又将分争天下，兵连祸结，永无了日。况诸侯据地狭小，虽号为天下之半，究其实，尚不足汉郡十分之二。以此羸弱之势而为叛逆，累及王太后亦觉忧惧，臣以为绝非长策也。"

刘卬却不听，拂袖叱道："腐儒之见！王太后乃隔世人也，何须理会？岂不闻《周易》之言'二人同心，其利断金'，况乎诸侯联袂，又岂止十家？以十攻一，扫清天下又有何难？"

老臣心有不甘，仍苦劝道："凡事有顺逆之道，不可以逆击顺。若朝廷发兵，终是堂堂正正之师；诸侯之盟，到底为乌合之众，有多少胜算可言？"

刘卬便不耐烦："卿等为文臣，如何知兵事？今我发兵，便是讨逆。诸王皆为高帝血脉，他又如何为正，我又如何为不正？今汉军还有何名将，可阻我兴师？诸公老矣，都无须多言了。"

挥退老臣，刘卬精神抖擞，遂遣使分赴齐、菑川、胶东、济南、济北五国，与五王通气，相约起事。此五王，皆为齐悼惠王刘肥之子，乃刘卬同胞兄弟，即是齐王刘将闾、菑川王刘贤、胶东王刘雄渠、济南王刘辟光、济北王刘志。

当年文帝甚猜忌这一枝，将齐国一分为六，封与刘肥诸子，以削其势。那五兄弟，素与刘卬同气相求，都为兄长刘章、刘兴居之死抱不平，多年亦不忘。待胶西使者说明来意，五王皆有许诺，愿举兵相从。

刘卬接诸兄弟回函，不禁大喜道："兄弟同心，事焉有不成之理？"

再说刘濞自胶西返回，立遣使赴赵、楚两国，游说两王起事。两王为晁错所劾，最先被削地，正怨恨满腹，岂有不许之理，便都一口应下。

楚王刘戊身边，有申公、白生两人，此前不听穆生劝谏，仍为中大夫，闻此事都大惊，急入楚王宫劝阻。

刘戊在后园与近侍蹴鞠为戏，正在兴头上。见二人仓皇而入，忍不住笑道："二公何事，竟如奔丧一般？"

申公便揖道："大王好兴致，不知祸事将起。事若发，我辈将奔丧不及！"

"哦！何事出此危言？"

"臣闻吴王遣使来，相约起事，以诛晁错。不知大王许他否？"

"此乃吾家事，二公不必与闻。"

白生便顿足道："两代先王崇文知礼，令名满天下，大王应顾惜家门，岂可有不臣之心？"

刘戊当即变色，怒道："二公是说，寡人不配为王？"

申公不为所动，昂然道："先王待我，恩重如山。事急，臣不得不谏：无论姓刘与否，君臣之道，也万不可颠倒。"

白生亦慨然道："高祖定天下，五十年间，内乱无一得逞者，大王可无惧乎？先王托付，言犹在耳，臣子之义不可抛，吾不忍就此目睹国灭。"

刘戊立时被激怒，厉声喝道："胆大儒生！寡人赏你两钵饭吃，便可来此指画吗？我之封土，得自父祖，不是凭识字而得。先王所留，有堂堂彭城、薛、东海三郡。那晁错，只知闭门弄墨，竟削去东海与薛两郡，令我独守彭城，其辱可忍乎？儒生辅政，不过案头玩偶，好看罢了。今寡人欲夺回失土，与你辈又有何干？"

言毕，便令左右甲士，将二人冠服褫去，换上刑徒赭衣，以铁钳加颈，押赴彭城西市，罚以舂米。

二人就刑，万分狼狈，于天寒地冻中瑟瑟舂米。有城内闲杂人等，来围观取乐，皆戟指笑骂"国贼"。

申公望望白生，不禁含泪道："我为王忧，王却视我如寇仇；我为民忧，民却待我不如夕儿。悔不该未信穆生言，'忠信'二字，岂可滥施于人！"

时有楚丞相张尚、太傅赵夷吾两人，闻听主上欲谋反，亦不能自安，上殿力谏不可。

两人在楚地声名显赫，张尚统领百官，赵夷吾辅佐王政，一语可左右国事。刘戊见二人有异心，不由震怒："你二人食君禄，却不为君谋，是何居心？那两个儒生倒也罢了，读书蒙了心窍，你二人却是罪无可逭！尔等既然不忠，便也休怪寡人不义。"竟喝令郎卫将二人拖下殿去,当场斩首。

待首级呈上殿来,刘戊冷笑道:"你二人之首,悬于国门便好,看我如何得胜,携得晁错首级而归,三个绑作一处!"

言毕,即下令调兵遣将,以响应吴王。又严令各主官把住口风,有泄密者,必满门抄斩。知情者经此一吓,都不敢多言,只得任由楚王摆布。

却说赵王刘遂,此时远在北地,也跃跃欲试。刘遂之父,即是被吕后幽禁而死的赵幽王。文帝即位,怜悯这一枝,便封了幽王之子刘遂为赵王。按说朝廷本不负刘遂,然此前晁错劝景帝,将赵国原有邯郸、巨鹿、常山三郡,削去常山一郡,刘遂便怀恨在心。得了吴王消息,立时许诺,愿起兵相从。

时有赵丞相建德、内史王悍,亦不欲反,再三对刘遂苦谏。直说得刘遂心头火起,竟下令将两人活活烧死。

此时,连吴王在内,已有九国诸侯欲起兵。各王摩拳擦掌,暗中谋划,都觉当年诛吕之事将重演,自是兴奋异常。

诸侯王也知事不可泄,只在帷幄中密议,暗地联络,将朝廷耳目死死瞒住。

朝廷那边,则全不知此情,只道削地之策已奏效,各诸侯势单力弱,只能听命。至十二月梢,经晁错力促,景帝又有诏下,令削去吴国会稽、豫章两郡。

如此一削,吴富庶之地,尽为朝廷所取。吴地三郡,唯这两郡最富,会稽可煮盐,豫章富有铜山,吴民多年不交赋税,国仍富庶,全赖这两处物产。闻知朝廷将削吴,不独广陵郡沸腾,即是会稽、豫章两郡百姓,知今后朝廷必征赋税,也都心怀愤恨。

数日间,吴地五十三城官民,无不惊惶奔走,攘臂疾呼,如天塌了一般。

吴王刘濞谋划多时,料定晁错有此一举。闻听消息传来,一则以怒,一则以喜。怒的是,晁错竟狂妄至此,太岁头上也敢动土;喜的是,此次削藩令下,吴民必怨恨朝廷,则举事恰逢良机。

正月甲子日,削吴诏令传到广陵,未等过夜,刘濞即号令举事,命人在城中竖起大纛,上书斗大的"清君侧"三字。并遣人传令全国,曰:"寡人今承天意,兴兵清君侧,诛贼臣晁错。寡人年六十二,自为将军。少子年十四,亦为士卒先。吾国男丁,上至寡人年纪者,下与少子同龄者,皆发为卒,当各自奋起,争功待赏。"

吴国各郡县闻令,立即发动,一时间官长披甲,百姓执兵,处处旗帜耀目。三五日内,即征发兵丁二十余万。

刘濞又遣使向南,至闽越、东越两国相约起事。那闽越、东越两王,皆系勾践后裔,其祖驺无诸,为东南闽越族首领。两王在高帝时即受封,名为诸侯,实则为外藩,诸事自理。待吴使至,闽越王尚存犹豫,东越王却受了蛊惑,当下发兵万人来会。

吴王一反,天下骚然。齐、胶西、胶东、菑川、济南、济北六国,为兄弟一脉,皆于同日起兵。沿海一带,处处可见人流涌动,旌旗摇曳。

赵、楚两王蓄积日久,闻听吴王反了,也各自发令,起兵反汉,剑指长安。赵王刘遂自觉力单,又遣使赴匈奴,相约连兵,以作后援。

如此,时入正月才数日,崤函以东,半壁天下便已如鼎沸。

正值齐地六国整甲待发,忽有两国出了变故。先有齐王刘将闾,临发兵之际,忽觉此事不妥,随即变卦,按兵不动,只通令各城自守。

后又有济北王刘志,本许诺起兵,事到临头,才发觉都城博阳(今山东省泰安市)墙垣破损,尚未修好;一旦起事,恐不能自守。正犹豫间,属下郎中令不欲谋反,率诸臣将刘志挟持,软禁起来,故济北国亦未发兵。

胶西王刘卬得报,气愤已极,遂与其余三兄弟商议好,自任渠帅,统带四国兵马,合攻齐都临淄(今属山东省淄博市),以免出兵以后腹背受敌。

那兄弟几个只顾围临淄,无暇西顾。吴王刘濞这一边,却等不及了,便挥师渡淮水北上,号称起兵五十万,至彭城与楚军会合。

两军并作一处,声势更大。淮泗之间,处处可见吴楚连营,绵延足有百里。彭城这一带,原为故楚地,遗民传了两代,仍有人不忘项羽,闻说起兵反汉,都欣喜若狂。富户纷纷输粮相助,失意者则踊跃投军,白日鼙鼓震天,夜来篝火遍地,无一处不在蠢动。

这日，刘濞、刘戊登彭城壁垒眺望，胸有豪气，只觉胜券在握。

刘濞见士气可用，便召集两军诸将，放出大言，鼓动道："今胶西、胶东、济南、赵、淮南、庐江等诸王，及故长沙王吴右之子，皆来书信告知：'汉有贼臣，无功于天下，却侵夺诸侯地，一意侮辱，不以君主之礼待我刘氏骨肉。此贼当朝，弃绝先帝功臣，任用奸人，祸乱天下，危及社稷。陛下多病失智，不能察觉，我等欲举兵诛之。'寡人接诸王来信，颇受教，不得不从大义，愿随诸王之后，西取长安，诛贼臣以正社稷。不知诸君之意，可愿随寡人讨贼否？"

这一番豪言，虚实不分，诸将哪里能辨，皆踊跃道："汉家无道，唯有用兵。愿从大王之命！"

刘濞开颜笑道："军心若此，我何惧哉？敝国虽狭，地仍有三千里；吾人虽少，精兵亦有五十万。寡人与南越国交好三十年，南越王赵佗愿分兵与寡人，又可得兵三十余万。东连齐诸王之兵，合计不下百万之众。以此百万雄兵，破崤关，取长安，岂非易如反掌？"

诸将登时欢呼不止，纷纷问道："我军来日拔营，所向何处？"

刘濞则大言道："我吴楚两军，将与南越、淮南联兵，一路向西，直取洛阳。"

忽有人又问："何人可取长安？"

刘濞便笑："寡人不是楚怀王，诸君当听命。天下之势，需诸王齐进，各定一方；汉家既瓦解，取长安则指日可待。"

诸将意犹未尽，又有人问："昔随高帝举义者，非王即侯；今吾等从命，有何赏赐？"

刘濞便答："有功者得重赏，乃人之常情。如何赏赐，稍后即发檄书，从我者，人人可得封侯封爵。"

众人闻之，皆欢踊不止，各个挥剑狂舞。壁垒上，只闻一片喧腾之声。

刘濞转向刘戊，笑问道："贤侄，你看今番起事，胜负将何如？"

刘戊拱手道："伯父威名，声震四方，小辈只看伯父剑锋，愿为前驱。"

刘濞便道："好，你我这便回大帐，将各路攻略，谋划妥备。"

经一夜商议,天方明,刘濞便亲笔草成一道檄书,遣使传给各诸侯。

这一道檄书,实是取天下的攻略。书曰:"吴王刘濞敬问各王:寡人虽不肖,愿从诸王清君侧,诛贼臣晁错。今冒昧恭请诸王,分路并进:南越之兵,紧邻长沙,可发兵北上,与故长沙王之子所部,合力定长沙以北,而后西走蜀郡、汉中,扼长安之背;南越、楚及淮南三王,与寡人合兵,西向而行;齐地诸王与赵王合兵,定河间、河内,或入临晋关(在今陕西省大荔县),进抵长安,或与寡人会师洛阳,同攻函谷关;燕王、赵王已与匈奴王有约,燕王可北定代郡、云中,接应胡兵入萧关(在今宁夏固原市),席卷关中,直下长安,匡正天子,以安社稷。今诸王若能存亡继绝,救弱伐暴,以安刘氏,则为社稷之大幸。事之成败,在此一举,愿各王勉之。"

此番谋划,不可谓不精当,各路包抄、直取、呼应,环环相扣。各路人马若遵此策,则天下或立陷大乱,秦末之事将重演。

然刘濞志向虽大,时局却全不同于秦末。此番部署中,燕王、南越王以及淮南三王等,皆未许诺出兵,文中多有虚张声势之笔。

且所拟各路攻略之地,不独有汉军把守,山川之险也是殊难通过。檄文虽说得轻巧,一旦出师,情形实是难料。

那诸侯举兵,所虑第一要事,便是钱粮。为解各王之忧,刘濞在檄书中又慨然允诺:"敝国虽贫,寡人甘心节衣缩食,积金钱,修兵革,聚谷粟,夜以继日,已三十余年矣。昨日累积,只为今日诸王所用。"

为广招徒众,提振士气,刘濞又开出赏格以激之:"能斩捕大将者,赐五千金,封万户侯;斩列将,赐三千金,封五千户;斩裨将,赐二千金,封二千户;斩二千石,封赐千金千户,斩千石者则半,以上皆为列侯。凡领军献城而降者,兵卒万人、邑民万户,封赐如斩大将,以此类推。即是小吏,亦按等封赐。原已有爵邑者,此外另赏。愿诸王明令昭告,吾不敢欺天下人。寡人之钱,遍于天下,诸侯日夜用之不能尽。有当受赏赐者,请告寡人,寡人必携金亲送至门下。"

将檄书发出,刘濞笑对刘戊道:"晁错欲夺吾利,我便以此利招引天下人。待诸王回函,你我便西出梁国,破城略地,掳得梁王小儿在手。天子纵有铁胆,亦要被惊破了,昔年他夺吾儿性命,今日便是他偿债之时。"

刘戊冷笑道:"诸侯为义,愚民为利,今日绑作一处,便势不可摧,看晁错还敢侵夺哪个?"

吴楚军在淮上,弯弓待发。刘濞见诸事已备,便命麾下田禄伯为大将军,统领全军。

那田禄伯,是个有韬略的人,当即建言道:"我军屯聚淮上,欲西向,则无奇道可出。西去有睢阳、荥阳、洛阳、崤关,一路阻隔,难以成功。臣愿分兵五万南行,沿江淮而上,攻其不备。取淮南、长沙,入武关,与大王会合,此亦为一奇兵也。"

刘濞听了,颇觉心动。不料吴王太子刘驹闻之,极谏不可:"父王以反为名,此兵便不可借人;借予他人,他人若以此兵反父王,又将奈何? 且大将军领兵别走,成败利害,未可知也。万一失利,岂不是徒然损兵折将?"

闻刘驹此言,刘濞立时警觉,想到当年高帝抢先入关事,便断然回绝了田禄伯之议。

稍后,又有少将军桓青,入大帐建言:"今我军西向,所过城邑降了便罢;若不肯降,愿大王切勿强攻,宜弃之而去。只管疾行向西,夺洛阳武库,占敖仓得粮,据荥阳一带山河之险,以令诸侯。如此,虽未入关,则天下已定矣。若大王徐行缓进,遇城便攻,则汉军车骑东来,驰入梁楚之间,我事将败矣。"

刘濞于此,也在犹豫间,便问计于诸老将。

老将本就不以桓青为然,此时皆嗤笑道:"此等少年,冲锋陷阵可矣,安知大局?"

刘濞于是一笑,遂不用桓青之计,私下里对桓青道:"我军气盛于当世,且得道多助,无人可敌。明日西向,逢山开路便罢,小将军无须多虑。"

桓青大失所望,只得叹气退下,独自郁闷良久。

不料刘濞在淮上等了数日,淮南三王那里,却出了变数,全不能响应。所谓淮南三王,即淮南王刘安、衡山王刘勃、庐江王刘赐三人,皆为淮南厉王刘长之子,与文帝素有杀父之仇。

　　那淮南王刘安,前文已表过,为厉王长子,迄今尚记父仇,在淮南韬晦多年,招宾客数千,只为有朝一日图大事。此次接了吴王檄书,觉时机已到,便要发兵,不承想,却中了淮南国相的圈套。

　　闻刘安欲反,淮南国相大感震惊,遂佯作请命道:"大王之意已决,臣唯有万死不辞,愿为统军之将,冒死出战,以成大业。"

　　刘安虽是足智多谋,到底还有文人气,不谙用兵之道,见丞相慷慨请命,便也不疑,即令丞相持节,赴军营统兵。

　　淮南国相持了刘安节杖,奔入军营,这才露出真意来,召集诸军,自称不受刘安节制,严令各部守境,抗拒吴军。刘安得报,竟是无计可施,只在宫中顿足叹息。因此淮南这一路,反倒成了朝廷屏障。

　　再有衡山王刘勃,父仇本就淡漠,听了近臣劝告,更不欲谋反,遂将吴使拒之门外。

　　庐江王刘赐,父死时尚在襁褓,几无仇怨可言。加之贪恋荣华,不愿涉险,回书便语意含混,未置可否。

　　刘濞在大帐中接报,怒气上涌,拍案骂道:"其父废材,子又何能? 杀父之仇竟能忘,岂非禽兽乎?"

　　刘戊在旁劝道:"彼辈声色犬马惯了,焉能有骨气? 伯父无须理会,我吴楚两军,气势正盛,不如克期攻入梁国,先斩去昏君一条臂膀再说。"

　　刘濞想想,便摊开舆图,与刘戊细数诸侯已出兵者。时天下诸侯,共有二十二国,接到传檄,仅有胶西、胶东、菑川、济南、楚、赵、吴等七国发兵;外藩中,也仅有东越国相从。其余十五王,皆裹足不前。

　　起事之前,刘濞原想各王必能仗义相从。如今看来,应者还是不多;齐地诸王,又只顾围困临淄。可发兵西向者,仅吴、楚、赵三家,终究是势单。

　　想到此,刘濞以指敲案,叹了口气:"唉,竟是骑虎难下了……"

　　刘戊却道:"哪里是骑虎? 我吴楚两军,便是猛虎,有何城不可克! 伯父莫要学淮南王文气,请提兵入梁,拿下睢阳,大事即可成矣。"

刘濞沉吟有顷,忽就横下心来,命左右去取来甲胄。

不过片刻,左右将一副玄甲①呈上,刘戊瞥了一眼,不禁诧异:"如何恁地敝旧?"

刘濞拿起玄甲,摩挲有顷,方笑道:"此甲,乃寡人弱冠时所披。"

"四十年过去,如何还能用?"

"你有所不知,伯父已不复当年之勇,然上阵杀敌,仍需披此甲。当年有幸,曾随高帝讨贼,今日着旧甲,乃为昭告世人:大丈夫既有当年,便誓不为小儿所欺。"说罢,便将甲胄递给左右,"将甲叶擦亮,绳索结牢。寡人虽老,明日亦将披甲上阵!"

刘戊听得热血偾张,挽袖问道:"伯父,你便说,我军何日拔营?"

刘濞昂然道:"通告各营,明晨即发!"

次日晨,吴楚大军果然拔营,浩浩荡荡,杀入梁境。此时,叛军裹挟甚多,堪堪已有三十余万众,各怀异志,士气正旺。那梁国本就狭小,城邑亦不坚,经多年富庶升平,何曾见过这等阵势。

吴楚军入梁不久,梁地各边邑非降即破,兵卒溃散,百姓纷纷逃难,如虫蚁般拥塞于途。

梁王刘武在睢阳得报,暗暗吃惊,勉强沉住气,冷笑道:"乌合之众,焉能成大事?且看寡人如何应对。"便令中大夫韩安国,偕同来降的楚将张羽,集结东境军民,于棘壁(今河南省永城市西北)固守,务要阻住叛军。

吴楚军接连得手,士气愈盛。军至棘壁,即有东越兵万人为先锋,各个断发文身,黑齿花面,手执短戟攀城,勇猛异常。

壁垒内梁军见了,只疑是南海罗刹来攻,都不免惊恐。韩安国老成持重,身不披铠甲,手不执戟戈,只徒手四处巡察,见有疏漏处,立责校尉,不容置辩。

却说这位韩安国,乃是梁国成安(今属河北省邯郸市)人氏,后徙居睢阳,本是一温雅书生。早年曾赴邹县(今山东省邹城市)拜师,学了些《韩非子》及各类杂说,在睢阳略有名气。刘武徙封梁王之后,闻其名,便召他为中大夫,聊备顾问,然并无

---

① 玄甲,即铁制鱼鳞铠甲,因铁甲呈黑色,故名"玄甲",西汉时期始盛行。

重用之意。

不想韩安国老成持重,临危受命,率军民守棘壁,自此名声大噪,竟一变而为勇悍武将。

那裨将张羽,来历亦不凡,其父正是已故楚相张尚。楚王刘戊欲反,张尚不从,竟遭斩首。张羽闻老父遭不测,趁夜逃走,奔入梁国投效。梁王看他忠勇,又怜他丧父,便命他随韩安国带兵。

张羽颇敬韩安国,凡韩安国所指不妥处,无不加意督责。如此,棘壁军民起先虽有畏怯,后却愈战愈勇,白日御敌,夜来则放箭袭扰吴楚营。

吴王刘濞见棘壁数日不可下,大怒道:"吾志在天下,岂可为棘壁所绊脚?"遂出重赏,发死士八百人,昼夜仰攻,死伤填满沟壑,竟高与壁垒齐。

吴楚军到底众多,为气势所激,争相攀爬。壁垒上下,血流如注,竟成一片赤土。

如此激战两昼夜,壁内箭矢渐少,人力亦不支。韩安国、张羽见终不能守,相对叹息半晌,命残卒打开东栅门,任由百姓出降。

壁垒外吴楚军见了,欢声雷动,都拥上前来看。冷不防间,韩安国、张羽率残卒两千余人,打开西门跃马冲出,趁吴楚军不备,杀出一条血路,逃逸去了。

棘壁陷落,刘武这才稍感震恐,立遣中尉公孙诡等六将,急征丁壮十余万,自睢阳东出迎敌。

临行之际,刘武吩咐公孙诡道:"公孙将军,丁壮多未经训练,不足依恃。你肚中有多少诡计,尽都拿来讨贼。"

公孙诡昂然道:"'饵而投之,必得鱼焉。'梁兵虽少,将却不弱,臣下自有鬼谷子阵法拒敌。"

梁军出了睢阳城,疾行百余里,至建平(今河南省夏邑县)地面,正与吴楚军迎头撞上。

那建平地方为河边平壤,可一望千里,无所遮蔽。吴楚两军挟得胜之威,正要去夺睢阳,远远望见一股孤军,旗帜凌乱,甲胄不整,却敢来迎战,不禁全军大哗。

　　刘戊在戎辂车上望见,也是失笑:"那梁王只知优游,竟是这等人马前来,莫非要送死吗?"

　　刘濞强忍住笑,轻蔑道:"来将为公孙诡,闻说诡诈百出,看伯父如何摆布他!"即命中军布阵,又分出左右两军来,潜至两边埋伏下。

　　刘濞麾下中军,为十万精锐,多年操练不断,虽未经大战,亦可称精良之卒。中军布好战车之后,弓弩手隐于车上,步卒执戟立于阵中。

　　那公孙诡虽蒙荣宠,做了中尉,却是从未上过战阵,望见对面烟尘滚滚,不知吴楚军来了多少,心中便觉忐忑。待吴楚军布好阵,见拢共也不过十万人马,心中稍安。于是挥动令旗,布下鬼谷子兵法之"天覆阵",将马、步、弓弩兵前后排开。

　　待两阵对圆,刘濞使个眼色,刘戊便上前叫阵道:"对面听着,统军为何人?出来说话。"

　　那公孙诡全身披挂,驱车往阵前,戟指对面道:"某为梁中尉公孙诡也,在此等候多时。单要问,是何人敢犯我境?"

　　刘戊仰头笑道:"我当是何等人物,原是无名鼠辈。今吴楚联兵讨贼,借道梁国,知趣者从速让路,阿爷必不责怪你!"

　　"大胆反贼,敢称讨逆!你等不守封国,擅发兵马,真有包天之胆。吾等衔天子之命,前来平乱,依鬼谷子之谋,布下天覆阵;你辈若不想受死,便束手就擒。否则,定教你吴楚二王死无葬所。"

　　刘濞听到此,按捺不住,驱车上前叱道:"呸!汉家无人了吗?竟用了你这等诡诈小人。你那天子,真是个昏天子;你那梁王,更是酒囊饭袋。倒是你这公孙将军,我吴地间巷无赖,也都知你名号。多说也无益,我便教你知道:二王岂是那般好擒的!"当下吩咐刘戊道,"无须啰唆,擂鼓!"

　　刘戊稍有迟疑,提醒道:"伯父,鬼谷谋略小觑不得,须小心他那天覆阵。"

　　刘濞登时横眉叱道:"甚么天覆阵,猪狗之众!无能小人,焉知鬼谷子?他这等布阵本领,连农夫也不如。弓弩手便无须放箭了,不论马军步军,只管掩杀过去。"

　　刘戊一凛,连忙擂动鼓桴。吴楚军初闻鼓声,先是一怔,继而全军大呼,不分阵列,只顾漫山遍野地杀了过去。

那边梁军,虽也阵法整齐,却从未经历战阵,到底是胆虚。见对面有无数花脸越兵,状似天魔,口出怪声,不要命地杀来,前阵便起了动摇。

眨眼之间,越兵便杀近,队中猛地摇起数百面朱雀旗,望之倍觉诡异。梁军中有老卒见多识广,都惊呼道:"不好,'飞头蛮'来了!"

公孙诡也看得呆了,正要擂鼓发令,听闻对面鼓声又起,远远草木丛中,蓦地跃出无数吴楚伏兵,漫山遍野,从左右两面喊杀而来。

旁侧便有副将急问道:"中尉,如何不擂鼓?"

公孙诡喃喃道:"吴楚军势大,我军如何当得起? 我意……先回军为上。"

那副将惶急道:"我军执大义,如何能退?"

公孙诡主意已定,反倒有了胆气,怒叱了一声:"大义能当得刀剑吗? 回军! 梁王面前,我自有交代。"

众梁军知恶战不可免,正欲拼上一死,却不料闻听鸣金退兵。又见中军大纛摇摇晃晃退却,知主帅已然回撤,惊慌之下,前军哗然,立时阵脚大乱。

刘濞在对面见了,不由哈哈大笑:"如此鬼谷子徒儿,当得何用?"便命刘戊擂鼓催军,尾随追杀。

梁前军为避来敌,争相践踏,不成队列。吴楚军转眼便杀入阵中,手起刀落,如砍瓜切菜一般。梁卒有奔逃不及的,非死即伤,一时惨呼震天,血流遍地。

梁军诸将都心胆俱裂,死命护住公孙诡。有那上过战阵的,不禁疾呼道:"公孙将军,不可急退,若全军溃散,你我皆无可逃!"

公孙诡这才回过神来,抄起鼓桴急擂,督众军死命抵住。梁军闻听鼓声,这才收住脚步,返身挺戟,在平野上与敌厮杀成一团。

无奈吴楚叛军人多势众,一队队如潮而来,矛戈狂舞,杀声震天。梁军阵中六将,知生死悬于一线,各个督军死战,身上中箭如猬,血染袍服。

吴楚众军为争功,大呼抢上,将六将团团围住。不多时,即有两将战殁,一被斩首,一被肢解。

公孙诡在戎辂车上望见，面色渐白，踌躇片时，终哀叹一声："大势去矣！"便急命御者回车，狂奔而去。

众梁军见主帅奔逃，哪个还敢恋战，发一声喊，也掉头便跑，全军立成溃散之势。

其余四将见阻敌无望，也只得拼死杀出，护在公孙诡车后，一路狂逃，奔回了睢阳。

这一战，吴楚军大胜，斩杀梁军三万余人。其余梁军侥幸逃脱，旗鼓、盔甲散落一地。田畴上，但见尸横遍野，犹如谷垛处处。

刘濞、刘戊驱车疾进，登上高丘。时正值日落，夕阳残照，如血浸平野，千里皆是赤色。

刘戊远眺烟尘，回首问刘濞道："如何，这便去围睢阳？"

刘濞志得意满，摇头笑道："杀了半日，我军也是疲累，且安营歇息，来日再战。那梁王小儿，已无处可逃！"便下令鸣金收兵。

四　七国举兵鼙鼓擂

长安未央宫中,自正月初起,数日间,便有羽书雪片般飞来,称吴王刘濞倡乱,七国齐反,叛兵已逼近睢阳。刘濞所写檄书,随即也由斥候送到。

景帝闻报,大出意料,心中不免慌乱,立召群臣会议,商议对策。

待众臣集齐,景帝蹙眉问道:"如何七王俱反,事前竟无察觉? 高后临朝以来,似今日情势,绝无仅有,这又该如何是好?"

众臣一时亦无良策,都在心里斟酌。景帝便心急,望住晁错道:"晁公,今日之势,你可曾料到吗? 削藩固是好计,然四面皆反,竟是为何?"

晁错于昨夜已闻七国举兵,亦是暗自吃惊,一夜未睡,早已想好对策。此时便道:"吴王倡乱,乃迟早之事,陛下不必担忧。臣之意,七王联兵谋反,来势汹汹,天下百姓必翘首观望之,故朝廷不可示弱。陛下当亲征,以示天威。"

景帝便一怔:"亲征? 朕出长安,关中由何人来守?"

晁错跨前一步道:"臣可留守京都,征兵调粮,以免后顾之忧。陛下只需率军东出,扼住荥阳(今河南省郑州市古荥镇),天下便不至动摇。淮泗一带,尽可弃之,令叛军志骄意得。陛下则在荥阳稳坐,待其师疲。吴楚叛兵至,则可于城下决战,一鼓而破之。"

景帝便沉吟不语,未置可否。

晁错又道："吴楚军虽众,不过是些乌合之众,为利所诱,不知大义。陛下亲率精兵良将,以正讨逆,恰如以鹰搏雀,能有何闪失?"

景帝便略显急躁道："晁大夫,你往日论兵,切中肯綮;然今日却是用兵,万不可轻心。朕若亲征至荥阳,只不过与吴楚两军相拒。诸叛王中,尚有赵王在北,齐诸王在东。若荥阳一战未破敌,便有翻作楚汉相争之势,难有了日。待齐、赵两军左右来援,荥阳岂不成了朕之垓下? 故而亲征之议,实为不妥。"

晁错还想再争,看看景帝脸色不好,便只得忍住。

景帝环视诸臣,又问道："贼势猖獗,不容迟缓,诸君可还有好计?"

丞相陶青及九卿等人,皆暗恨晁错惹祸,又不敢当面指斥,便都不语。

景帝越发焦急,忽一眼望见条侯周亚夫在列,心中一亮,想起父皇所嘱,便唤周亚夫到御座前来。

周亚夫此时已为车骑将军,闻景帝招呼,便跨前一步,拱手道："臣听令。"

景帝温言道："先帝在时,称你'真将军也',嘱我可托大事于你。今七国作乱,正是用人之际。朕之意,拟命你督军讨逆,不知条侯意下如何?"

周亚夫凛然道："朝廷有难,大臣岂敢退缩? 臣愿为前驱,领兵讨逆。"

"此去,可有几成胜算?"

"将军出征,不计利害,唯一死而报君王。"

景帝便拊掌道："好! 将军有此志,我心甚慰。今日便加你为太尉,统领天下兵马,克期出兵,敉平贼乱。"

正议到此,忽有谒者慌忙奔入,递上梁王刘武告急文书,称吴楚两军倾巢而来,已将睢阳团团围住。城内劲卒无多,恐危城难支,恳求朝廷发兵往援。

景帝看罢,额头便有汗出,叹道："贼军已围住睢阳了!"

周亚夫连忙劝道："陛下勿虑。睢阳城坚,箭矢亦多,贼军一时不可下。待臣下领兵去救,可保无事。"

景帝便颔首道："唯愿如此。朝中尚有猛将三十余员,皆可重用。诸将此去,必不负朕意,且去议好应对之策,明日再呈上。"

殿上诸将领命,齐声应诺,先退下自去商议了。

景帝留下陶青、晁错等文臣,又议了一番征调粮草事,方才罢朝。

夕食毕,景帝独坐灯下,翻看各处急报,忽又有齐王急报呈上,称毗邻四国联兵,攻临淄甚急,请朝廷从速救援。

景帝看了,愈发不安。又见众涓人也愁眉不展,便知叛乱消息已传开,人心动摇,不由就深深失悔:当初削藩,未免太过操切。

将前后事细思一遍,猛地就想起窦婴来,觉窦婴在集议时所言,句句中肯。当日若听了他劝谏,何至有此难堪?再想到窦婴所言,"天下事,非道理可以尽言",便更觉锥心,不由连声叹道:"书读痴了,到底是迂腐。"

此时案上膏油灯,有灯花噼啪爆响,火苗渐暗。身边宦者忙拨出头簪来,剔亮了灯芯。

灯火一亮,景帝心头便也豁然一亮,忽就拍案道:"便是如此了!"即唤涓人,传召郎中令周文仁火速前来。

不过片时,周文仁神色不安,疾步抢入,景帝便问:"朕欲召窦婴问话,时已入夜,可否寻觅得到?"

周文仁面露诧异,当即回道:"窦婴去职,未曾闻已离长安,臣今夜定能访到。"

景帝便吩咐道:"去备一乘安车,迎他入宫来。"

周文仁会意,料定窦婴或可复职,心下就一喜,正要转身退下,景帝忽又叮嘱道:"若访到,无论何时,立召他来见我。"

周文仁走后,景帝呆坐一会儿,又觉烦躁。看了一眼刻漏,觉时辰尚不晚,便起身唤涓人,要往长乐宫去。白日里商议出兵,未及向母后请安,此刻前去,也可顺便讨教。

稍后,景帝从复道至长乐宫,入长信殿中,拜过窦太后与长公主刘嫖,便坐下来闲聊。

窦太后早闻说诸王倡乱,甚为梁王担心,一夜未眠。此时觉景帝神色如常,不由纳罕,便急问道:"七国齐反,武儿那边势已急,启儿与大臣有何商量?"

景帝也知母后必有此问,便答道:"削藩稍急,牵动了四方,然诸王迟早也是要反。"

"可怜武儿,今日竟困于孤城。当日廷议,就未曾有人料到吗?"

"有。窦婴曾力谏,削藩之举不可过急。"

窦太后便叹息一声:"窦婴自家人也,终究还靠得住些。"

景帝便趁势道:"今已加周亚夫为太尉,领军讨贼,母后不必挂虑。父皇所选将才,治军有方,那吴王不是他对手。儿臣只觉统军之才,还是不足用。"

窦太后默思片刻,忽问道:"晁大夫有何好计?"

景帝摆摆手,不肯答话。

刘嫖忽插言道:"连涓人都在议论,说晁大夫惹了大祸。"

景帝便敛容道:"也不是此话。削藩到底还是要削,不然,终不得安宁。"

刘嫖忽就一笑,戏言道:"削藩既是晁错之计,何不教他去带兵?"

景帝苦笑了一下,扭头不应。

窦太后便拍了刘嫖一掌,嗔道:"你又说怪话,他哪里行?"

正说到此,忽有谒者来报:周文仁引窦婴前来,求见天子。景帝神情便是一振,急命宣进。

窦太后甚觉诧异,景帝连忙道:"儿臣召窦婴来,拟委以重任,教他领兵去讨贼。"

刘嫖掩口笑道:"晁错不行,怎么窦婴又可以?"

景帝便正色道:"阿姊莫笑!窦婴善谋,早料到诸侯必反;用他领兵,自会有谋断。"

窦太后瞥一眼景帝,面露愧悔之色,轻叹道:"为母早前是心急了些,不该削他籍。"

景帝笑道:"那有何打紧?明日上朝,复他宗室籍便是。"

正说话间,谒者将周文仁、窦婴引进。景帝满面含笑,对周文仁道:"郎中令辛苦了,可暂回西宫待命。"随即唤窦婴坐下。

待周文仁退下，窦婴向景帝施礼毕，却迟迟不欲入座。

景帝便招呼道："来来，坐下说话，都是自家人。朕与太后，也不过随意闲话。"

窦婴这才坐于下首，向窦太后、刘嫖恭敬一拜。

窦太后摆摆手道："你们尽管说话，哀家也是无事。"

窦婴原本猜想，召见恐是为起复之事，不料景帝劈头便道："今急召你来，是为讨逆事。朕之意，拟命你领军一支，东出讨贼。"

窦婴便大惊："陛下，这如何使得？臣素不习兵，如何领得了军？"

"将军之事，不在舞刀弄剑，而在谋略。如下六博①棋，每出一招，须猜得对手筹码如何。此前公卿集议，你在廷上所言，以今日之势看，无不说中，这即是胸有用兵之谋，便不要推辞了。"

"臣近来多病，实不堪大任，还请陛下另择贤才。"

景帝知窦婴负气，对削籍之事仍耿耿于怀，便笑道："王孙兄岂是无才，日前实不该挂冠而去；今诸王叛乱，更不该负气不出。诸侯事，危及汉家根本，你位列国戚，岂能袖手不问？"

窦婴不语，只瞥了窦太后一眼。景帝心中便暗笑，伸手拉了拉窦太后衣襟。

窦太后一怔，忽然醒悟，忙对窦婴道："皇帝之言，并非玩笑，你便从了吧。山东之事已成乱局，宗室不出头，还有哪个肯卖命？"

窦婴闻言，知窦太后已弃了前嫌，这才释颜，向太后一拜，应诺道："侄儿遵命。权且随军，做个护军②便好。"

"岂止是护军？朕之意，拜你为将军，独当一面。"

"陛下使不得！臣寸功未立，无由为将军。老将郦寄、栾布两人，皆可独当一面。"

"好，既是王孙兄举荐，二人都可拜将，同归王孙兄节制。"

---

① 六博，又作陆博，古代之兵种棋戏，据推论象棋或即由六博演变而来。

② 护军，高级武官名，掌武官选拔事，并监督诸将。

窦婴便又一惊，连忙揖让道："臣下有何德何能，可节制老将？"

景帝按住窦婴手臂，敛容道："天下危，王孙兄不可退缩。"

刘嫖在旁看不过，催促道："表兄，怎的有恁多扭捏？谢恩便好了，莫不成要推让到半夜？"

窦婴犹疑片刻，只得叩首道："臣愿从命，将奋力平乱。"

景帝大喜，忙将窦婴扶起："这便是了！事急，也顾不得登坛拜将了，明日即宣诏。周亚夫今已加太尉，统领天下兵马，率精锐往援梁王。其余诸路，皆由你节制，分路进剿齐赵。诸将当如何分派，明日再议。"

窦太后、刘嫖都面露喜色，只望住窦婴。刘嫖脱口道："塌天的祸，都是晁错惹的，却要咱家人来收拾。"

景帝忙摆手制止道："休得玩笑，晁错之意便是朕意。诸侯具反心已久，所谓'清君侧'，巧言而已。不然，有十个晁错出来，也依旧太平。"

刘嫖瞥见窦太后面露倦意，便起身道："好，阿姊不多嘴了。时辰已晚，男人之事也留待朝堂去说。"

景帝、窦婴相视一笑，便也起身，向窦太后揖过，告辞出来。

过未央宫时，景帝不乘步辇，与窦婴信步走过复道，随口问道："王孙兄，依你之见，平七国之乱，妙计何在？"

窦婴叹了一声："贼势浩大，能有何妙计？无非太尉击破吴楚军，七国便俱散。"

景帝颔首道："正是。幸亏先帝识人，朕便将北军精锐尽付与他。偏师两路往齐、赵，则由你全力督责。"

此时冬夜浩茫，周天寒彻。未央宫广厦万间，尽没入夜雾中，仅可见灯火稀疏。两人远眺夜景，都觉心事重重。

景帝自责道："旬日间，贼众便成席卷之势。朝廷孱弱至此，也是朕太无能！"

窦婴却不以为然："诸侯之罪，在于以下犯上，而不在倚强凌弱。此次祸起，缘于礼制不周。削藩固然好，然也须循周礼，不与诸王斗智，也就不至于生事。"

景帝便怔住："循周礼？申屠嘉在时，也有此意。"

窦婴顿了片刻,慨叹道:"故丞相老成谋国,只是可惜了!"

景帝便不语。窦婴又道:"申屠嘉生前所推重,仅袁盎一人可堪大用。"

"哦?"景帝不由驻足,微微颔首道,"此人确乎多才,朕倒是冷落他了,留待日后重用吧。"

次日上朝,景帝便当廷宣诏:复窦婴宗室籍,拜为大将军,并赐千金;拜郦寄、栾布为将军,各负扫平齐、赵之责。

众臣方才见窦婴入朝,本就惊奇;此刻又闻诏令,更觉大奇,顿时满堂哗然。晁错也颇感意外,只道是主上急昏了,便暗自好笑,只佯作欣喜,也随众人向窦婴称贺。

众臣贺罢,当廷又商讨半日,遂议定:由周亚夫率三十六将,领大军迎击吴楚;郦寄领别军一支击赵;栾布领别军一支救齐;窦婴领军一支殿后,驻屯荥阳,为郦、栾两军后援。

景帝自是照准,遂高声对众臣道:"高帝手创基业,横绝夷夏,不可失之于我。今发兵讨逆,有赖诸君,万事不可轻慢。所幸贼势虽炽,却未成一体,正合分头击破。诸王多不知兵法,唯吴王老练、楚王彪悍,故大计在于灭吴楚。分道诸将,要好生与太尉呼应。"

阖朝文武听闻此言,知景帝于大势已了然于心,便都感振奋。当下由陶青、周亚夫、晁错分率诸臣,筹措兵马、征丁、筹粮草,各自忙碌去了。

周亚夫领命调兵,在太尉府召集众将,颁下军令:太尉周亚夫统领全局,自率北军一部及近畿兵东进;郦寄率河东、上党郡兵北上;栾布率颍川、河南、南阳郡兵,借道济北援齐;窦婴自设大将军行辕,率汉中、北地、陇西郡兵,为齐、赵两路后援。各路只待募齐兵马,即择日出兵。

如此分派毕,周亚夫拱手对诸将道:"孔子曾言:'临事而惧,好谋而成。'在下蒙先帝遗爱,受命统军,实则寝食难安。眼下诸王作乱,已越旬日,军情刻不容缓。分道两军,虽属偏师,亦当昼夜筹措,片刻也延挨不得。我汉家兵民,数十载未经鏖战,骄惰日甚,粮草械甲皆不齐,请务必多加用心。"

窦婴应声道："下臣素无才,贸然受命讨逆,心中有愧。然未敢忘圣人之训:'力不足者,中道而废。'太尉所言,臣当竭力为之。"

"好!"周亚夫便振衣而起,对诸人道,"在下早年曾在云台山,从师研习兵法。吾师擅弄秦筝,其声激越,如云台千尺之瀑。我也稍有习得,今奉上一曲,为诸公壮行。"

言毕,便命左右抬上一架秦筝,敛息坐下,挥手弹奏,果然声如飞瀑直下,激浪玲珑。

众将为之鼓舞,皆血脉偾张。窦婴更是拔剑而起,舞之蹈之,口中叱咤有声。满座人皆击节喊好,顿起一派豪壮之气。

次日,北军大营内,便坚起赤红大纛一面,上书"汉大将军"四字。窦婴端坐于行辕大帐内,调兵遣将,分委军务。特将天子所赐千金,陈列于帐外,各军吏所需费用,皆令自取。上至将军都尉,下至军侯屯长,见此情景无不动容。

数日后,帐前千金散尽,无一文落入私囊。军伍上下,众口宣扬,皆为窦婴大义所激,甘愿效死。

半月内,长安城内,各路兵马杂沓而来,辎重不绝于道。闾巷百姓闻风尽出,夹道观望,各自都心怀惊疑。

王师一时不能发,睢阳那一边,却是日日望眼欲穿。当日公孙诡败回,奔入城内见梁王,头不敢抬,浑身战栗道:"禀大王,贼势甚众,数倍于我,遍野无可计数,部众死战而不能支,属下六将,有二人战殁。臣戴罪而归,甘愿受斧钺之刑。"

刘武见公孙诡战袍撕裂,面有箭伤,也不忍严责,叹了口气道:"罢了,已闻斥候报称,贼众有三十余万,你孤军如何能支?吴楚倡乱以来,所向披靡,你好歹也是挡了一阵。"

公孙诡又道:"吴王自幼习兵,诡诈过人。兼有东越兵相助,其状如魔,我人马受惊,不能成阵,而非我军不能战。"

刘武也看穿公孙诡本领,忍不住讥嘲道:"国人皆仰公孙将军,只道是孙武、白起再世,却不意竟有今日!那鬼谷子之术,也不灵了吗?"

公孙诡脸色一白，连连叩首道："臣无能。臣实是只懂术数，不谙战法。"

刘武便哂笑："早年，吴王曾追杀英布，你腹中那几册鬼谷子，岂是他对手？明日他挥兵至，睢阳便是孤城，你速为我占一卦，此城可保否？"

事涉本行，公孙诡便精神大振，取出龟甲烧之，细看纹路，得一卦。卦辞云：

来兑之凶，位不当也。①

刘武不禁纳罕："此是何意？"

公孙诡道："回大王，此卦意谓：有喜悦事自上而来，却是凶象，只缘方位不当之故。"

刘武侧首想想，不得其解，只得吩咐道："公孙将军，出战既不能胜，城总要给我守住。吴楚军不日即至城下，鬼谷子若再不灵，我辈死矣。请力督城内兵民，环城筑壁垒，死守待援。"

公孙诡领教了锋镝之险，胆早已吓破，慌忙推辞道："臣实不堪领兵之任，大王请另委羊胜、邹阳为好。"

刘武便挥袖叱责道："那两人，尚不如你诡诈，又焉能迎敌？着你两日之内，筑成壁垒，若不成，则与战败一并问罪！"

公孙诡诺诺而退，连忙召集校尉、啬夫等，将筑垒之事分派好。众官见他疾言厉色，都不敢怠慢，连夜发动兵民，筑疆起土。数万人忙碌两昼夜，未等完备，就见吴楚军浩浩荡荡，已铺天盖地般杀来。

刘武接京师传信，知天子已下诏调兵讨贼。故而闻吴楚军来，亦不惊惶，抛去平日的骄奢气，也全身披挂，登上壁垒去看。

但见吴楚军旗甲鲜明，首尾相连，望之不知有几多。刘武这才心生畏惧，知公孙诡如何一战即溃了，忙召集各属官，训诫道："叛众挟得胜之威而来，凶顽必甚于

---

① 见《易经·下》六十三，兑卦。

昨日,我辈已无退路。各官无论文武,均不得退缩,要与兵民同守。天子今已下诏,太尉率援军,不日即至。今若壁垒破,则睢阳难保,睢阳不保,则长安即是当年之咸阳。社稷生死,就在这几日,吾辈不能坐等残灭。"

时韩安国、张羽已从东境撤回,这日也在列。韩安国便进谏道:"外围壁垒,仓促而成,疏漏之处甚多,不可过于依恃。"

张羽也附和道:"壁垒望之俨然,实则无大用,稍作抵挡,便可弃之,免得卒伍折损过多。"

刘武便心头火起,怒斥道:"你二人不必多言!"

韩安国仍争道:"此前我据棘壁,沟深垒高,将士拼死仍不能守,况乎此等草草之垒。生死已临头,无益之事,大王缘何为之?"

刘武大怒,戟指韩安国道:"此前败退,不究你便罢了。若再多说一句,投你到狱中去。临战之际,动摇人心者,必斩!"

韩安国悲愤几欲泪下,只得悻悻住口。

果不出韩安国所料,此次吴楚军来攻,早已有备,于阵前推出冲车数十辆,有弓弩手登车,箭矢齐发。壁上梁军哪里能抵挡,皆藏于盾后,无人敢抬头。待一阵箭雨落下,又有无数云梯竖起,搭在壁上。素擅攀爬之东越兵,如蚁而上,毫无畏怯之色。

守垒梁军,原就知壁垒难守,见吴楚军来势凶猛,更无心死守。勉强战了半日,便有三五处被攻破。围城吴楚大军见了,欢声雷动,纷纷跃上壁垒砍杀。

城上门吏知大事不好,连忙拉起吊桥。壁垒内守卒,欲反身奔入城中,却为城壕所阻,无处可逃,只得拼死格斗,一时血肉横飞,哀声动地。城头梁军欲放箭,又恐伤了自家人。可怜壁垒中这千余守卒,寡不敌众,无多时即死伤殆尽。

主帅公孙诡在城头望见,冷汗淋漓,两腿站立不住。身边亲兵见了,连忙从左右扶住。

梁王刘武此时在南门楼观战,也是胆寒,连忙命人撤去伞盖、黄钺,又在箭堞后窥看良久,心内愧悔难当。

　　回首一望,恰见韩安国、张羽正在城上巡查,便也顾不得许多了,抢步至二人面前,咚一声跪地,凄声哀恳道:"睢阳或将不守,二公请恕我! 寡人有误,自有天谴,事急矣,已无暇多说。今拜二公为大将军,统领城防。汉家命祚,今日悬于一线,望二公受命,万不可推辞!"

　　韩安国、张羽一时怔住,不禁面面相觑。

　　刘武见二人不应,心头更急,顿时涕泗横流。正要再叩首,韩安国连忙也跪下,扶住刘武道:"国难当头,为臣岂能不救? 韩某久居睢阳,脚下皆是我故土,誓不容贼军再进一步。"

　　张羽闻言,连忙也跪地拜道:"臣岂能忘杀父之仇,宁愿死于战阵,亦不敢偷生。"

　　领命之后,两人在各处看过,觉睢阳城不甚高,且有残缺处,便督责民夫,昼夜抢修。又遍告城内三老、啬夫,将年满十六至六十岁男丁,尽数征发上城。

　　梁国武库本就充足,韩安国命人将弓弩箭矢、滚木礌石等,尽数搬至城头,所存铠甲也分与丁壮。待诸事妥备,便与张羽巡行四门,晓以大义,并悬出重赏。兵民闻之无不感奋,皆流泪愿以死报国。如此,城上梁军情势,转眼便由弱变强。

　　刘武见韩安国处事有方,心中欢喜,知是用对了人,便登城询问道:"韩公,以此之备,可守得半月吗?"

　　韩安国心中有数,慨然答道:"贼军来围,人马数倍于我,志在夺城。若我兵民只想守十天半月,又当得了何事? 臣领兵之道,不独以义喻之,且以利驱之,若不守半年以上,大王只管问罪。"

　　刘武大喜道:"大将军意气,着实了得! 待敌退,寡人当上奏请封。昨日已有细作数人,潜出城去,赴京师催问援军,请韩公放心。"

　　韩安国便道:"我若仅守三日,而大军三日之后至,则城已破,又将奈何? 故我屹立半年,便无虑援军来得迟早。"

　　"不知韩公将何以持久?"

　　"无他,如韩非子所言,'信赏必罚,其足以战'。若滥赏不罚,将士又怎肯用命？"

刘武闻之，脸红了一红，忙向韩安国揖道："闻公之言，所悟甚多。公孙诡兵败，虽不至问罪，然亦不足以统军，这便免去他中尉职，由张羽接任。"

再说那城下，吴楚军已将城垣四面围住，举目只见画角连营，旌旗遍野。自入梁以来，吴楚兵卒所战无不克，便格外气壮，遥望城头，皆指点笑骂，大有灭此朝食气概。

刘濞偕同刘戊，乘车缓缓绕城一周，将城头看了个清楚。刘濞拈须笑道："如此墙垣，可阻我雄兵乎？梁王小儿，只待授首就好！"便传令全军，明日天亮即朝食，食毕攻城，务求一鼓而下。

次日破晓，城上守军尚在瞌睡，忽闻城下鼓角大作，惊起一片晨鸦聒噪。正惶惑间，只见城下残垒中，冒出无数吴楚兵卒，搭起云梯，蜂拥攀爬。

又见吴楚大营栅门打开，数十辆冲车鱼贯而出，车上有弓弩手居高临下，放箭如雨。

韩安国守在东门楼，一夜未眠，正倚在箭堞后瞌睡，闻鼓声骤响，心知是吴楚军来攻，立时跃起，命城门吏击鼓报警。另外三门军吏，听闻东门鼓响，也一齐擂起鼓来。

霎时城楼上人声鼎沸，脚步杂沓，守城兵丁各就其位。城上击鼓，连击三百三十三槌，声声催人血涌。

那吴楚兵众亦不畏惧，争相登城。正攀到半截，忽闻一声呼哨，城上便有滚木礌石砸来；继之是滚油沸水，兜头浇下。

云梯上兵卒站立不住，惨呼跌下，后队立即拥上，屡仆屡起。守军只顾推倒云梯，杀退先登敌兵，却躲不及箭矢，连连被射翻。饶是如此，后队也是立即补上。

城上城下，两边所见厮杀之惨，都是生平所未遇。震天喊杀声中，士卒坠落如瓦，血浸城头。如是一轮刚过，又是一轮，丧命于城下者不知凡几。

韩安国伫立城楼前，岿然不动。亲兵上前要执盾护住，韩安国呵斥道："大将军当死于战，焉用挡箭！"后见叛兵放箭渐少，便下令弓弩手就位，万箭齐发。

那边吴楚军有刘濞督战,各个舍命,城上放箭虽急,却也无人退缩。盾牌不足用,众军便顶了案板、锅盖冒矢登攀。

有几处云梯,先登者身手矫捷,跃上城头,砍杀如狂,几乎要得手。张羽见不是事,急忙提剑奔至,厉声喝令守兵抵住。

韩安国正在注视,忽有亲兵喊道:"大将军,当心抛石。"

只见吴楚营门又开,推出数辆抛石炮车,一字排开。须臾间,便有巨石朝城上接二连三飞来。

亲兵眼快,猛推了韩安国一把,一颗飞石便呼啸掠过,轰然一声,将身后窗棂砸个粉碎。左右亲兵见此,都咂舌道:"好险!"

韩安国掸去身上灰尘,轻蔑一笑:"吴王,韩某虽无名,敢与你大战三十日。"

如是激战整日,吴楚军终不能得手。城头所插梁军旗帜,尽为箭矢洞穿,却无一倒伏。

吴王刘濞在城下,看得焦急,然也无计可施。至天色将暮,只得下令鸣金收兵。

待各自偃旗息鼓,刘濞便带了刘戊,驱车前出,朝城上大呼道:"城上莫要放箭!守城之将为谁?请出来说话。"

韩安国便探出身来,高声应道:"末将便是,来者何人?"

刘濞一拱手道:"我即是吴王,请问足下大名?"

"原来是吴王驾到,在下韩安国,梁大将军是也。"

"唔,将军好身手,寡人佩服得很。今诸侯举大义,清君侧,以百万之众西来。将军虽忠勇,然大势已去,何不听寡人一言,及早识时务,献城立功?"

韩安国仰头大笑:"乌合之众、犯上作乱,何以百万之众吓我?莫说君侧,即是这小小的睢阳,吴王也难越半步。"

刘濞脸色一暗,顿了顿,仍执意劝道:"将军苦战,众儿郎命悬一线,所抵死护卫者,不过一酒囊饭袋。梁王当年糜费万亿,造起梁园,何曾想过你辈辛苦?我敬将军至诚,然为人亦不可愚忠。今若能献城,梁王宫内如山财宝,可归将军一半,何如?"

韩安国冷笑一声,指城下壕沟问道:"吴王可见这死伤者吗,哪个不是百姓儿郎?你在豫章铸钱,流布天下,所获何止万亿;既享尽奢华,又何忍见农家子枉死沟壑?你之心肠,究是何物所铸?你生于今世,究有何德服人?酒池肉林,尚不知足,还要夺人之地、索人之命;自古大盗害民,可有过于此的吗?"

刘濞登时暴怒:"竖子,你当我是桀纣?"

韩安国便也怒回道:"褫去衣冠,你不正是桀纣!"

刘濞气得险些仰倒,戟指城上骂道:"豺狗!我吴地本来清平,万民富庶,那晁错看得眼红,却要来夺地掠财,可知人间还有一个'耻'字吗?贼臣当道,方有你这丧心之徒,只知护主,不知大义。城破之日,我必将你千刀万剐!"

韩安国大笑道:"大丈夫死有何惜?不似你吴王,死亦难舍不义之财。能见你屯兵于城下,束手就缚,以成我大名,便是韩某平生所愿。"

刘戊执盾在侧,见不能劝降,忙拦住刘濞道:"伯父,愚氓无识,多说何益?待明日拿下,将他祭旗便是!"言毕,便命御者掉头返回,驰入大营去了。

城上兵卒,听了这番舌战,都大呼痛快,七嘴八舌也朝城下乱骂。

韩安国回首喝止道:"你等皆住口!如此恶战,还不知要熬多少时日,各去休整,松懈不得。睢阳被围,乃是天选我辈,或死义,或偷生,都将名传于万世,须得好生思量!"

城上众人听了,顿时一片哑默。日暮寒风中,唯见残旗飞扬,飒飒作响。

睢阳被困,急报连连;京城里讨逆诸将,心头都倍感惶急。窦婴所部卒伍,需远自陇西等处调来,途中费时,就更觉焦灼不宁。

好容易检点齐备,正待择日上路。这日薄暮时,天降细雪,忽有守卒报称:前吴相袁盎自城中来,在辕门外求见。

窦婴与袁盎有旧交,故日前曾向景帝举荐,此时闻袁盎至,自是欢喜,忙将袁盎延入大帐,对坐而谈。

袁盎掸去身上雪屑,一面凑近炭盆烤手,一面故作玩笑道:"呵呵!雪夜造访将军,或不至贻误军机。"

窦婴也笑道:"甚么将军,故人何须在意?弟命途不顺,至不惑之年,仍为人牵马引车。倒是晁大夫削藩,不意间,令我得了些转机。"

袁盎便敛起笑容,沉吟道:"我也知兄有大志,非为蓬间雀。然讨逆一事,终究是难说。"

窦婴略显惊异,脱口道:"兄曾为吴相,莫非知吴王可成大事?"

"吴王为人,在下看到他骨头里。他弱冠为将,智勇名震天下,如何少年时不反,中年亦不反,将近耄耋之年,却要来谋反?"

"哦?袁兄是说……"

"此正为晁错所激!弟在吴国为相,曾以礼制之道劝吴王,吴王无不纳。如何晁错方理朝政,吴地立时汹汹?那吴王虽爱敛财,却也能轻徭薄赋,与民休息,并非残苛之辈,如何便成了晁错眼中钉?"

"袁兄说得好!弟在朝上,也曾与晁错激辩,以为削藩不如礼教。藩王坐大,非止一日,此事须从容处置。晁错不听,果然激起四方皆反。"

"削藩倒也罢了,若杀一儆百即止,或可无事。唯晁错太过不智,恃力逞强,自认是商鞅再世,一削再削,便削到吴王头上。树有皮,人亦有仪,你教吴王如何能忍得下?"

窦婴拨弄炭火良久,方抚膝叹道:"世事崩坏若此,自吕太后以来所未有。今日讨逆,兵分三路,还不知后事将如何。"

袁盎亦忧心道:"自夏侯婴数年前薨殁,当日入关老将,凋零尽净。今周亚夫虽擅治军,也仅是将门之子,从未临战。须知那吴王好武,少年时便是英布对手,韬略不可小觑。近日方起兵,转眼便席卷淮泗。此次讨逆,胜负便是神仙也难料呢!"

窦婴脸色微变,急忙问道:"兄可有好计?"

袁盎便伏地一拜,正色道:"弟不才,然于此事已有奇计。若圣上肯听,平乱只在弹指之间。"

窦婴一喜,忙将袁盎扶起:"如此甚好。时已宵禁,兄便歇宿在行辕,不必回去,明日容弟代为入奏。"

两人谈得入港,又于灯下闲话多时,方才各自睡下。

次日窦婴入朝,果然代袁盎奏报。景帝闻听袁盎有好计,自是高兴,焉有不见之理,当下就宣召入见。

袁盎缓步登上殿,心内百感交集。景帝登位之后,此为袁盎初次入朝,暌别多年,旧景虽可辨,人事已全不是当年了。

那景帝也识得袁盎,当年为太子时,袁盎曾任中郎将,常在御前,甚是得宠。只不过因敢言,方遭人谗诋,竟由外放而免官。今日见之,觉袁盎神形如昨,锋芒仍未减,不觉便笑:"袁中郎,久未见你,却是越发放逸了。"

袁盎连忙稽首道:"旧臣袁盎,在此见过陛下。往日诸事,臣也时常念之,今见陛下,只觉是在梦中。"

待施礼毕,袁盎抬头,方见晁错亦在御座之侧,不由便僵住。

景帝见袁盎神情有异,微微一笑:"袁公但坐无妨。今讨逆在即,适才正与晁公商议调兵之事。召你来,亦是为此。"

袁盎目光略一闪,才徐徐坐下。

景帝便倾身问道:"袁公曾为吴相,可知吴军此来,那统军之将田禄伯,为人如何?今吴楚倡乱,以公之见,何以当之?"

袁盎道:"陛下请宽怀,东南之乱,无足忧也;其败亡之日,当不远。"

景帝略微一笑,而后敛容道:"袁公豪气依旧,然吴王就山铸钱,煮海为盐,尽获东南之利,诱天下豪杰入彀,其势已成。且以白发之年举事,必有深谋;若无万全之计,又怎敢发难?公何以言他不能成事?"

"陛下,吴有盐铜之利,固然不错,然天下豪杰,岂能为利所诱?若真能得豪杰之士,必辅吴王成大义,绝无反心。而今吴王所诱者,皆无赖子弟、亡命之徒、铸钱奸商者流,此等渣滓,怎知义为何物?故而吴王一呼,便相率造反,实是不足为奇。"

袁盎侃侃而谈,纵论大势,景帝直听得入神。

晁错也颔首道:"袁盎所言,诚如是。"

景帝心中稍觉释然,便又问道:"吴楚既不足虑,欲灭之,计将安出?"

袁盎忽就坐直,抬头四望道:"陛下,臣有秘计,请屏退左右。"

景帝挥一挥手,身后所立谒者、涓人等,随即退下,独晁错仍留在座前。

袁盎此来,乃是有所图,若晁错在场,则事不可为。见晁错不起身,不由就暗自发急,顿了顿,将心一横,双目炯炯道:"臣所言,唯陛下可知,臣子不得与闻。"

景帝眉头略一动,回首对晁错道:"晁公,临大事者当慎之。既如此,请公也暂退吧。"

晁错这才察觉有异,知袁盎未忘前嫌,不免就满心愤恨。正欲抗言,见景帝神色俨然,便知不宜再争,只得怏怏退下,趋步往东厢回避。

景帝见晁错走远,方对袁盎道:"你尽管说来。"

袁盎遂神色凛然道:"臣闻吴楚谋逆,互有书信曰:'高帝子弟诸王,各有封地,乃天经地义。自贼臣晁错出,擅罪诸侯,削夺吾地。'故而诸侯反,实是西来谋诛晁错,复其故地罢了。此数王,也是高帝血脉,而非外姓;汉家既在,彼辈荣华也就在,又何须冒死来夺大位?故而致天下乱者,臣以为绝非吴王。各地诸王,数十年来无事,虽偶有犯禁,却并无反迹;如何晁错得势,便致海内沸腾,聚徒百万,大有破关而来之势?先皇文帝仁厚,主上亦恩慈,绝无秦帝之暴虐。今之臣民,无论尊卑,本应感恩不尽,何以仅数年间,便有鱼烂河溃之局?谁为祸首,何为肇始?臣恳请陛下三思。"

景帝便悚然一惊:"袁公,你是指晁错为祸首?"

"然也。再无第二人! 臣今有一计,是为险计。然当此时,非行险而不能求安。"

"且讲!"

"陛下可独斩晁错,遣使赴四方,赦吴楚等七国之罪,复其被削故地。则兵不血刃,可令七国罢兵,天下重归太平矣!"

景帝闻言大惊,霍然起身,负手呆望屋顶梁栋,默然良久。

此前晁错力主削藩,却未有良策在先,以防诸侯作乱,景帝于此,已心生怒意;

后晁错又力主亲征，更令景帝疑虑丛生。袁盎这一番陈词，恰说到了景帝痛处——只因听信一面之词，贸然削藩，竟致太平之世，无端起了遍地干戈，不独于当朝有失颜面，也着实难向天下后世交代。

想到此，景帝心内，不禁就迁怒于晁错。踌躇片刻，忽狠了狠心，长叹一声道："只看此计如何了。吾不能独爱一人，情愿改过以谢天下！"

袁盎见势，连忙叩首道："臣愚钝，所能献良计，无出于此，望陛下熟虑。"

景帝似听非听，只摆手道："你平身，且静候片刻。"便唤人去召丞相陶青入见。

稍后，陶青匆匆应召上殿，景帝便嘱道："丞相，听朕诏令：今拜袁盎为奉常，另拜吴王之侄刘通为宗正。两人为朝廷特使，拟往吴王处商洽。新职应授玺绶、交接等事宜，稍后再办，不得泄露消息。"

却说这奉常一职，乃九卿之首。袁盎方才上殿之时，尚是一介闲人，不过才半个时辰，便位登九卿。闻听景帝这番口授诏令，袁盎恍惚失神，几疑是在梦中，忙伏地谢恩。

景帝便又嘱咐袁盎道："你且回邸，整理行装，所有出使所需符节、车驾、兵卫等，皆由丞相操持。你与刘通二人，只在家中待命。"

袁盎谢过，起身欲随陶青退下，景帝又唤住二人道："事关大局，仅你我君臣四人知，天神鬼怪也需瞒住！"

陶青、袁盎顿觉凛然，连声称诺而退。

待二人走后，景帝复召晁错上殿，接着商议军务。晁错偷瞄了一眼，见景帝神色如常，才略略放心，料想袁盎尚不至借机进谗。议罢军务，晁错本想打探袁盎所言，终觉不便，只得怅然而退。

此后旬日，朝中并不见袁盎出入，也不闻有袁盎起复的风声。晁错思忖再三，猜想是袁盎所奏，并未被主上采纳，于是将此事搁下，不再留意了。

至正月中，周亚夫大军集结毕，计有北军及近畿兵二十余万众，粮草亦齐备，终可成行。

临行前，亚夫入朝，向景帝奏道："朝廷诸路军，仅有北军可堪一战。今楚军彪悍,进退轻捷,臣下实不敢小视。与其轻率对阵,还不如任由他攻梁,我避其锋芒,寻机断其粮道,乃可置彼于绝地。"

景帝见周亚夫如此说,也知用兵不能逞意气,便允准道:"太尉知兵,料你已有灭敌之策。如此也好,可保万无一失。只是睢阳已成孤城,日久,或将有失。"

"陛下勿虑。睢阳城坚,且有韩安国掌兵,恰如韩信背水之阵,人人求生,敌虽强而不可破。如此,一座睢阳城,便当得雄兵五十万,拖住吴楚叛众。臣下则率大军,疾行东西,击其软腹,一战可扼其喉。"

景帝闻言,大喜道:"有太尉在,汉家便无人可撼。爱卿此去,尽可便宜行事。"

次日晨,全军拔营而起。周亚夫全身披挂,威风凛凛,立于戎辂车上,率大军浩浩荡荡出城。长安百姓闻之,欢呼雀跃,都倾城而出相送。

方出霸城门不远,忽见前面有一人,挡道拦车。周亚夫心中大奇,命御者停车察看。只见那人上前,施礼道:"将军往荥阳讨贼,事成,则宗庙社稷得安;事若不成,则天下立危。仆有一言,不知将军愿闻否?"

周亚夫见那人面白长髯,器宇轩昂,知是民间高人,连忙下车,拱手道:"愿闻其详。"

那人便道:"吴王铸钱暴富,畜养死士无数。今闻将军出征,他必遣死士来,谋刺将军。"

周亚夫一惊,忙问道:"先生何以知?"

那长髯公便一笑:"以将军之智,不问亦可知。将军此行出崤关,何地最险?"

"莫过于渑池。"

"这便是了。吴王欲与将军对阵,若无三十万兵马,不能分输赢;而在渑池设伏,只需数十甲士,便可伺机置将军于死地,他又何乐而不为?"

周亚夫恍然大悟:"哦? 此一节,本帅倒是未曾料到。"

那长髯公正色道:"将军一身,社稷安危所系,岂可有未料到之事? 若军情紧急,将军可乘驿车,绕道南下蓝田,出武关,先抵洛阳,再转赴荥阳。那作乱诸侯,势必不能料到,将军竟于数日之内,即现身洛阳,如从天降。我军民闻知,士气必大振；乱贼闻知，将为之胆慑。兵法曰'不战而屈人之兵'，即是此谓也。"

周亚夫满心折服，连忙揖礼道："此计甚好，本帅即从先生之言。敢问先生大名，在何处高就？"

"不敢。在下老朽，不过长安一布衣也，名赵涉。"

"今社稷有危，贼势猖獗，公卿匹夫皆不能坐视。赵公乃非常之士，当不至袖手。可否屈尊，随本帅出征，也好随时求教？"

那赵涉未料有此一请，一时竟怔住："老朽岂能参知军事。"

周亚夫哈哈大笑，拉住赵涉衣袖道："古来即有姜太公、百里奚事，长者参军，便不足为奇。"言毕，便命人扶赵涉上车，载之同行。

当日，周亚夫即按赵涉之计，令诸将率大军走崤关，自己仅率数人，乘六骏驿车出武关。日夜兼程，取道洛阳，先期驰抵荥阳。

车入荥阳这日，百姓风闻，都倾城来迎。见太尉戎辂车上，大纛飞扬，明如火焰，上书斗大的一个"周"字，满城立时沸腾。

半月以来，近畿百姓久盼官军不至，原本皆感焦灼。每日西望崤函，只见古道寂寂，并无半个兵卒。却不料，忽一日见太尉驾到，焉能不奔踊欢呼。"三河"（河东、河内、河南三郡）地方，一日内城乡皆知，人心遂大定。

倒回去前两日，周亚夫车过洛阳，城内有侠士剧孟，曾率徒众千余人夹道相迎。

那日，周亚夫下车，问明来人是剧孟，不禁大喜过望："足下大名，遍闻三河，今日终可得见！我今来此，一不承想：七国来势汹汹，洛阳城竟安如泰山；二不承想：你剧孟居然未动。原以为，诸侯作乱，兵临睢阳城下，必是已收纳足下，为其奔走。那吴楚二王，志在举大事，却不求剧孟，我知其无能为矣！"言毕，即执剧孟之手，连连摇动，仰天大笑。

原来，这剧孟乃洛阳一带巨侠，性豪侠，不爱财，乐于扶贫济弱。平日襄助四方豪士，不求分文报酬。闲来无事，最喜博棋游戏，真情颇类少年。那洛阳，本为商贾云集之地，民皆好趋利。剧孟为人，直与俗世大相径庭，然众人皆礼敬剧孟。剧孟之母死，自远方来送丧之客，车驾络绎，竟有千乘之多。

剧孟听得周亚夫如此盛赞,也连声大笑:"河南之民盼太尉来,如大旱之望云霓。某虽匹夫,亦知大义,岂能附敌以求荣?今吾邑兵民,同仇敌忾,市井中即是莽夫无赖,亦愿为太尉前驱。某之徒众,各乡邑不计其数,皆唯我马首是瞻。大军既至,便如归乡一般,打尖食宿,必无难处,请太尉放心。"

周亚夫别过剧孟,登车回望,见不过片刻工夫,车后竟聚起万人相送,不禁又大笑:"吾得一剧孟,如得一国。今我前往荥阳,领三军拒敌,荥阳以东,可无忧矣!三月之内,贼众定能平之。"

原来这荥阳,乃天下地势之中,左有敖仓,积粟为天下之半;右有洛阳武库,军械亦为天下之半。无论何人,据荥阳,便是执了天下之钥。昔日刘项相争,两家都欲夺荥阳,便是缘此。今周亚夫进驻荥阳,抢了先机,心知未战而握胜券,自是开怀大笑。

入荥阳后,亚夫立遣军士往崤函、渑池一带,于隘谷中仔细搜寻。果然搜得吴楚奸细数十人,擒住一半,逐散一半。由此,亚夫更是敬佩赵涉,遂向景帝奏请,举赵涉为护军。

其后数日间,诸将率大军从崤关出,陆续开到。又过了数日,窦婴所率殿后之军亦至。两路人马,会兵荥阳,城外一时旗甲耀目,车马辚辚,汉家声势为之大振。

饶是如此,周亚夫仍不欲与叛军对阵。他知麾下这二十万众,为汉家镇国之宝,若贸然与吴楚军决战,一旦有失,则朝廷再无精兵可用,崤关以东,贼势将无可拦阻。长安危殆,天下倾覆,都是眼前事。

既作如是想,周亚夫便也不急,任凭睢阳求救信雪片般飞来,只当作不见。

大军驻扎在荥阳之际,周亚夫好整以暇,带了一队轻骑,飞驰至淮阳国,往睢阳之南去寻叛军破绽。

此时的淮阳王,名唤刘余,系景帝后宫程姬之子,为人素不喜文,只喜造宫室苑囿,饲养犬马。

周亚夫拜过刘余,便问及军事。那刘余说不出所以然,寒暄数语,便想草草作罢。堂上诸文武中，恰好有一都尉①，名唤邓子训，原是周勃门客，此时频以眼色示意周亚夫。

　　周亚夫会意，便向堂上众臣一揖，问道："在下此来，跋涉逾千里。至荥阳，方知三河一带，多智勇双全之士。敢问淮阳诸公，谁可教我退敌之计？"

　　众文武为刘余属下，风气所及，也都文恬武嬉，哪里有甚主意。沉默片刻，周亚夫忽指邓子训道："君既是武职，当有见地。"

　　邓子训便顺水推舟道："下官身为都尉，曾亲往柘县（今河南省柘城县），近窥睢阳，探得吴楚军虚实。欲破之，不难有良策。"

　　"哦？"周亚夫面露喜色，连忙揖礼道，"策将安出？请讲。"

　　"下官在梁地所见，吴兵甚锐，汉兵难与争锋。楚兵则轻躁，似不能持久。今我为将军计，莫如且不理会睢阳，大军急趋东北，拊吴楚军之背，于昌邑（在今山东省巨野县西南）筑垒坚守。"

　　"昌邑？如此布局，又是何意呢？"

　　"吴王见将军避走，任梁军独当西进兵锋，必以精锐猛攻睢阳，以期早取荥阳。将军佯作援齐，实则在昌邑屯驻，深沟高垒，养兵操练，只派出轻兵一支，断吴之粮道。如此只需月余，梁、吴两军皆疲，而吴军粮草已尽。届时将军之兵，当为天下第一。以此强盛之兵，攻他饥疲之兵，破吴又有何难？"

　　周亚夫听懂了奥妙，不由拍掌赞道："善哉！汉家臣子，连都尉也有张良之谋。"

　　谢过邓子训，周亚夫便辞别淮阳王，率了随从，马不停蹄，奔回了荥阳大营。

　　三日后，周亚夫所部二十万军，于一夜间拔营，偃旗息鼓，间道疾行，避开了吴楚军，绕过睢阳之北。众军只道是前去救齐，不料才过睢阳不远，便在昌邑之南止步。

　　周亚夫如此迂回，围睢阳的吴楚两军，倒是慌了，连连派出斥候来探。

　　却见周亚夫大军驻下，一连数日，未有动静。只在当地筑起壁垒，坚守不出，不

---

　　① 都尉，即郡尉，秦及汉初武官名，掌一郡兵事，景帝时改称都尉。

知其为何意。

吴楚二王摊开舆图,与身边诸臣商议了半日,也议不出头绪。二人只觉当前之势甚是棘手。若撤围睢阳,掉头去攻周亚夫,则取荥阳之事,便要延搁。荥阳若不尽早夺下,取天下便是一句空话。且转攻周亚夫,又无十足取胜把握,倒是定有一场恶仗。

议来议去,都以为莫如继续攻睢阳。周亚夫不动,则吴楚军也无须慌张。汉军既然避战,留待拿下睢阳后,再回头收拾也不迟。

如此,周亚夫壁垒虽在睢阳不远处,却与吴楚军相安无事。吴楚二王正在庆幸之际,未料汉军壁垒中,有轻骑一支,趁夜打开了栅门,人人执旗,衔枚疾进。长驱七百里,绕过彭城,直扑淮泗口(在今江苏省淮安市淮阴区)。

淮泗这个渡口,恰在彭城与广陵之间,每日来自吴地的运粮舟车,就从此经过。

一夜之间,当地百姓醒来,都目瞪口呆:只见遍地插满赤旗,竟换了天日。汉军骑兵往来奔走,杀散渡口守卒,竟将吴楚军的粮道活活截断了!

这一支从天而降的汉军轻骑,领军的骑将,乃是弓高侯韩颓当。

这位韩颓当,大有来历,其父便是汉初有名的诸侯韩王信。高帝时,韩王信率部守边城马邑,为匈奴军所困,几经犹疑,降了匈奴,后被汉将柴武领兵击杀。韩王信当年投匈奴不久,新添了一幼子,便是韩颓当。

至文帝时,韩王信之妻仍在匈奴,因思乡心切,趁匈奴不备,携了幼子韩颓当、长孙韩婴,潜逃归汉。文帝念及韩王信旧功,既往不咎,封了韩颓当、韩婴为侯。

韩氏这一门,此后在汉家跻身显贵,世系相传。唐朝鼎鼎大名的文豪韩愈,便是韩颓当的后代。

刘濞闻韩颓当率部断了自家粮道,不由大惊,急唤刘戊来大帐商议。

刘戊赶来,闻讯顿足道:"周亚夫不与我战,原是存了这个心思!"稍后略加思忖,便献上一计,"今我军粮道已断,三十万人张口待食,撑不过半月。不如撤围,去攻周亚夫壁垒,待攻下壁垒,生擒周亚夫,汉军便再无一将可战。此后取天下,便是举手之劳了。"

刘濞一笑："侄儿想得容易了。今若撤围,我军西来便是无功,白白长了他人志气。若连睢阳都攻不下,又怎指望攻下周亚夫壁垒?我军若转向昌邑,与周亚夫久战,梁军必袭扰在后,陷我于腹背受敌。"

刘戊便挠头皮道:"此前,倒是小觑周亚夫了。未料一夜间,我军便进退两难!"

"贤侄莫急。邀你来,是与你商议:我军粮秣,若是足用半月,则可急攻睢阳。待睢阳破,还愁城内无粮吗?"

"若攻破睢阳又如何,返身与周亚夫再战?"

"非也。周亚夫绕道昌邑,便是不敢撄我兵锋。我也不去睬他,以破睢阳之威,再下荥阳,据敖仓之利,还怕谷粟不足吗?到时兵精粮足,直驱关中,便可重演高帝入咸阳事。"

刘戊喜极,拍案而起道:"伯父到底是老将,韬略过人!如此,汉家所谓周亚夫精兵,便成了无用摆设。我趁周亚夫胆怯,撇他在昌邑不理,教那昏君哭丧去吧。"

两人商议毕,便向各营传下号令:悬重赏,募死士攻城,旬日内务必拿下睢阳。

自此日起,睢阳城外,鼓角便一刻也未停息。吴楚兵卒争先恐后,于四面攀爬,各个欲抢登城之功。

城上城下,一时箭矢如蝗,烟火四起,喊杀声如惊涛震耳,至半夜亦不消歇。

五　万骑竞逐敌魂飞

却说晁错在长安城内，见周亚夫大军既发，心内便稍感放松，料定有周亚夫在，叛军必不能过荥阳。这日，晁错正在御史府中，召集诸曹商议公事，忽闻门外有中尉陈嘉，奉了诏令前来。

陈嘉原本是个书生，多年任文官，如今却做了京师禁军首领。晁错为内史时，与他分掌京师兵民两事，曾多有交往；然陈嘉亲赴府衙来见，却是前所未有。晁错不由心生诧异，连忙整衣迎出。

但见府衙门外，陈嘉正恭立等候，儒雅之风依旧。见面致礼毕，陈嘉将手上符节一举，只急催晁错道："奉主上亲授诏，召晁大夫立即入朝。"

晁错更是惊异，忙问道："中尉，可知主上有何事相召？"

"臣不知。只令下官亲来府中，以车载晁大夫入宫。"

"莫不是睢阳有变？"晁错便觉心神不定，请陈嘉稍候，自去换了朝服冠带，方出来与陈嘉一同登车。

临登车，晁错才看见，陈嘉所乘，并非宣召专用的轺（yáo）车，而是征召乡贤所用的安车，外有帷幕遮挡，心里便疑惑，但也未及多想。

二人方坐定，御者便一挥长鞭。那辕马极是健壮，吃了一记鞭子，猛然就快跑起来。

陈嘉在车中,只顾与晁错闲聊,说了些往日逸事,颇为悠闲。晁错有心无心应着,叹口气道:"自吴楚倡乱,我已多日未曾闲暇。"

陈嘉便笑道:"世上事,终归是忙碌不完。晁大夫身上所负,乃海内安危,就更其烦劳。"

"近几日调兵,中尉亦甚辛苦。或再有半年,方可将吴楚之乱平息。"

"也罢! 这半年,下官便无好觉可睡了……"

如此走了许久,尚未驶至北阙,晁错颇觉疑惑,便掀起窗帘朝外看。不看则罢,一看之下,不禁大惊:"中尉,这是到了何处,怎像是闹市之中?"

陈嘉也探头看了看,却冷下脸来道:"晁大夫,下官奉诏前来,谅也不至走错路。"

晁错望住陈嘉,不由起了怒意:"中尉,如此官腔,本官也不欲听。你究竟是何意? 且停车再说!"

陈嘉便一拱手道:"晁大夫息怒。奉诏载阁下所赴的,正是此处!"说罢,便喝令御者停车,抢先一步跳下了车。

晁错跟着也下了车,举目一看,竟大惊失色:"如何将我载来东市!"

陈嘉也不言语,只打了一声呼哨,四周便跳出几名甲士,一拥而上,将晁错死死擒住。

晁错挣脱不得,大怒道:"陈嘉,你也反了不成?"

陈嘉拱手道:"晁大夫,恕下官王命在身。"便回首喝令众甲士道,"褪去晁大夫冠带,押到前头去!"

众甲士摘去晁错头上"进贤冠"①,拿出绳索来,三下两下,便将晁错五花大绑。

晁错怒骂不止,踢蹬跳跃,挣扎不已。众甲士使出蛮力,才将他头按下,直押至东市十字街口。

---

① 进贤冠,汉代文官所戴纱帽,前檐高 7 寸,后檐高 3 寸;帽梁长 8 寸,与前后帽檐相连。后沿用至唐宋。

此处早有甲士一队,各个红幅巾缠头,手持环首刀,阻住过往百姓,圈出了一片法场来。

晁错这才明白,不由厉声呼道:"中尉欲杀我乎!"

陈嘉从怀中摸出一幅黄绢,高声唤道:"晁错听旨!"

众甲士便将晁错按住跪倒。晁错怒不可遏,抬头望住陈嘉,恨恨道:"你先唤丞相来此!"

陈嘉冷笑道:"晁公请少安毋躁,丞相他怎会来此?"便将诏旨展开,高声诵道,"今有丞相陶青、中尉陈嘉、廷尉张歐劾奏晁错,称:吴王反逆无道,欲危宗庙,天下当共诛。今御史大夫晁错建言:'兵卒数百万,交予群臣统带,不可信;不如主上自领兵,令臣留守。淮泗一带,吴军所未占者,可以予吴。'此言有违陛下厚德,致群臣疏离,又欲以城邑予吴,无臣子礼,大逆不道,当处腰斩。晁氏父母妻子及兄弟,无论少长,皆应弃市。臣等请按法论罪,诏曰可。钦此!"

"啊!"晁错惊呼一声,头一歪,竟闭过气去。

陈嘉挥手示意,便有两名赤膊刽子手,头缠红巾,抬了鬼头铡上来。

陈嘉又吩咐道:"请晁公饮下壮行酒。"

话音方落,便另有一名刽子手,端了一碗烈酒上来,要给晁错灌下。

晁错猛地惊醒,扭头不饮,只仰天呼道:"朝服被斩,自古以来所未闻,商鞅、李斯尚不致如此。汉家之亡,必将亡于强藩也,晁某死不瞑目!"

陈嘉便上前拱手道:"晁公,诸事都顾不及了,可有话留下?"

晁错转头怒视陈嘉道:"有,只一个字……"

"请讲。"

"悲——"

晁错凄厉之声,撕肝裂胆,直上青空,竟久久回旋不散。法场之外百姓,闻之无不胆寒,都不忍直视。场内一排红巾甲士,也难掩脸色微变。

陈嘉此时神色木然,闭目片刻,猛地喝了一声:"开铡!"

说时迟那时快,三名刽子手腾跳如兔,一把便将晁错按倒,拖至铡刀下。刀落处,飙风骤起!汉家一代名臣晁错,就此不明不白地命丧黄泉。

行刑后,刽子手俯身去看,那双眼,果然未闭合。随后,便有甲士抬了一口薄棺上来,草草将尸身装殓,装上牛车,运往城外去了。

陈嘉目送牛车驶远,面色无悲无喜,木然良久,才登上车,返回宫中复命。

此时景帝正与陶青、张瓯两人,于殿上静候,见陈嘉来报斩讫,便都大大松了口气。

景帝遂向陶青道:"速将晁错之罪,昭告中外。天下官民,久已不耐烦此人。"随后又嘱张瓯道,"差人至晁邸及故里,捕晁氏亲眷,一体坐罪。"

次日,晁错被诛的消息传开,却未如景帝所料,并不见闾巷有人奔踊相庆。

京师大小各官,闻晁错是朝服腰斩,都骇然失色。想那秦开一统以来,当朝三公被腰斩,也仅有李斯一人。料想后世再过千年,亦断无此等事。众臣思及此,都不禁中夜惊悸,久不能成眠。

市井百姓闻此剧变,亦觉世事莫测,而全无喜庆之心。仅有城邑商贾之辈,暗中饮酒同贺,附耳言笑。只缘文帝朝时,晁错曾上疏,力主重农抑商;文帝便降了田租,却未对商贾降税。故此,商人就不免暗恨晁错。

三日后,廷尉府公差飞骑至颍川,拟捕拿晁父。却不料,晁父因畏惧晁错惹祸及门,早已于半月前,在家中服毒自尽。

张瓯得报,遂将晁错母、妻、子女等亲眷,悉数拿获,收入诏狱。

景帝腰斩了晁错,尚不解恨,全不顾往日情面,又有诏令:除已死者不问之外,晁氏一族眷属,皆斩首弃市。

可怜晁氏一门老小,双手被缚,身插斩标,于一路号啼中,踉跄来至东市。至午时三刻,一齐丧命于刀下,弃尸街头,百姓观之无不唏嘘。

肇祸者既除,景帝稍觉松了口气,然环顾海内,却又万难安坐。崤关外情势,已十分迫人,若再迟疑,另有诸侯响应,则贼势便万难遏制。于是有诏下,命袁盎奉朝廷之意、刘通奉宗室之意,前往梁地与吴王议和。

却说袁盎初闻晁错死,心中尚窃喜,以为终得报了一箭之仇。然接了出使诏令,再细想此行,不啻是深入虎穴,便觉心慌。原想为景帝献计,诛了晁错,须有周亚夫领兵击之,方能迫得吴王退兵。岂料景帝只顾省事,欲效郦食其说齐,遣一使者便可了结,岂不荒唐!

数年前,袁盎曾为吴相,深知吴王脾性,若他处下风,议和便非难事。如今此人有六王追随,挟众数十万人,能否为口舌所动,实未可知。若一语不合,触怒吴王,岂不要做了那郦食其第二?

想到此,袁盎心怀忐忑,却也无路可退,只得硬起头皮与刘通上路。

来至睢阳城下,见吴楚军声势浩大,漫山遍野,袁盎更是冷汗直冒,只觉此次使命,实是以身饲虎。

待通报过后,袁盎持节入大帐,见过吴王刘濞。刘濞倒还颇重旧谊,打趣道:"袁相公,数年不见,如何弄成了闲居? 持节来此,又是何意,莫非要降我?"

袁盎恭谨施礼道:"下臣袁盎,多年不忘吴王护佑之恩,自离吴地,无日不念之。此来,是为身负上命,与吴王通好,两家罢兵。今晁错已伏诛,肇祸之首既亡,诸王冤抑便得平,若再用兵,便是两家之大不幸了。"说罢,便将景帝手书诏令呈上。

刘濞看过诏令,轻轻放下,抬头道:"居然你也成了九卿,那晁错果真已死?"

袁盎急道:"朝服腰斩,千真万确,满长安皆为之惊,足见圣上诚意。晁错既死,清君侧便已奏效,大王可趁势收兵,必获天下人盛赞。"

"袁公,你这儒门之徒,倒是精通算筹之术。寡人也来为你算笔账,我发檄书之时,朝廷何不斩晁错? 我即将夺下睢阳,兵临荥阳,这筹码,便不是晁错一命可抵的了。昔年你在吴,曾教我礼法之道,说荀子曾有一言:'多事而寡功,不可以为治纲纪。'寡人鲁钝,只记得这一句。我看你那圣上,便是个多事之君。诸王历来守法,不过略多些财赋,圣上便要多事,削藩,削藩,终削出了大事来! 至今日,只斩掉一个大臣,便欲平诸侯不服之心,那是万难!"

"回大王,袁盎在此,也斗胆与大王一争。削藩之策,乃晁错一人力主,朝中诸臣多有异议。晁错妖言惑主,酿成大祸,主上悔之不及,这才有晁错朝服被斩之变。今朝廷已不惜颜面,大王便不肯稍作退让吗? 两家议和,还四海以安宁,还刘氏以亲睦，岂非皆大欢喜？"

　　"刘氏亲睦？你那圣上，与何人能亲睦！寡人高帝时封王，又经惠帝、吕后、文帝，前后四朝，均安然无事。独独今上一登位，便容不得骨肉，激出这四海沸腾来，真真是个'寡功之君'。可惜文帝大好基业，便要败在这竖子手中。你袁盎，在这昏君手底下任事，可心服乎，可无忧乎，可保不蹈晁错前辙乎？寡人深为你忧，你倒为寡人担忧起来，真个是荒唐亦甚！"

　　袁盎知吴王意在夺取天下，万难说服，只得强打起精神，慨然道："食君之禄，忠君之事，臣昔在吴亦是如此。今上削藩，固是操之过急，然礼教尊卑，自是不可无。臣今日来，奉宗庙社稷之尊，劝大王回归其位，以保汉家久长；诸王福荫，亦可随之万世不竭。臣之赤心，望大王明鉴。"

　　刘濞闻此言，忽就勃然大怒："昏话！刘氏家运，焉用你来多嘴？高帝封我疆土，岂是小儿辈想夺便可夺的！你既说尊卑，寡人就来与你论尊卑。你可知：本王随高帝举义，那时天下英杰，共尊的是何人？乃是张楚陈胜王。陈胜王曾有豪言：'壮士不死则已，死即举大名耳，王侯将相宁有种乎？'高帝披甲而战，方为天子；寡人提剑相随，方为诸侯。这即是尊，这即是有种，这即是举大名！不似你等文臣，巧言令色，谄谀倾陷，邀宠而得高位。袁公，袁奉常！莫以为你学了些皮毛，便来教训寡人。寡人铠甲上的箭洞，也比你那心窍多。今寡人占地，已有半壁天下；人众随我，恐有百万不止。俨然已成'东帝'，还须再跪拜何人吗？"

　　袁盎见刘濞发怒，知事不可为，只得叹息道："臣下奉诏而来，并无冒犯之意，大王可不必计较。今晁错死，万事皆消。臣来议和，确是为大王计，绝无半分恶意。"

　　刘濞拍案而起，厉声道："你今来此，便是冒犯！甚么奉常，甚么九卿？若不是寡人连战皆捷，你袁盎，还不知在何处草野中。朝中多少大事，便是你这等文臣败坏，今日一谋，明日一计，倒要将那主子弄成昏君了。你既有胆来此，便休想轻易走掉。来人！将此孽臣押下，严加看管，待攻入长安之日，再与那昏君一齐发落！"

　　旁侧即有郎卫疾奔上来，挟住了袁盎。

　　袁盎挣扎道："我为来使，既敢来，便无惧生死。臣尊儒，到底不能忘'仁义'二字,昔年与吴王交,感念吴王照拂;今来议和,便是不忍见玉石俱焚。天下英豪,累世不知出了多少,成败只在一念间。袁某之进退存灭,无足轻重;今日事不能谐,我只为大王惜!"

刘濞听也不听,只一挥手,便令人将袁盎推出大帐,押往后营去了。

待袁盎被押下,刘濞见侄儿刘通脸色惨白,不由一笑:"你怕的甚?便留我军中,为我效力。寡人到底是你伯父,必不亏待你,岂不远胜于伺候那昏君?"

刘通无奈,只得俯首应诺,任由刘濞摆布。

次日,刘濞神思稍定,忽想起袁盎,觉得倒还是个人才,便遣了少将军桓青,前去劝降。

时袁盎正在帐中呆坐,闻听有人进来,便瞥了一眼,见是一少年将佐,全身披挂,甚是英武。

桓青进帐施礼毕,自报家门,说明了吴王劝降之意。

听罢桓青来意,袁盎动也未动,只怜惜道:"看桓将军年纪,尚未弱冠,何以竟身陷泥淖?小小年纪,有勇力,可为朝廷效力。名可以上青史,后代可得福荫,又何必舍身犯险?"

桓青少年气盛,闻此言血涌上顶,撩开帐门,指向外间道:"袁公请看,我吴楚连营,百里有余,可望得到尽头吗?攻睢阳之声,在此处也可耳闻。汉家天下,已天倾东南,不日即可见地陷西北。独木危楼,还撑得了几日?何人身处险境,何人又足陷泥潭,袁公,你难道就不自知吗?"

袁盎抬眼望了望,遂解下腰间玺绶①,两手捧起,昂然问道:"小将军,你可知这是何物?"

桓青轻蔑道:"公是读书人,一颗印玺,便可换得你良心吗?"

"非也,这岂止是寻常玺绶!人生在世,立身须有正名,所行应趋大道。山林草野,终是失意者渊薮;燕雀之辈,唯知在低处恋栈。出将入相,担天下兴亡,方为大

---

① 玺绶,印玺上的彩色织物,亦泛指印玺。

丈夫堂堂正正之途。为人臣者,所谋为天下,所思为万世,终不似你家主人所言,但凭谄媚而上位。故而这玺绶,即是正名,即是大道。大丈夫死即死耳,欲令我毁而弃之,离而叛之,卖主以求荣,那是断乎不能!"

见袁盎正气凛然,桓青一时惊异,不由得退了两步,稍定神方道:"袁公迂腐过甚! 昔之高帝举义,沛县旧部,哪个不是起自草野? 天无道,民必反之。芒砀山上,一呼百应,可谓民无道乎? 莫忘了,汉家代秦而立,终成正途,方有你君臣荣华。既享了荣华,便不能失公道;今日吴王起东南,便是要讨还公道。"

袁盎冷笑一声:"孺子所见,到底是浅。妄攀高帝,岂非白日说夜话? 今之世道,早已变了! 清平之时乱起,百姓所思,岂是有心随你谋乱? 彼辈所愿,只是欲保乡邑,不为乱兵所害。你可知,今吴王裹挟三十万众,却为何屯兵于此,进退不得? 这便是世易时移。你个少年,莫要尚在梦中!"

桓青低头想想,知袁盎意已决,仅凭口舌之利来劝降,全无用处,只得拱手道:"久闻袁公大名,今日方知,此绝非虚名。你我各为其主,望公珍重。我也是甚为袁公惜,不忍见玉石俱焚!"言毕,便头也不回,退出了帐去。

桓青返回大帐复命,刘濞闻听袁盎死不肯降,骂了一句:"犬羊辈,岂可救乎? 我这便成全他!"于是,命桓青带五百兵卒,将后营袁盎居处围住,勿使脱逃。明晨即押来阵前,斩首祭旗。

那桓青闻命,脸色便一白,不得已领了命,即去点了五百兵卒,将袁盎所在军帐团团围住。

时已入春二月,夜来春雨连绵,寒气入骨。那五百兵卒在雨中看守,无不埋怨,只得各自寻了些谷草、树枝,搭起窝棚过夜。

袁盎到帐外小解,见四周坐满带甲兵卒,不禁大吃一惊,知事情不妙。再看帐外有光亮处,桓青正按剑肃立,任由雨淋,显是此处带兵之将。

袁盎心中一动,便招呼道:"桓将军,冷雨不饶人,可来帐中歇息。虽王命在身,冷暖还需自知。"

那桓青回首望望,只一抬手,指指天,却并不答话。

袁盎便一惊，忙退回帐中坐下，抱膝沉思。桓青到底是少年，城府不深，看那神情，大限之期或就在明晨。那吴王性易怒，反复无常。方才拒降惹恼了他，明日开刀问斩，要拿自己这汉使祭旗，也未可知。

袁盎再看帐中物什，并无趁手之物，当不得兵器。就算手中有兵器，帐外有五百军卒围困，即是项羽再生，也势难冲杀出去。莫不成，自家性命将交付于此？想自己半生蹭蹬，方任九卿，便要命赴黄泉，真乃奇哉冤也。

如此呆坐至深夜，仍无睡意，心中只想道：悔不该日前献计，斩了晁错，连累自家也要送命，这又何苦！

胡思乱想间，袁盎忍不住伏案打盹。恍惚中，忽见晁错浑身血污，横眉立目，伸手前来索命……

袁盎浑身一激，惊醒过来，方知是个噩梦。正懊悔间，忽闻帐后窸窣有声，回首看去，见有一黑衣军吏，正自帐底下钻入。

袁盎正要喝问，只听那人低声道："袁公收声，下官来救你！"

来人身手敏捷，钻入帐内，纳头便拜："今袁公不肯降，惹吴王发怒，议定于明日问斩。公若此时不走，命将不保矣！"

袁盎借烛光看去，来人似曾相识，却想不起是何人，于是便问："你是何人，缘何要救我？"

"下官名唤栾巴。袁公昔在吴为相，我为从史，一时情迷，与公之侍妾李氏有染。公察之，非但未治罪，反倒为我隐恶，待我如初。下官未及报恩，袁公便罢相而去，焉能不抱憾！今闻袁公受困，特来救之。"

袁盎这才想起此人，忙将栾巴扶起，苦笑道："不期在此遇故人！往事恩怨，不提也罢。今袁某被厄，甲士围困数重，便是插翅也难逃，栾君如何能救我？"

那栾巴容色凛然道："我非侠士，然却知尚义，袁公请勿疑我。我今为军司马①，为吴将田禄伯帐下属官。白日受差遣，前来围守袁公，我便使了心思，典尽家中值

_____

① 军司马，汉代军官名，大将军麾下属官。大将军营分五部，每部设一校尉、一军司马。

钱衣物,换得钱五贯,沽了好酒百坛,分与众军。兵卒酣饮罢,今已各个醉倒,不省人事,连那少将军也烂醉如泥。天予良机,袁盎请速随我走。"

袁盎一喜,却立时又转忧:"不妥!我知你上有尊亲,后又娶了李氏。万一事泄,这一门家小,如何受得起牵连?"

"公请放心。小臣既有此心,于诸事也早已料到,当有处置。即便事泄,我自会脱逃,这叛官不做也罢。"

袁盎感激于衷,猛然跪下一拜:"栾君救命之恩,此生誓不忘。"

栾巴忙将袁盎拽起:"此是何时?容不得袁公斯文了!"便指一指帐后道,"帐前有守卒,恐易惊动,请公自帐后出。"

袁盎便犹豫:"自这泥水中爬出吗?"

栾巴也不答话,掣出短刀来,将帐幕割开一条缝,闪身便钻出,招呼道:"袁公快走!"

袁盎回望一眼,急摘下杖头的节牦①,揣入怀中,这才蹑足钻出军帐,见兵卒果然都在棚中酣睡。

往时袁盎在陇西,曾受命治军,颇知兵事,此刻见吴楚大营治军谨严,尤以吴营为甚,心中就叹:"吴楚军中,到底是卧虎藏龙,无怪出兵方半月余,就搅翻了半个天下!"

营中灯火,此时多被浇灭,暗夜里望去,军帐竟似一座座坟丘。营地内泥泞,湿滑难行,袁盎跌倒又爬起,暗自苦笑道:"不料此生,竟做了回盗墓贼!"

那栾巴却是熟悉道路,虽无灯笼,也能拣得畅通处走。两人三拐两拐,避开他人眼目,竟潜出了五百人的重围,来至军营边缘处。

其时雨势愈急,栾巴将袁盎带至一路口,悄声问道:"袁公可辨出脚下这路吗?"

袁盎低头看看,答道:"可辨。"

栾巴便一指前方:"那即是北,直行数十里,可至睢阳城下。今夜雨大,吴楚营

---

① 节牦,节杖上所缀的牦牛尾饰物。

并无巡哨,公请速行。"

袁盎正要拜别,栾巴又伸手去怀中摸出一双木屐来:"路滑难行,公之鞋履怕早已甩丢,将这个穿上便好。"

袁盎再三谢过,方穿上木屐,冒雨踉跄前行。又不知走了多少时辰,终挨到睢阳南门下。待蹚过城壕,浑身泥污,已浑不似人形,只顾急呼开门。

喊了一会儿,城上有人发问道:"来者何人?"

袁盎答:"汉九卿奉常袁盎,奉诏出使,快放我进去!"

城上遂挑起一串更灯,犹豫多时,才回道:"如何知你是朝使?"

"我有天子所赐节牦、玺绶。"

过了片刻,城上放下一个筐篮来。袁盎会意,拿出节牦、玺绶来,放在筐内。城上兵卒便将筐篮拽起。

又候了一时,只闻城上有人呼道:"吾乃梁大将军韩安国,袁公辛苦! 然城门不便大开,请公乘筐篮上来。"

说着,方才的筐篮又抛了下来。袁盎迟疑道:"绳索可牢乎?"

韩安国便笑道:"我军细作,夜夜乘此篮上下,公可勿疑。"

袁盎这才迈入筐篮中,任由城上军卒缓缓拽起。

上得城头,军卒将袁盎扶出。韩安国抢前一步,执袁盎之手,不禁热泪夺眶:"终可见朝中汉官了!"

袁盎看城头众将士,如逢亲人,也难抑双泪直流:"袁某此行,遭遇九死,今终得一生。"

韩安国便道:"下官已通报梁王。请袁公下城,沐浴更衣,这便去见梁王。"

袁盎唏嘘不已,连连谢过,随韩安国下了城楼不提。

此番使命未遂,反倒受了惊吓,袁盎甚觉沮丧。又在睢阳盘桓多日,才随细作潜出城去,回朝销差。

当此关外纷乱之际,景帝在未央宫内,却似坐观棋局,每日久坐舆图之前,动也不动。

日前他遣了袁盎入梁，与吴楚求和，只想那七国所恨者，无非一个晁错，料定吴王刘濞能应允息兵。如今晁错已斩，又折节遣使求和，吴王的面子已然足够，若不息兵，他又所图何为？

于是，前面袁盎一走，景帝便立遣朝使，急赴周亚夫军前，传令缓进，静候袁盎消息。

那周亚夫虽早已离京，却是常有斥候往来长安，朝中变故，亦略知大概。闻听晁错被斩，心中就大不以为然："圣上行事，如何便是一个急！"

见了朝中使者，知主上传诏缓进，倒也正合心意。于是在洛阳逡巡数日，又转进至昌邑，扎营不动了。一面便遣使返长安，上禀军情。

长安这边厢，景帝翘首候了多日，未闻袁盎有消息来，只等到了周亚夫所遣使者邓公。

这位邓公，是个文武兼备之才，原在宫内任谒者仆射，掌管诸谒者事，为内朝官中的显要之职。

日前闻讨贼诏下，邓公不由心痒，便自请赴军前立功，得了景帝允准，便去了周亚夫帐下为校尉，亲率劲旅一部。

在洛阳大营，邓公闻听晁错被斩，也是脱口惊道："大军方行，如何先折自家威风？"遂与周亚夫议起此事，叹息了良久。

这日景帝闻邓公返归，急忙宣进，劈面就笑道："往日见你，只是个夫子，不信你还习兵事。今日见你披甲，才知埋没你了多年。"

邓公连忙称谢，将周亚夫在昌邑筑垒事，详述一遍。

景帝不明筑垒的奥妙何在，并未留意，只知周亚夫未动，便放下心来，又问道："邓公自军前来，可知吴王动静？今晁错已死，吴楚可有退兵之意？"

邓公坦然答道："吴王存谋反之心，已有数十载。借削地而起，以诛晁错为名，其意不在晁错也。今晁错竟然被诛，臣只恐天下之士，从此将缄口不敢言了。"

"为何呢？"

"晁错言削藩,实是唯恐诸侯尾大不掉,故请削之,以尊朝廷,此为万世之利也。今计划始行,未等见效,献计者反受大戮,令亲痛仇快。竟是何人出此策? 陛下又为何听之? 此举,实是内绝忠臣之口,外为诸侯报仇,微臣万万不能苟同。"

几日来,景帝久候袁盎消息不至,已料想吴王退兵恐为不易,此刻闻邓公之言,不禁喟然叹道:"公说得对,我亦甚悔之。"

邓公便伏地,久久不抬起头。

景帝忙问道:"公还有何事?"

只见邓公抬起头来,已是泪流如雨,哀戚道:"只可惜了晁错!"

景帝也觉难过,忙扶起邓公,面色黯然道:"朕已知错,……晁错诸侄辈中,有未获刑者,我将善待之。朕已知邓公见识,非比寻常,请速返军前,告知太尉:吴王狡诈,不可望其罢兵;即可伺机进兵,毋庸迟疑。日前城阳(今属山东省青岛市)中尉领兵不力,为吴军所破。邓公既愿掌兵,便委你为城阳中尉,事平后,赴琅琊郡便是。"

闻景帝如此说,邓公方才谢恩退下。

说到这位邓公,乃是成固县(今属陕西省)人,秉性稳健,多奇计。赴城阳十数年后免官,归家闲居,后武帝时招贤良,满朝公卿皆推此人,竟自家中一跃而成九卿。

送走邓公,景帝不免郁闷,觉文士若辩才太过,亦不可信。正巧此时,袁盎自梁地奔回,告以吴王不肯罢兵。又将吴王逼降始末,细述了一遍。

景帝颓然倚于几案,摆摆手道:"公曾言之凿凿,但诛晁错,一切便可烟消,今日又何如?"

袁盎无以辩白,只得连连叩首道:"臣鲁钝。臣之识见,止此而已。"

景帝正要发作,忽想起袁盎当日,确乎说过此计须"熟虑";且诛晁错事,终是自己决断,怨不得他人。又念及袁盎抵死不降,究属忠勇,便不忍加罪,只淡淡道:"袁公此去,怕是受了些惊吓。且去歇几日,便往奉常府就任吧。"

袁盎此人,素不好学,然为人慷慨,又知见机行事。前朝时,适逢文帝初立,亟需人才,故而颇得志。至景帝即位,时势已易,袁盎仍欲以辩才求上进,便不逢时了,终究是昙花一现。

当此际,周亚夫驻在昌邑壁垒,观望不进。吴楚军见良机难得,便围攻睢阳甚急。未央宫中,梁王告急文书竟是无一日不至,言辞恳切,又痛诋周亚夫见死不救。

景帝看得头皮发紧,唯恐睢阳有失,当即传诏军前,令周亚夫立发大军救梁王。

如是,昌邑壁垒中,隔日便有诏令至。周亚夫览毕,也略感不安,便问计于赵涉。

赵涉道:"将军若击吴楚,则吴楚军尚有余粮,可堪一战,胜负便难料。待挨过旬日,吴楚军粮不足,其饥疲之师,便不足为将军之敌,又何必急在这几日?"

"诏旨迭至催发,为将在外,终究于心不安。奈何?"

"将军勿疑。《孙子兵法》有言,'不知军之不可以进,而谓之进',乃是君主之误,不必理会就是。"

周亚夫闻此言,正合心意,便将诏令置于一旁,拒不奉诏。每日只顾巡视,坚壁不出。

这便苦了睢阳守军,连日激战,城头死伤枕藉。惨烈之状,为人间所罕见。

梁王刘武如坐火炉,亲拟求告信,遣人赴荥阳大营。而后,便日日盼援军早来。闻听周亚夫军竟绕城而去,驻在昌邑不动,不禁大怒,立召韩安国来问:"韩公,不知那周亚夫究是何意,如何能见死不救?"

韩安国沉吟片刻,方道:"以臣下猜测,太尉不欲与吴楚决战,乃是胜负难料。"

刘武便怒道:"他手握重兵,尚不敢战;我这里老弱残卒,如何就能守?"

"太尉岂能不欲救我?睢阳深陷重围,太尉在昌邑,我兵民尚有倚赖。若太尉一战而不能胜,则人心离散,城亦必破……"

"焉有此理!他不来救,我这里倒要先破了。以我孱弱之师,与吴楚强军互攻,待两军皆疲,他再来收拾,这买卖倒是做得巧。"

韩安国连忙劝道:"大王息怒。而今睢阳之势,危在旦夕,不如遣细作出城,直赴太后处告急。"

刘武叹息一声："也只能如此了。想那公孙诡前日占卜,言有喜事来,却是凶信,只缘位置不当。今日看来,这天下之大,唯有睢阳一城,独当贼势,确乎是霉运。"

这日,景帝正高坐前殿,与陶青、张殴、周文仁议事,忽闻谒者来报:"太后驾到——"

抬头看去,只见窦太后已乘软辇,来至阶下。景帝慌忙离座,趋至殿口,边扶窦太后下辇,边问道:"太后行走不便,如何要来此? 有事可唤儿臣过去。"

窦太后并不答话,缓缓行至龙床边,摸一摸,便咚一声坐下。抬眼望望,问道:"这三四人,是些何人?"

陶青等人连忙报上姓名。

窦太后便冷笑:"原来皆是国之重臣! 尔等好清闲,端坐殿中,便可退敌吗?"又转头望住周文仁道,"你个少年郎,管好宫禁兵卫便好。整日赖在这里,可有退敌良策吗?"

闻太后言语不善,景帝连忙朝三人使眼色。陶青等三人会意,便都起身告退。

窦太后这才缓缓道:"启儿,你坐下。我这老妪,老得有些昏了,有一笔账目算不清楚,你与我算一算。"

景帝硬着头皮答道:"儿臣听着。"

"那太尉周亚夫、大将军窦婴,带了四路人马出去,拢共有多少人?"

"计有四十万兵马。"

"你给我算,那睢阳有民户多少?"

"不足十万人口。"

"着呀! 四十万堂堂之兵,如何救不了十万百姓? 四个挟一个,拖也拖了出来。那周亚夫,如何却遁去了昌邑,可是你下的谕令?"

"太尉在外,儿臣允他便宜行事。"

窦太后怔了一怔,忽就大哭起来:"你这等君臣,如何还能救睢阳! 甚么便宜行事,莫不是……你乐见睢阳城破,教那吴王捉了武儿去砍头?"

景帝脸一白，连忙伏地叩头道："儿臣怎敢？"

窦太后便拭泪道："既如此，这便换帅！你教陶青亲赴昌邑，召周亚夫回朝，令窦婴接任太尉，立救睢阳。"

景帝闻言大急，挺直身道："严督周亚夫，可矣；临阵换帅，则万万不能！父皇临终有嘱：即有缓急，周亚夫可将兵。今吴楚猖獗，军中事轻率不得。儿臣这便拟严旨一道，令周亚夫立解睢阳之围。"

窦太后便又哭道："启儿用人，真是没长眼睛！看你这一文一武，是如何闭目选的？先有晁错，逼反了诸侯；后又有周亚夫，坐视不救梁王。此二人位极人臣，究竟还要做何想？为母今日来，便不欲再走。哀家要在此看你，何时也斩了那周亚夫！"

景帝无奈，只得温言相劝多时，才将窦太后哄得回了东宫。当下，又亲拟诏令一道，令周亚夫不得避战，提兵立救睢阳。

此令，遣使以六百里流星快马，飞递昌邑。那朝使奉诏，风尘仆仆进了壁垒，宣读罢，即交与周亚夫道："天子有令，太尉接旨后，须有回话。"

周亚夫接过，置于案头，便注目使者良久，忽就缓缓答道："将在外，君命有所不受。"

朝使不由目瞪口呆："下臣可如此复命吗？"

周亚夫只微微一笑："可矣。"

朝使便似僵住，呆了呆，方回过神来，匆匆别过，回朝复命去了。

那边睢阳城内，兵民日夜望王师至，却是杳无音讯。梁王刘武便恨恨道："周亚夫居然敢抗命，天子、太后全不在他眼中！今不来救，便是要我死！"

韩安国连忙劝道："大王，事已至此，怨也无用。今兵民士气正旺，吴楚粮道又绝，事或有转机。"

张羽也道："城上兵民虽疲，敌忾同仇却如故。今臣已遍告三老，发妇孺上城助守。民不畏死，天神亦不能奈何。况乎吴王势已尽，吾不信太尉仍拥兵不发。"

刘武瞥了张羽一眼，仍恨道："发或不发，我与此竖，此后将不共戴天！"

韩安国、张羽随即上城，四处激励，遍告兵民：吴王粮道已绝，退兵在即。

棘城兵民闻之，士气倍增，遂将家中石磨、水缸搬上城头，充作滚木礌石。吴楚军屡登城头，屡被杀退，直杀得血流成河，尸积如山。

如此，吴楚军攻了两日，已渐渐乏粮。兼之兵卒见死伤甚多，士气亦渐消，多露畏战之色。

刘濞见此，不禁颓然，在帐中与刘戊商议，叹息道："如今粮绝，又屯兵于睢阳城下，竟成了涸辙之鲋。悔不当初，未纳田禄伯、桓青之计轻兵疾进，否则，今日恐早已入武关了。"

刘戊道："伯父莫忧。周亚夫到底未敢接战，足见汉军孱弱。今粮道断绝，祸根在昌邑壁垒。我军不如转进昌邑，袭破壁垒，则汉军精锐全失，我粮道亦可打通。"

"原料想，睢阳三日可下，却不知自何处，冒出个韩安国来，实乃大不幸。"

"伯父，河水不可倒流，今日阵前，亦绝非感伤之地。且下令便是，弃睢阳，往昌邑去攻周亚夫。"

刘濞想想，也无他法，只得横下心来："也罢，便教那周亚夫，也尝尝寡人手段！寡人这就率吴军往昌邑，你且留下，困住睢阳，勿使梁王脱逃。"

次日，楚军八万人留在城下，只在营中擂鼓，虚张声势。吴军则拔营而起，急奔东北，一昼夜间，便进至下邑（今安徽省砀山县）安营。

吴军二十余万，饥肠辘辘，连半日也等不得了，轮番前往汉军壁垒下，叫骂搦战。但见那壁垒上旗帜严整，却是人影全无。

刘濞见汉军坚守不出，知周亚夫有心延挨，专等吴楚军粮尽，心头便恨极。于是乘戎车驰出阵前，向壁垒上大呼道："汉太尉周亚夫，莫非要遁地而逃？大丈夫领兵，自应阵前见高低，却为何闭门不出？既是王师，胆量又何在？当年讨英布，寡人曾与令尊同行。却未料，你这将门之子，实是辱没了祖宗。"

叫骂半晌，壁上却似无人一般，少将军桓青便驱车上来，向刘濞道："大王，他只是不出，叫骂有何用？不如攻之。"

刘濞便摇头道："不可。此壁乃是精心筑成，守军又为近畿精锐，非睢阳之兵可比。我军饥疲多日，如何能强攻得下？"

正在此时，忽闻壁上有锣声响起，一兵卒立起身来，挥臂高呼道："吴王听着，可识得此二字否？"

刘濞、桓青忙循声看去，只见壁上冒出两队兵卒来，各执长戟，分左右缓缓行走，一字排开。待兵卒立定，中间便竖起一木牌，上书斗大的两个字——"免战"。

刘濞一见，气得七窍生烟，手指壁上道："周亚夫小儿，你老父为图私利，扶旁枝为帝，可曾有好结局？你今日又为昏君卖命，若落得个全尸，也算是上天眷顾。三日之内，寡人必破此壁。"

如此又叫骂了两日，壁垒只是岿然不动。逢到朝夕两餐，汉军又故意在壁上开饭，阵阵香气，直诱得吴军垂涎三尺。

当夜，汉军为防叛军来袭，都枕戈待旦。不想，半夜里有人梦呓，大呼"吴军来了"，竟引发了炸营。

夜间无灯，各营疑是来敌，自相格斗，兵戈声四处可闻，有互攻者竟奔至周亚夫帐下。周亚夫惊醒，急问左右卫卒何事，卫卒答道："疑是贼军已攻入。"

周亚夫侧耳听听，笑道："断无此事！营啸而已。且传令，勿自相惊扰，违者立斩。"终是卧床未起。

少顷，便有卫卒来报："各营已安，果然就是营啸。"

周亚夫笑笑，摆手道："小儿辈，何曾见过世面？"遂翻身卧好，接着又睡。

众军见周亚夫安如泰山，都暗自咂舌，军心随之大定。

数日后，又是夜深时，忽有壁上巡哨来报：吴军大股人马，奔来壁垒东南角下，似有异动。

周亚夫连忙披甲，唤了护军赵涉，提了灯笼，一同登上壁垒。果然听见下面人马杂沓，左右驰突。周亚夫又凝神听了片刻，忽而就一笑："欲攻东南壁乎，何以如此声张？"

赵涉会意，也一笑，伸手指了指西北。

周亚夫颔首道："料定他是如此！"便传下令去，令壁垒西北角严加防守，张弓以待。

果不其然，无多时，便有大股吴军精锐，杀奔壁垒西北角，搭起云梯，攀登如蚁。

西北角壁上，守垒汉军早有防备。见吴军蜂拥攀上，一阵鼓响，便有无数灯盏，骤然点亮，随后即万箭齐发。那近畿兵的弓弩手，所用皆是强弓劲弩，弓弦响处，箭无虚发。

吴军登梯到半途，恰被灯盏照亮，只白白做了汉军的箭靶，转眼便失足坠落，一片惨呼声。

直厮杀到半夜，吴军仍寸步难进，死伤徒填沟壑。看看破壁无望，只得收兵，退回了下邑营寨。

周亚夫在壁上看得清楚，立召来三十六将，向南一指道："贼军已退，明日可再来否？"

诸将七嘴八舌，所见不一，皆不能断定。

周亚夫断然道："自今夜起，神鬼也不敢来攻！方才闻贼军夜袭，杀声不振，显是饥疲已甚，其绝粮之日，当不久矣。他三十万兵无粮无草，进退失据，再有一月余，势必引军而还。"

诸将中便有人问："莫非我军一箭不放，便罢战了？"

"岂有这等便宜事？兵法所谓'击其惰归'，何谓惰归？尚不是此时；我军蓄锐半月，所望者何？亦不是此时。各营且去歇息，不得擅动。欲擒吴王，诸君急不得！"

诸将固守多日，实不耐烦，只疑心周亚夫无谋，皆盼能早日杀出去。闻周亚夫出此言，都半信半疑。

周亚夫见诸将疑惑，忍不住笑道："诸君疑甚么？以今夜之事看，我与吴王，即可见出高下！"

冬末淮泗间，寒风扫过，遍野一片荒芜。除残枝败叶而外，难见一片绿意。吴军偷袭汉营不成，败归下邑，蜷缩两日，全军饥饿难耐。值此季节，欲食野菜充饥而不能，只得徒唤奈何。

这夜，吴军大营正沉寂间，忽喧声大起。满营兵卒衣袍未披，狼狈奔走，皆呼道:"有汉军劫营!"

　　吴王刘濞被惊起,不由怒道:"三十万军在此,周亚夫敢来乎?"便严令各营不得慌张,全力将汉军逐出。

　　众军惊魂甫定,纷纷拿起矛戟,向黑影奔窜处围拢。却见那劫营汉军甚少,仅十余骑往来奔突。众卒这才定下心来,蜂拥上前,拼死砍杀一阵,将小股汉军杀散。

　　这一彪奇兵,敢违周亚夫禁令,却是来自何方?原来,其为首者,名唤灌夫,亦为汉初一奇人。

　　灌夫乃颍阴人氏,与名将灌婴为同乡。其父原名张孟,早年为灌婴舍人,得灌婴宠信,官至二千石。张孟念灌婴之恩,便改姓灌,从此名曰灌孟。吴楚乱起,灌孟为周亚夫军前校尉,率其子灌夫及家奴、部曲千人,随军出战。

　　时灌孟已年迈,却勇猛过人,凡有吴军来攻处,无不奋身而上,似是唯求一死。未过几日,果然战殁于壁垒上。

　　按汉法,父子俱在军中,若死一人,另一人便可归丧。然灌夫见父死,却不肯归丧,愤然道:"愿取吴王或将军头,以报父仇!"

　　当夜,便披甲执戟,率了家奴,又募部曲壮士数十人,拟夜袭吴营。不料才出壁垒门,众壮士便胆怯,不敢前行,仅有两人与家奴十余人愿相从。

　　灌夫回首看看,蔑然叱道:"匹夫临战,岂可效蝼蚁惜命?"便率所余十数人,趁夜驰驱,突入吴营中。

　　暗夜中一番厮杀,吴军猝不及防,死伤数十人。后灌夫见吴军惊起,越聚越多,势不能进,只得大喝一声:"猛士灌夫,明夜将再来!"方才奋力杀出,退回壁垒。

　　再看身边随从,仅余一壮士归来,其余皆战死。此战,灌夫身上被创十余处,幸得随身带有万金良药,涂抹伤处,方得不死。

　　诸将见灌夫勇猛,无不赞之,誉其为天下猛士,唯恐他有闪失,连忙禀报了周亚夫。周亚夫闻知,亦甚惜之,当即召见灌夫,不准他再去偷营。

　　经此一战,灌夫勇悍之名,立时传遍天下。

　　吴营那一边,遭灌夫十余人偷袭,便险些溃散。刘濞事后闻报,不由沮丧,心中大起惧意。

又隔了两日,田禄伯、桓青两将,接连奔入刘濞大帐告急,称军中几近粮绝,若再挨上数日,士卒难免要哗变。

刘濞正独坐帐中,埋头饮酒,见两将来,便苦笑道:"二公请坐,且与我同饮。"

田禄伯、桓青忧心忡忡,哪有心思饮酒,都直直望住刘濞。

刘濞面色黯然,叹息道:"寡人聪明一世,悔不当初,未纳二公高明之计,以轻兵西进为上。此次举兵,先不能拔睢阳,后又未料粮道被断,致使师出而无功。如今局面,赵王只屯兵不进;齐诸王那里,为韩颓当军所隔,音信全无。我若舍睢阳而西进,则周亚夫必将断我后路。不想天下之大,竟是进退不得了!"

田禄伯道:"大王,我军兴兵,天下震动,汉军迄今畏战不出,不可谓无功。"

桓青也附和道:"大将军所言不谬。那晁错,终究是死于'清君侧',大仇已得报。"

刘濞却仍是沮丧:"日前,若允了袁盎和议,诸侯可保半壁河山。今日草草收兵,则后事未可料也。"

田禄伯连忙劝道:"不然。吴楚两国,分毫未损,赵与诸齐,也正与汉军僵持。我若退兵,与诸侯联兵自保,汉军也未必敢犯境。"

刘濞望望二人,几欲泪下:"若此,寡人一世英名,将为天下笑了。"

桓青耐不住,霍地起身,神色凄然道:"大王,我军已饿极,士卒无力持戟。若再不退兵,三十万吴下子弟,必将死无葬所!"

刘濞手持酒杯,待了片刻,仰头一饮而尽,方才道:"少将军说得好。退兵,今日便退兵!南渡睢水,直奔我广陵。田将军,你去发令吧,全军即刻拔营,趁夜南奔。"

田禄伯一怔:"楚王那边,又何如?"

"顾不得他了!遣人飞报楚王,他当自知退兵。回了封国,身家性命都可保。"

两将领命,便退出大帐去传令,不消片刻工夫,消息传遍。士卒们闻声而起,拔旗收帐,顿时乱作一团。

至入夜时分,一阵鼓响,营门立时四开,数十万吴军卷旗曳戟,草草成伍,一派狼狈向南奔去。路上士卒饿极，见有田舍人家，不由分说，便将粮谷、禽畜抢掠一空，好歹饱餐一回。

如此奔行两日，渡过睢水，大队来至四川郡（今安徽省宿州市）地面。此地虽是汉家郡县，却离吴地已不远，前面渡过淮水，便是吴国东海郡。

刘濞立于戎车上，回头望望，见大队兵卒面有饥色、盔甲不整，心中倍觉苍凉。看看日已偏西，便欲觅地安营，想早些歇息，明日也好打起精神来渡淮水。

正朝四面张望时，忽见后军起了骚动，远处尘头大起，一片喧声。

刘濞一惊："莫非汉郡兵截击？"

田禄伯便道："有桓青殿军于后，谅无大事。臣这便去察看，大王请先行，稍后再安营不迟。"说罢便驱车掉头，往后军驰去。

戎车逆人群而行数里，田禄伯方察觉不对，但见远处烟尘中，有一彪红旗红衣马军，正呼啸奔驰而来。

后军士卒登时大乱，纷纷惊呼："汉军来了！"

原是周亚夫闻吴军遁走，立遣骁骑都尉李广等五将，率车骑五万余人，蹑踪追击。五将率众追了两日，终在淮水之北，望见前面有吴军，便下令追杀。

若在平常，吴军尚属训练有素，以盾牌护身、长戟向外，全不惧马军轮番冲阵，然此刻却是惰归之时，人马皆疲累不堪，冷不防有汉马军杀来，哪里还有斗志。

田禄伯手搭凉棚远望，斜阳下，但见汉军为首五骑将，策马冲在前头，如船首破浪。为首一员骑将，虎背熊腰，虬髯满腮，手中红旗猎猎作响，如同天神飞降。

众汉军各个玄甲红衣，马蹄翻飞，好似铁流自洪炉中涌出。汉军此时，已盛行头盔上簪缨。远望之，千万簇红缨随风飘拂，如烈焰腾起，漫山遍野，一派炽烈。

吴军后队猝不及防，发一声喊，立时四散崩解，将那旗甲弃了一地。眨眼间，乱军便将田禄伯裹挟而去。

唯有少将军桓青，此时立于戎车上，挥戟喝止；然人喊马嘶，哪里还能禁制得住。回望身边，尚有千余甲士未逃，便命众卒围拢，挺戟朝外，要与汉马军殊死一战。

那李广一骑当先，飞驰而至，抛下旗帜，掣出一张强弓来，弯弓搭箭，向桓青喝道："少年得志，奈何投贼乎？若降了，便饶你性命。"

桓青横戟挺立，不为所动，昂然答道："我堂堂吴将，不知世上还有个降字！"

李广张弓欲射，然心中毕竟不忍，于是又劝："少年死国可矣，奈何要殉那逆贼？"

桓青戟指李广道："忠君之事，我自是不悔；不似你汉家君臣，做事鬼祟。前日搦战，你主人畏战不出，此刻却来击我惰归。如此鬼祟，还与我谈甚么家国？自高后以来，你家君臣，何曾做过一件磊落事？"

李广便仰头大笑："你主公于密室谋叛，纠合徒众，攻我之不备，又是哪家的磊落？太尉堂堂正正领兵讨伐，欲擒吴王，等的便是此时！你等狂徒，行不义，谋不精，还怪得了谁人吗？"

正说话间，后面汉军骑士蜂拥而来，如赤潮漫野，将桓青人马团团围住，各个拉满弓弦。

桓青见不可逃，朝天揖了一揖，挺戟昂然道："汉家贼臣，今日你我之间，便做个了结吧！"

李广见桓青不降，怒喝一声："竖子！清平之世，只你等冥顽之徒，嗜好杀戮。你既欲了结，我便遂了你心愿。"说着弓弦一响，一支羽箭呼啸飞出，直穿透桓青前心后背！

那桓青中箭，却兀自挺立不倒，横戟怒视李广。周围吴兵见此，都不禁大放悲声，挺戟向四面冲出。众汉军当即一阵齐射，吴兵便纷纷翻倒。桓青身上，转眼间中箭如猬，终于一头栽倒。

李广看也不去看，只攘臂呼道："儿郎们，天色将暮，勿使吴军逃脱。"

汉军大队车骑，此时源源不绝奔至。闻令即分出左右两队来，三路并进，驰骋追击。暮色中，凡见徒步奔跑者，便是一番刀矛齐下，赶羊般追杀了十数里，直杀得哀声动地、血沃阡陌。

淮上平野，正值暮气萧瑟，四处可见溃军狼奔，人马践踏，死伤不可计数。可怜那大将军田禄伯,为溃军所裹挟,忽就身中流矢,一个趔趄跌下车去,竟为乱兵活活踩死。

刘濞此时前行已远,见势头不好,仓皇点起身边三千壮士,乱鞭催马,弃军而逃。

主帅既逃,众吴军更无主张,顿时哭声盈野。李广亲率一队骑士,突入吴溃军之中,见"清君侧"大纛尚在飘摇,便上前杀散残卒,砍倒旗杆,向四面大呼:"吴王已逃,降者免死!"

待到漫天星斗时,吴军尽已伏地求降。仅有数千残卒,趁夜四散,各求生路去了。

李广率部左右驰驱,唯不见吴王踪迹,于是勒马南望,冷笑道:"今日且清点降兵,明日再追。吴王他逃得了邑下,却逃不脱广陵。"

当夜,淮上一带寒意入骨,田野间篝火点点。李广与诸将围坐烤火,毫无睡意。

李广抬头望望,见夜空寥廓,便笑对诸将道:"从军以来,痛快无如今夜。"

诸将中有人问道:"李广兄胆量了得!匹马当先,便不怕陷于敌阵吗?"

李广吩咐左右,递上酒囊来,笑道:"有酒,便有我命在,何惧敌多?"

此时又有人问道:"李广兄今日功高,不知圣上能有何赏?"

李广自负一笑:"大丈夫生不逢时,纵有一身武艺,也全无用。来日,或当有幸痛击匈奴!"

此时残月已出,遍野残旗断戟,如枯木支离。李广捧起酒囊,为诸将逐个斟酒,慨然激励道:"一朝从军,生死便交与天;今日尚未死,诸君便只管豪饮。"

诸将当即纷纷举杯,一阵喧腾,继而歌之舞之,欢喜异常。其时,远近隐隐哀哭之声,已全然淹没不闻。

当夜,汉马军忙碌一整夜,至天明,清点出斩吴军之首十万余、俘获不下十五万。吴王当初带出的人马,除死伤逃散者,尽都降了。骁将李广,由此一战而成名。

这位李广,乃是陇西成纪(今甘肃省秦安县)人氏。其先祖李信,战国末为秦将,曾率秦军攻燕国,追杀燕太子丹于辽东。

李广家族,世代善骑射。文帝十四年时,匈奴大举入萧关,李广以良家子身份从军,因善射,杀敌甚多。后为文帝侍从,任散骑常侍,几次随文帝射猎,力壮能格杀猛兽。文帝见了,赞赏有加,曾慨叹道:"惜乎李广,生不逢时,若在高帝时,封万户侯有何难哉!"

待到次日晨,李广又率精锐一部,循踪穷追。连渡江淮天堑,兵锋凌厉,径直杀进了吴国地面,如入无人之境。

闻听吴王率残部奔入丹徒(今属江苏省镇江市),守城自保,李广便领兵沿江东下,志在夺城。

岂料吴王残部已全无斗志,闻李广兵至,立即开城奔逃。李广驱兵大进,尽虏其残部,唯不见吴王及身边亲随,只得先回军复命。

周亚夫闻报大喜,立悬赏千金,求购吴王人头。

景帝在长安闻报,知大局已定,数月来的忧心,为之一扫。当即发出诏书一道,飞传给周亚夫,令其处置叛王,辞意甚严。

此诏起首,历数了文帝于诸侯之恩,曰:"世有为善者,天报之以福。为恶者,天报之以殃。高皇帝为表彰有功,分建诸侯。其后,赵幽王、齐悼惠王嫡嗣无后,孝文皇帝心存哀悯,特予恩惠,封幽王庶子刘遂、悼惠王庶子刘卬,令其奉先王宗庙,为汉藩国。此德可配天地,明如日月。"

继之,即斥责作乱诸侯,皆属忘恩负义之辈:"吴王刘濞背德反义,诱天下亡命罪人,乱天下币制,称病不朝二十余年。有司请治刘濞罪,孝文皇帝宽恕之,欲促其改行为善。今刘濞不知悔,乃与楚王刘戊、赵王刘遂、胶西王刘卬、济南王刘辟光、淄川王刘贤、胶东王刘雄渠相约谋反,大逆不道,起兵以危宗庙,戕杀大臣及汉使者,胁迫万民,杀戮无辜,烧残民家,掘其丘冢,甚为暴虐。今刘卬等人无道更甚,烧宗庙,毁御物,几近禽兽,朕甚痛之!"

诏书之末,明令周亚夫,凡附逆官员皆不赦:"将军当劝勉将士讨逆,以穷追多杀为功。捕获秩比(俸禄)在三百石以上者,皆杀之,无有所留。敢有不奉命者,皆腰斩。"

　　周亚夫接诏令，心中一凛，知今上对叛王恨极，此次定要斩尽杀绝，于是发令东南，大搜刘濞。然遍搜吴地千里，却是不见踪迹。

　　原来，刘濞在丹徒势穷，匆忙携了刘华、刘驹两子，沿海南窜，奔入了东越国。

　　早前刘濞起兵时，东越王曾发万人相助；今见刘濞势穷来投，自是慷慨接纳。此时东越境内，尚有兵万余。东越王又遣人往北，收拾残部，得残卒数千，士气复振，便欲与汉家相抗。

　　岂料时过月余，见诸侯之乱渐平，周亚夫又遣密使来，许以厚利，东越王权衡利害，不由就起了悔意。

　　这日，东越王设宴劳军，邀刘濞赴军营同饮。刘濞本有意借兵复起，便欣然赴宴。席间，东越王毕恭毕敬，先为刘濞斟满一杯，祝酒道："大王莅临，敝处无好酒为敬，且以淡酒，聊表……"

　　刚说到此，东越王手一颤，不留神将酒杯打翻在地。只听帷幕后一声叱咤，有十数名甲士，持刀冲出，竟将刘濞死死擒住。

　　刘濞大惊，一面挣扎不止，一面怒视东越王道："蛮邦之主，可有信义乎？"

　　东越王命人再斟满杯，笑向刘濞递上："大王休得怪我。我东越子弟万人，随大王北征，可有几人归来？本藩已有信义在先，无奈大王兵败，三十万人作鸟兽散。欲赖我东越再起，岂非大梦乎？今日朝廷重金购大王，吾虽不贪金，然亦惜自家头颅，只得委屈大王了。"

　　刘濞气急，欲以头撞东越王："野人无信，寡人死亦不甘！"

　　东越王当即变色道："大王既不饮酒，本藩也就无话，这便请大王上路。"说罢一使眼色，诸甲士便将刘濞按倒，一刀斩下了首级。其余亲随数名，也尽都被杀。

　　唯吴王两子刘华、刘驹，当日未曾赴宴，闻变大惊，仓皇逃出，奔至闽越国，好歹保住了命。

　　可怜刘濞豪雄一世，富甲四海，为晁错所逼，兵起东南，无人敢撄其锋，险些致汉家倾覆；却不敌周亚夫智谋，一败涂地，逃至边荒而终致毙命。

　　数日后，东越使者携刘濞首级，快马驰驱，送入昌邑壁垒中。至此，离刘濞广陵起兵,仅仅才三月。

汉军诸将闻讯,都赶来周亚夫大帐观看。此前,众人只怨周亚夫胆怯,辗转千里,竟无一战,私下里烦言甚多。今日见吴王首级传至,方知周亚夫用兵如神,纷纷大赞道:"太尉攻吴王之计,我辈实不能也!"

六　遍地枭雄尽成灰

　　吴楚分兵之后半月余,楚王刘戊,尚在睢阳城下苦等。忽一日,有吴王使节奔入,急报吴王已回军。此时警醒,再看淮泗一带,四面皆是汉军,返国已属无望了。

　　刘戊正顿足大骂吴王无信,忽又有斥候来报:周亚夫军一部,已从昌邑杀来,势不可当。睢阳城内梁军见救兵至,亦开门策应。

　　刘戊一时呆了,冲出帐外去看,只见四面尘头大起。营垒外,已清晰可闻杀声四起。

　　楚兵至此已枵腹多日,手不能执戟,见遍野汉军拥来,哪里还能战,不消片时,即一哄而散。

　　刘戊慌忙上马,左冲右突,却见汉军声势浩漫、矛戟如林,处处唯见楚兵死伤枕藉。见脱身无望,只得下马,仰天哀叹一声:"吾命何以如此!"便拔剑在手,往颈上狠狠一刎,当场气绝身亡。

　　汉兵见此,都高声喧呼,挺戟四出,搜捕楚营残兵。数万楚兵,无一人能逃逸。

　　楚王既死,千里江淮上,吴楚残部即溃散尽净。唯在齐地城阳,尚余吴王奇兵一支,堪称诡异。

　　此一支浩荡兵马,孤军北上,直震动齐鲁,其渠帅名唤周丘。

　　原来,吴王起事之初,尚未渡淮,便起用自家宾客,皆用为将军、校尉、军候、司马等。唯周丘一人,未授军职。

周丘原是下邳(今江苏省绥宁县一带)人,因犯法,亡命至吴。此人平素酗酒无度,刘濞甚鄙薄之,不肯与他官职。周丘投刘濞已久,哪里肯忍,于是上书刘濞道:"臣无能,不得入军旅,然臣心不服。虽不敢请带兵,却愿得大王授一汉家符节,我必有所为,以报大王。"

刘濞想想,任他匹马单枪去谋事,倒也不妨,便将一柄夺来的汉节,交与周丘。

周丘得此汉节,有如天助,当夜即带了随从,驰返故里下邳。当时下邳县虽属楚国,然县令闻吴王谋反,不明所以,故而未响应,只发了兵卒上城,闭门自守。

周丘持节至下邳,入馆驿住下,立遣人召来县令。县令闻有汉使至,忙赴馆驿来拜见。甫一入门,周丘随口捏了个罪名,便喝令随从,将县令推出斩首。

随后,又召来一干县吏,告之曰:"吴兵已反,不日将至下邳。若至,屠城不过一餐饭的辰光。尔等若先降了,可保家室无虞;能者或得封侯,亦不为奢望。"

诸县吏听了,又惊又喜,出门便奔走相告。未至半夜,下邳全城吏民乃降。周丘于一夜间,便收得徒众三万人,不禁大喜过望,立遣人返报吴王。

那周丘,端的是一条猛汉,未等刘濞答复,即率兵北上,一路攻城略地。进至城阳时,已拥兵十万,声势浩大。那城阳本属汉地,有中尉领兵守城。然攻守两方众寡悬殊,不过数日,周丘军即大败城阳中尉,破城而入。

当此志得意满时,周丘忽闻吴王在邑下败走,不知所终,顿觉大失所望。自忖与吴王不可共成大事,便率兵返下邳,以谋他路。不承想行至半途,脊背上疽疮发作,竟一夕而亡。这一路兵马,便就此溃散。

吴楚既平,其余叛王更不足虑。周亚夫便又遣弓高侯韩颓当,率军一部赴齐,助栾布军攻胶西王刘卬。

那刘卬自恃勇武,为齐地诸叛王之首。与济南、胶东、菑川三王合兵,围攻齐都临淄。其中济南王刘辟光所部,西向排开,挡住栾布军,守护粮道。然未曾料,临淄乃是七百年大城,城坚无比,叛军昼夜仰攻,死伤枕藉,却是三月而不能下。

齐王刘将闾亲上城头,率兵民顽抗。其间见势危急,便遣中大夫路卬,微服潜出城去，入都告急。

路印千里颠簸，满面黄尘，仓皇入见景帝。景帝见了，也不免动容，当即面谕之："援齐军由栾布为将军，已昼夜奔齐；大将军窦婴则在荥阳，为其后援。今闻路公之言，临淄危殆，朕即遣曹参曾孙、平阳侯曹襄，往助栾布。公请速返临淄，报予齐王。"

路印涕泣谢恩，一夜也未留，便打马返回。半途，又得知周亚夫已大破吴楚，心中遂大安，于是昼夜兼程，奔回临淄城下。

自路印入都之后，临淄势愈危急。刘印等围城四王，因西边为韩颓当军阻隔，尚不知吴楚军已败，故而攻城甚急。齐王刘将闾支撑不住，思来想去，便欲求和，暗地派了密使出城，往返来去，一时尚未议成。

此时，路印见那四国叛军围困愈急，早已环城筑垒，飞鸟亦难逾越，便于黑夜潜入。岂料行至壁垒中，却被发觉，为兵卒所擒获，解至四叛王大帐中。

四王升帐来看，见是齐国路中大夫，便有意劝降。刘印道："你主公于日前，已遣使来乞降，不日即将有成议。你为齐使，枉自奔波一回，又有何益？今日解你赴城下，只需告知齐王，吴楚已大破周亚夫，汉军自顾无暇，又焉能救齐？还是劝你主公，早降了便罢。"

路印愤然道："吴楚早已为周亚夫所破，诸大王竟不知乎？"

四王皆不信，只顾相视大笑。

刘印敛住笑，拉下脸道："吴楚若已破，为何汉军尚无一兵一卒来？胜负虽未定，你便如此说就好，寡人必有厚赏；若不如此说，便教你当场饮刀成恨。"

路印怔住，良久不发一言。

刘印便嗤笑道："生死歧路，路中大夫为何迟疑耶？"

路印叹口气，似已绝望，勉强应允下来。

刘印大喜，便教左右捉一只鸡来，对路印道："你与我四王，在此歃血为誓。只需你哄得齐王开城，便可裂土封侯。"

路印与四王歃血盟誓罢，由胶西军卒簇拥，来至临淄城下，见城墙如故，城楼却被炮石毁去大半，当即就心伤，不由落下了两行泪来。

押解校尉催促道："路中大夫，此时不是伤心时，还请速喊话。"

路印便以袖拭干泪，仰头呼道："臣路印，出使京都返回，求见吾王！"

未过片刻，齐王刘将闾登城来看，吃了一惊："爱卿，如何竟陷于敌手？"

路印整整衣冠，从容向城头揖道："臣路印，千里求援，未辱使命，今向大王复命。朝廷发大军百万，以周亚夫为帅，已大破吴楚。今又有栾布、曹襄率军援齐，请大王坚守数日，自可得救，万勿与敌通……"

言未毕，身边校尉怒极，一跃而起，手起刀落，竟砍下了路印的头颅来！

刘将闾目睹此情，不由大恸，挥泪朝城下拜了一拜，即发令道："路中大夫为国而死，我兵民岂能弃守，宜各尽力，以待援军至！"

那刘卬等四叛王，闻说路印诈降，已向城内通了消息，不禁又急又怒，遂下令加紧攻城。怎奈城内兵民知援军将至，都奋力死守，城坚更不可破。

四王正在焦灼时，忽有栾布军击溃济南军，突至临淄外围。时不久，曹襄也率援军至，两路会合，反将四国叛军围在了核心。

临淄城下，两军一时犬牙交错，旗帜乱舞，车骑往来如穿梭。

刘将闾在城头望见，知解围在即，便似有神魔附身，勇气大增。当即下令开城，催动兵卒，倾城而出，与援军里应外合。

汉军见城门开，知是守军杀出，便不待将令，也腾跃进击。两面痛击之下，叛军难以支撑，抵挡了一阵，终是节节败退。

那援军主帅栾布，为高帝时老将，率大军左右驰突。胶西、胶东、济南、菑川四王见汉军势大，皆无斗志，慌忙各自引兵归国，一走了之。齐都临淄，苦撑了数月，终得一朝解围。

胶西王刘卬奔回高密，自知大罪难逃，即袒背跣足，去向王太后谢罪。王太后年事已高，早前知刘卬倡乱，本就忧心，此时见他狼狈败归，更是忧愤交并，转头不发一语。刘卬惭愧退下，呆坐于草席上，三餐不进，只饮冷水。

胶西王太子刘德①,见父王颓丧至此,心中犹不服,对刘卬道:"汉兵远来,以儿臣观之,士气已疲,可袭之。儿愿收父王残兵击之,若击之不胜,再逃至海上亦不迟。"

刘卬瞟一眼王太子,苦笑一下:"唯少年敢大言耳!我军心已坏,上下皆畏敌,岂可再用?"

王太子还欲再请,刘卬忽就发怒道:"天下之勇,无过于寡人。竖子生于深宫,反倒胜于乃翁乎?"

正争辩间,忽有谒者奔入,呈上密信一封。刘卬忙拆开来看,原是汉将韩颓当率军来攻,已至城外十里处,遣人送来书信。书曰:"汉弓高侯韩颓当,奉诏诛不义。降者,赦其罪,复爵如故;不降者,灭之。大王何去何从,当有决断。"

此时刘卬已知吴楚兵败,楚王自刭,吴王南逃不知所终。想自家诸兄弟,兵力尚不如吴楚,如何能再撑?徘徊两日,终是无计可施,想到只有降了,或还有一条生路。遂拿定主意,带了随从,急赴城外韩颓当营垒处,意欲请罪。

到得营门,刘卬跳下马来,望望营中汉家旗帜,呆了半晌,即脱去衣袍,袒露肩背,咚一声跪下,连连叩首求见:"臣刘卬奉法不谨,惊骇百姓,有劳将军远道跋涉,来此穷国。请将军乱刀齐下,处臣以菹醢②之刑。"

营门校尉见此,忙奔入大帐通报。少顷,只见营门大开,一队汉兵执金鼓而出,分列两边。韩颓当披挂齐整,阔步而出,俯视刘卬道:"大王操兵事,苦鞍马,三月有余。今日我倒是愿闻:大王发兵,究竟意在何为?"

刘卬一心求活命,颜面全不顾了,膝行向前,叩首道:"前者有晁错,挟天子用事,变更高皇帝法令,侵夺诸侯地。我等以为不义,恐其败乱天下,故而七国发兵,只为诛晁错。今闻晁错已诛,我等当罢兵而归。"

韩颓当轻蔑笑道:"胶西王,只知你素来勇猛,居然也如此善辩?若晁错作恶,何不上奏以达天听？你等身无诏命，手无虎符，便敢擅自发兵，击奉法守义之国。以此观之，你意恐不在诛晁错！"不待刘卬应答，即拿出景帝致周亚夫诏令，宣读一遍。

读罢诏令，韩颓当面色冷然道："大王，还请自便。"随即，向身后兵卒一扬手。

两列兵卒见此，立即击鼓，声声催迫，刻不容缓。

刘卬心知死罪难逃，踌躇片时，终俯首垂泪道："我等死有余辜……"言毕，颤颤向王宫拜了三拜，终是拔剑自尽了。

当日，胶西王太后与王太子，在高密城内闻刘卬死讯，也都投缳自尽。

其余谋乱三王，闻刘卬死，知天子盛怒之下，断无生路，各自痛哭了一回，或饮药，或投缳，也都赴了黄泉路。

此时援齐主帅栾布，驻在胶西国境内，正要班师回朝，忽有齐国一小吏前来变告，称齐王刘将闾，也曾与胶西诸国同谋，按法不应免罪。

栾布大惊，遣细作入临淄城去探问，果然有此事。于是，遣人飞马上表，请景帝允准，移兵讨伐齐王。

齐王刘将闾闻风，觉无以辩白，心生惧意，徘徊了两日，竟也饮鸩自尽了。栾布得知，这才作罢，将齐王死讯飞报入都。

景帝闻报大喜，对近臣周文仁道："自高帝时起，诸王便暗怀不服，先帝亦是无可如何。年前乱起，朕虽是折了晁错一人，却换来天下归一，了却贾谊大夫生前心事。"

周文仁道："晁错用事，操之过急，致天下人多不知陛下胸襟。今叛乱既平，臣之意，不妨饶过胁从者，也好收拾民心。"

"唔……叛众险些覆我河山，为大局计，却要饶过？"

"窃以为，饶恕胁从吏民等，非为纵恶，乃是断恶之根。若今日从重惩办，其子孙必怀恨在心，数代不绝，反成了后世隐患。其子孙来日及壮，或将群起翻案，再兴风波，闹到正邪难辨。若今日赦之，其徒众必知感恩，从此释怨，永不为害。"

景帝瞥一眼周文仁，笑道："人皆言你年少懦弱，不敢直谏。岂不知，中庸之道方为正道。朝中虽济济多才,也是少你不得的。"

于是不久,便有诏颁下,曰:"近山东诸地,乱兵汹汹,乃因吴王刘濞等为逆,起兵相胁,贻误吏民,吏民不得已为乱。今刘濞等已灭,吏民当坐谋乱罪者,皆赦之。楚元王子刘蓺(yì)等,参与谋逆,朕不忍加之于法,仅除其宗室籍。"

此诏下,诸国从乱吏民,知朝廷开恩,不咎既往,都口诵圣明,纷纷返归原籍,重拾旧业。山东诸国惶惶乱象,一夜之间便告平复。

至此,作乱七国中,有六国已平。唯余赵王刘遂,闻吴楚兵已败,知大事不妙,即率兵退回邯郸,关门自守。时不久,汉将郦寄便率军五万,杀入了赵境,将邯郸城团团围住。

那刘遂,即是已故赵幽王刘友之子。当年刘友为吕后下令幽禁,停供饮食,竟活活被饿毙。天下人多怜之,尤以赵人为甚。文帝即位后,不忍心这一脉除国,便封了刘遂为赵王。

刘遂脾性酷似乃父,外柔而内刚。退守邯郸后,无论郦寄如何劝说,只是不降。城内兵民因感念赵幽王,皆与刘遂一心,登城拒敌,全无惧意。

那汉军主将郦寄,虽为将门之子,却是个纨绔公子,本领不甚高强,率大军围住邯郸,百计而不能下。守城兵民倚仗粮足,与汉军僵持,竟有八月而城未破。郦寄见自家兵卒日损,箭矢日减,也只能徒唤奈何。

这日忽而想道:栾布援齐大军近在咫尺,如今齐乱已平,何不请他提兵来应援。于是,提笔拟就求援信一封,遣人送至胶西。

栾布接郦寄之信,怒意顿生,誓要亲灭赵王,遂提兵赴邯郸,与郦寄所部会合。

此时汉军在邯郸城下,已聚起十万之众。有连营十数里,处处旌旗翻飞,鼓角不绝。

赵王刘遂在城头望见,心下一沉,知栾布此来,志在必得。目下城中兵疲矢少,正是苦撑时,围城汉军之数,却猛然倍增,这又怎生得了!

如此踌躇一夜,便也顾不得许多了,立即遣人微服出城,携了密信,往匈奴王庭去求救。

不料，密使往返漠南，费时近一月，返归时却是两手空空。原来，那军臣单于早已探得，吴楚军败于周亚夫，诸侯已势尽，哪还有便宜可讨，便不肯发兵来救。

赵遂无奈，只得亲披甲胄，赴四门激励将士，又发动城内丁壮、健妇，皆上城助守。

邯郸城内兵民，崇仰当年赵幽王，又念刘遂宽厚仁慈，各个愿效死命，与汉军厮杀数月，早杀红了眼，只在城上摇旗呐喊，抵死也不肯降。

栾布骑马绕城数匝，见那邯郸城巍然高矗，城坚不可摧，心中便暗自叫苦。原来，这邯郸上古乃殷商畿辅之地，筑城已有千年。战国时，又为八代赵王之都。其间，经赵武灵王励精图治，城墙不知翻修了几回，坚固乃举世无匹。

汉军虽有冲车、石炮，怎奈墙高沟深，不得施展。如此，栾布、郦寄率军在城下，又耗了半月，仍是一无所得。

这日，栾布心中郁闷，邀了郦寄，骑马去往乡间，欲觅一地，置酒散心。待两人登上滏水之堤，见天高地阔，田中谷粟一片金黄，心胸顿然豁亮许多，便下了马，唤随从铺席摆酒。

栾布与郦寄对坐，望了望秋空，不由慨叹道："在下投高帝甚迟，于汉家未有尺寸之功，常以为憾。今奉诏东来，欲建大功以光门楣，却为这邯郸城所阻。"

郦寄连忙劝慰道："兄之高义，天下皆知，昔年也曾身历百战。我为后起之辈，一向敬服之。今日邯郸城坚，便是韩信再世，亦不可唾手而得，栾兄可宽怀，困到他矢尽粮绝，自是不攻而破。"

栾布摇头道："郦兄不必慰我。邯郸富冠海内，兵精粮足，困是困不死的。我若无计攻城，必为天下所笑。"

郦寄忙自嘲道："哪里，恐天下人更要笑我。"

正说话间，栾布忽望见远处堤上，有无数农夫正在筑堤，心中便一动，唤了声："郦兄，不忙饮酒，且与我同去看看。"

两人便策马至人群近前，下马来观看。但见两面土堤上，聚了邻近村寨数百男女，正肩挑背扛，筑高堤坝。

栾布心生疑惑,瞄见人丛中有一父老,便上前一揖,恭谨问道:"请问老丈,何事需筑这土堤?"

那老者白发银须,体仍壮健,放下担子回道:"承将军下问,此地为滏水回弯处,年年秋汛,皆有洪水浩荡而下,水漫十里,毁坏农舍无数。小民力不能胜天,只得将这土堤筑高,也好略少些灾殃。"

栾布心中便一亮:"秋汛当是何时?"

老者答道:"便是旬日之内吧。将军不见,今日两边村落,连妇孺也来筑堤了。"

栾布连忙谢道:"农事辛苦,有扰老丈了。"

那老者笑笑:"哪里,将军才是辛苦。天灾虽为害,终是一时;将军带了这许多兵来,不分昼夜攻城,还不知何日是休呢!"

栾布听出老者语带讥讽,脸上一红,忙拉了郦寄,向老者拜别。

返回置酒处,栾布已是酒兴全无,吩咐左右收拾好,即刻回营。

郦寄忙劝道:"今日天高气爽,既已偷闲,何不逍遥片时?"

栾布便道:"日前,我看赵国舆图,知这滏水自邯山出,浩荡向北,绕邯郸城而过,汇入大泽。今逢秋汛,我可发士卒,破邯郸城下堤坝,以水淹城。任是他城厚丈余,也难挡洪水灌人。"

郦寄大喜道:"如此好计,怎的我便未想到?"

未及数日,秋汛果然至。连绵秋雨中,滔滔滏水奔涌而来,直至邯郸城下。那河堤早被汉兵挖开,浩漫洪水,涌入城中。城中兵民大惊,只得纷纷登屋躲避。雨大不能举火,人皆寒食,苦不堪言。

城下汉兵,却并不攻城,只在水中乘舟巡游。一面擂起金鼓,声声呐喊。城中人听了,更是心慌,都觉命将不久了。

那赵王刘遂,所居王宫亦被淹,只得与宗室、僚属一道,迁至南门城楼上。眼望满城洪水,百姓攀爬于屋顶,不觉就潸然泪下:"天独不怜我乎……"

左右有宦者,悄悄附耳低语道:"大王何不出降?"

刘遂黯然叹道:"既反之,又何以降?寡人不能为后世所笑。"

如此两日过去,东南角城墙终被浸坏,轰然一声塌陷。

城下栾布至此时,不眠亦有两日,闻军卒来报,大喜道:"逆贼,可违天乎?"遂下令攻城。

众汉军屯兵于城下,迄今已有九月余,得此令,都大为吐气,争相奔踊,自城墙陷处蜂拥而入。若在平时,城内兵民尚可一搏;如今被水淹了两日,食宿皆不济,哪里还能抗争。汉军此次早已有备,征了些木船,又扎了些木排,满城里巡游,搜杀守军,一时阖城大乱。

栾布率大队入城,望见南门上有黄盖,知是赵王所在,发一声喊,便领兵从走马道杀上来。赵王卫士纷纷奔出,拼死抵挡,奈何寡不敌众,渐渐不支。

城楼上,刘遂闻杀声已近,身边甲士所余寥寥,只得叹了一声:"我父子两代,命皆不该为王!"即命身边亲眷,各去了断。自己整好衣冠,遥向宗庙拜了三拜,便也拔剑自尽了。

栾布远远望见,喝止众卒,不得唐突,便率亲卫抢先登楼,注目刘遂尸体良久,取下那手中剑,摇头叹道:"既为王侯,人心又何苦不足?"遂命人寻来薄棺一口,将刘遂入殓,抬去城外葬了。

七国之乱,自东南起事,汹汹半个天下,至此时,方告全盘平息。

却说那诸齐兄弟中,还有一个济北王刘志,此前也曾与胶西王相约起事。多亏近臣郎中令苦劝,方才作罢。

此时闻诸齐五王皆死,刘志便不能安坐,知此罪势必难逃。于是唤来妻与子,对泣作别道:"诸兄皆死,我何以独生? 唯有自裁,或可保全尔等性命。"

家眷一时都被吓住,围在刘志脚边,牵衣大哭,苦苦相劝。刘志只是不听,呵斥道:"全家死,何如一人死?"当下命谒者取来鸩酒,便要饮下。

此等生离死别之状,连殿前甲士见了,也都落泪。时殿上有僚属公孙玃(jué),正侍立在旁,心有不忍,连忙趋前道:"大王,生死之事,切忌匆忙。臣愿为大王往梁国,求梁王代为辩白。梁王素为天子所倚,手眼通天,或可得他相助,有所转圜。"

刘志只是摇头:"我与梁王,素无厚谊,他如何就肯相助?"

公孙玃急得顿足道："大王何急矣？事若不成,赴死亦为不迟!"

刘志叹了口气,这才放下求死之念,遣公孙玃携了些珍玩宝物,立赴睢阳。

公孙玃领命,当日即出发,一路奔行。在路上见到,梁地处处残破,哀鸿遍野,百姓脸上尚带惊恐,不由就连声叹息。

甫一入梁王宫,公孙玃纳头便拜,朗声称颂道："济北臣民,闻梁王大名,如闻神仙之名。皆知梁王守睢阳,致吴楚两军进退失据,终至覆亡,无不视梁王为恩人。"

梁王刘武端坐殿上,也知公孙玃来意,便笑了笑："不想济北臣僚中,竟也有你这般利口巧舌的,也算难得!"

公孙玃忙答道："臣在济北,蕞尔小臣矣;才识过我者,可谓车载斗量。小臣此来,不为争口舌,只为讲道理。"

"哦,既然如此!那么君请放言。"

"我等君臣在济北,虽无力讨逆,然皆知梁王一人独当吴楚。天下至大,拱卫亦多,何以吴王汹汹而来,独屯兵于睢阳城下……"

"且慢,公孙君!寡人只愿听道理,高帽子休要再戴。"

"小臣不过据实讲来。吴楚猖獗时,周亚夫屯兵邑下,委弃睢阳而不顾,不知何意。济北君臣皆以为,睢阳城破,只在数日间。不意睢阳万户,皆从大王,城坚不可破,周亚夫又断吴楚粮道。待李广奇兵一出,贼众饥疲,顷刻瓦解,吾王方知大王有砥柱之功。"

这一番话,虽是逢迎,梁王听了,却也高兴,不由颔首道："济北王倒也有些见识,睢阳若不守,那周亚夫军又有何用?"

"我济北臣民,议起此事,都赞大王知恩义。"

"不错。那李广勇冠三军,解我危难,寡人自是不能忘,日前已赐他将军印一枚。公孙君,你千里出使,怕不是为当面奉承而来,且说正题吧。"

公孙玃这才正襟敛容,深深一揖道："我济北国地狭人稀,东临诸齐,南接吴越,北迫于燕赵,势难自守。此前吴与胶西两王,交相逼迫,同约谋反,吾王身不由己,只得虚言应下,实非本心。"

梁王便冷冷道："我梁地也并非万里之广。反与不反，皆在本心，如何就无胆量拒之？"

"不然。小臣以为，当初吾王若拒吴王，则吴王必先夺济北，后下齐地，与燕赵相连，贼势便成。如此，倾山东诸国之力，聚雄兵百万，西向叩关，睢阳可能当乎？周亚夫可敢撄其锋乎？"

"唔……倒也有理。"

"吴王原以为，我济北国必定归顺，便与楚王贸然西进。岂料，齐王反悔，吾王则抗节不从，致吴楚孤军深入，后援难继，终是兵败身亡。大王试想，若吾王不施缓兵之计，以吴楚之势，三日便可吞我全境，又焉能暗助大王，成就平乱之功？"

这番话，果然说得梁王心动，不由展颜一笑："如此说来，济北王倒也有功。"

"吾王高义，惜不为外人所知。臣闻朝廷颇疑吾王，非但未有嘉勉，倒似有问罪之意。忠而见疑，为藩臣之大不幸。臣恐如此，诸藩王皆感寒心，岂利于社稷焉？"

"嗯……公孙君之意，寡人已听明白。此番你来，莫非求告于寡人？"

"正是。小臣日前入梁，见遍地残破，尚未平复，心中就大不忍。若非梁王独撑危局，不知各国要受多少灾殃！平七国之乱，大王功高如日月，天下皆仰之。以当今之势，唯大王可为我君臣一辩。若能向天子进言，代为辩白，则我危国可全、穷民可安。大王之恩，济北君臣将受之无尽。小臣公孙獲，微末之人也，然愿为济北王请命，望大王开恩！"说罢，公孙獲涕泗交流，伏地不起，只待梁王发话。

这一番话，情理并茂，那梁王听得顺耳，焉能不被说动。于是连声道："平身，平身，公孙君不必如此。难得你深明大义，忠于王事，所言实获我心。且暂留睢阳几日，寡人这便上表，为济北王辩白。"

果然不出半月，景帝便有复诏，赦济北王之罪，徙为菑川王了事。如此，齐诸王一门兄弟，仅刘志一人保全了性命。

公孙獲闻讯，喜极而泣，入宫去拜谢了梁王，返国复命不提。

平乱大功告成，各路人马陆续还都。最先入都门的，是驻荥阳的大将军窦婴。

景帝见了窦婴,满面含笑,夸赞道:"王孙兄初试锋芒,任大将军,可谓名副其实。"

窦婴谢道:"哪里,微臣为殿后,讨了个便宜。平乱之功,当首推太尉无疑。"

景帝便感慨:"周亚夫已是条侯,今又立功,倒不知该如何封赏了!"

"陛下,周亚夫此战,谋略为古今所无。若换成臣下,定是按捺不住,要与吴王拼个高低,胜负便难料了。亚夫名声大起,也无须更多封赏了,将来,或可为丞相。"

"哦?倒也是。"

"陛下,此次晁错惹出祸乱,于朝廷,倒也因祸得福。那齐地诸王,累代都是隐患,今日,可将皇子也徙封沿海,从此海内皆安。"

景帝便笑:"朕也正有此意。"

如此至秋深,邯郸告破,周亚夫等诸将,也都统军还都。各路归来,终是得胜之师,就不免骄狂,一路于百姓多有骚扰;唯周亚夫军,军纪肃然,秋毫无犯,马不踏田家一株冬麦。

沿路百姓闻风来看,都雀跃欢呼,庆幸汉军能一战而胜,中原免受兵燹之苦。

周亚夫于弹指间平定祸乱,心中也甚得意,一路看去,只觉处处皆好。这日,大军入函谷关,迤逦走过白鹿原。原上草木萧瑟,已隐隐有冬意,不由对诸将感叹道:"草木枯荣,经年矣,我辈皆在军旅。"

说话间,忽觉前军迟滞,竟是渐渐走不动了。正诧异间,便有校尉来报:"前面有贩牛者,堵塞道路。"

周亚夫想了想,便吩咐道:"待我去察看。"便下了戎车,换乘一匹马,急往前军察看。

到得前锋队列,果然见前面路上,有一白须老者,头戴斗笠,身着粗衣,驱赶一群牛,与大军相向而来,却并不让路。

周亚夫连忙下马,上前向老者一揖:"敢问长者,欲往何处去?"

那老者抬眼看看,淡淡答道:"往前村去贩牛。"

周亚夫便温声道:"在下汉太尉周亚夫是也,今讨逆归来,长者可否稍让路?"

那老者两眼便放光:"是周太尉?"当即回礼道,"老夫乃长安一布衣,有扰尊驾,在此拜过。"

周亚夫笑道:"长者甚悠闲,令人羡煞。今日行军,不得闲暇晤谈,还请借过,我大军也好速归长安。"

那老者便诡秘一笑:"今日路遇太尉,小民幸甚。太尉千里讨逆,劳苦功高。老夫这牛卖与不卖,都不打紧,便做了犒师之用吧。"

周亚夫吃了一惊:"这使不得,本军于民财秋毫无犯,岂能受商贾馈赠?"

"太尉不知,我也并非甚么商人,不过家中养了些牛,今日赶去卖。若卖与他人,何如就此赠予将军呢?"

"不可! 征虏讨贼,武人之责也,与足下无涉。长者可不必客气。"

那老者忽就笑问:"太尉知兵,定是读过《春秋左氏》?"

"略知一二。"

"可知弦高退秦师的典故?"

周亚夫这才会意,不由心中一惊:"哦! 足下之意是……"

"那弦高,不过郑国一牛贩,亦知诚心报国。在下虽为农夫,也知天下今日得安,全赖将军之功。以牛相赠,聊尽一番心意,有何可怪?"

"原来如此。足下心意,周某领了。然民家养牛不易,万万不可拿来犒师。"

那老者立定,注目周亚夫片刻,颔首道:"老夫素敬太尉善治兵,今日平乱,又立有不世之功。既不受老夫礼物,老夫这里,便有一语相赠。"

"在下愿闻。"

"昔日墨者,门徒满天下。墨子曾有言:'江河之水,非一源之水也。'也望足下谨记:百姓可颂太尉之功,太尉心内,却不可自居一人之功。自古以来的祸端,全在功高之时。我今日拦路,便是要劝太尉这一句。"

周亚夫面容失色,连忙揖礼道:"多谢赐教,敢问长者姓名?"

"我之所言,若有道理,太尉便请受用。村野姓名,则不问也可。"老者言毕,便哈哈大笑,将手中长鞭一甩。

那牛群闻得鞭声,掉头便往田中奔散,牛蹄在畦间杂沓,却不踩一株青苗。老者跟着也下了路，踩着土埂，走入麦田。

周亚夫惊异万分，忽想起坊间传说，便急唤道："长者，你莫不是王生，王禹汤……"

那老者仰头大笑道："是与不是，又有何异？"说着，便疾步走远，不再回头。

周亚夫望住老者背影，满心狐疑，自语道："所言究是何意？"少顷，才摇摇头，下令大军起行。

如此，至秋冬之交，各路兵马都陆续还都，景帝喜笑颜开，大宴群臣。于席间论功行赏，遍赐诸将，向诸将祝酒道："七国乱平，斩首十余万，诸君有大功。从此，我汉家不言兵事，唯问天下富庶与否！"

此次封赏，封了两人为侯，即窦婴为魏其侯、栾布为鄃（shū）侯。另有周亚夫、曹襄功亦甚高，惜两人已为侯，无法再封，便另赐金帛若干，以为酬功。其余平乱将士，皆有封赏不等。另有楚、赵属官，为劝谏叛王而死者，亦封其子嗣为侯。

唯李广一人，因受了梁王所赐将军印，惹得景帝不快，虽有斩将夺旗之功，却无分毫封赏，仅调为上谷（今河北省怀来县）郡守。李广终身不走运，便是自此时起，后面的事，暂且不提。

封赏宣诏毕，满席皆大欢喜，各功臣举杯相庆。景帝亦觉卸下了千斤巨石，身心俱畅。宴罢归来，踱至偏殿，立于"汉家山河一统舆图"前，长久望之，几欲泫然泣下。

想到如今，倡乱七国及齐国皆无一王，景帝便惋惜起齐王来。想那刘将闾，虽也曾参与谋乱，到底是反悔得早。若不是他牵住齐诸王，则吴楚势必如虎添翼，袭破睢阳，天下倒真是要危殆了。

如此一想，景帝便不忍亏待刘将闾一脉。不多日便有诏下，称齐王刘将闾谋乱，系遭人胁迫，罪不至死，今特予优恤，赐谥号为齐孝王。齐太子刘寿，袭封如旧。

众臣闻诏，都连声赞好。丞相陶青道："陛下恩典，罪不及后人，天下人定当称颂之。齐王一脉如此，吴楚王之嗣，似也无罪，可否一体处置？"

景帝不由怔住，一时也想不出条理来，只得含糊应许了。

不想至午后,忽有谒者来报:"太后有事召陛下。"

景帝不知是何故,连忙来至长乐宫。见窦太后倚于案几,正闭目养神,闻景帝至,微微一动,然并未睁眼。

景帝连忙问安,窦太后闭目道:"为母近盲,睁不睁眼,却也不要紧了,便闭目与你说话。"

"儿臣听着,太后只管讲。"

"闻说吴楚两王的后人,你也要封王? 封他们做甚么?"

"父谋逆,罪不及子。齐太子既袭封为王,吴楚后人总不好绝祀。"

窦太后猛地睁开眼,愤愤道:"你便如我,睁开眼也是个盲! 吴楚不宜绝祀,便要封他子嗣吗? 两王谋反,几致天下倾覆,罪在不赦,却封了他们的后人,世人当作何想? 东南本就有天子气,秦始皇尚不敢怠慢,启儿如何就敢轻忽?"

"这个……儿之虑,有所不周。"

"岂止是不周,你即位以来,用人施政,无不操切。三年有余,便惹出塌天的大祸来。好歹有梁王、周亚夫替你收拾了,今日怎的又出昏招?"

"太后训诫得对,容儿臣再议。"

窦太后脸色这才稍缓,微闭双目道:"黄老之术有所谓:'天下大事,必作于细。'你治事,再不可心粗气浮。吴楚两王之嗣,断不能封王。"

景帝舒一口气,连忙应道:"遵太后旨意,儿必不如此。太后已久坐多时,容儿臣扶你去庭中走走。"

窦太后便摆手一笑:"秋来天渐寒,为母怕冷得很,不去了。你且退下吧。"

自长乐宫返回,景帝连忙召来陶青、周文仁等一干心腹,商议了半晌,总算有了成议:故楚王刘戊之后,贬为庶民,另封原宗正刘礼为楚王。

这位刘礼,为楚元王次子,亦即刘戊的叔父。如此赐封,既与刘戊后人无涉,亦可昭示不忘楚元王之意,可谓两全其美。

至于那吴国,景帝不敢违太后之意,便令除国。将吴故地分为鲁、江都二国。四皇子淮阳王刘余,徙为鲁王;五皇子汝南王刘非,徙为江都王。如此,历来东南心腹大患,便告解除。

此外,又封了八皇子刘端为胶西王、九皇子刘胜为中山王。

如此一封,景帝子嗣遍布四方,其势赫赫,旁枝之势立显微弱。其中的中山国,乃是割出常山郡数县所置,国都卢奴(今河北省定州市);所封中山王刘胜,据《三国志》言,便是后来的蜀帝刘备之祖,此处不多表。

还有原济北王刘志蒙赦,已徙往菑川为王;所留空缺,由原衡山王刘勃补上。刘勃为淮南厉王之子,吴楚倡乱时,不为刘濞巧言所动,故此徙封济北王,算是深得景帝信任。另有济南王刘辟光,已畏罪自尽,济南国即除去,置为济南郡,收归朝廷。

这一番改封,天下自是河清海晏。封王诏令中,又广赐民爵一级,各处更是万民同欢。至初冬日,适逢新年,新旧诸王皆来朝贺;巍峨前殿上,冠盖如云,满庭都是喜气。

旬日之后,朝贺罢,诸王就国,长安城方得复归宁静。景帝顿觉轻松,恰好逢长安初雪,便唤了周文仁,于偏殿闲坐,观赏廊下飘飘细雪。

两人把盏小饮,酒方温毕,就见雪意渐浓,未央宫万树千屋,都白了起来。

景帝看得痴了,持杯良久,想起早前邓公所言,不由感念起晁错来。

想当初,诸王未反之日,如猛虎卧于榻旁,自高帝始,两宫便不能安睡。所谓堂堂汉家,实是半壁河山,只似屈居关中一隅,天下之半并不属己。今历一春一夏,平乱事成,崤函以东至海,可听凭朝廷摆布了,汉家一统,自此方见眉目。如此想来,逼反吴王,也未见得就是祸事。

周文仁见景帝入神,连忙劝道:"陛下,酒不可凉。"

景帝似未听见,少顷,忽对周文仁道:"爱卿,那后世之人,可知寡人苦衷乎?"

周文仁怔了一怔,方迟疑答道:"……当有人知。"

景帝扶住周文仁肩头,朗声笑道:"周郎,你到底是个憨人。朕能平乱,便是有天助,后世知或不知,又当何如?今日雪景甚好,只在此饮酒,实是辜负了好景。你且守好宫禁,我即赴上林苑去赏雪。"

当下,便从后宫召来新宠贾姬,带了一队涓人、郎卫,乘车出宫。

到得上林苑黄山门,漫野已是一派银装。景帝携贾姬走走停停,丝毫不觉有寒意。那贾姬是俳优出身,色艺俱佳,颇能讨人喜欢。一路上扔雪球、扬雪雾,只闻笑语不断。

玩了约莫一个时辰,贾姬忽欲小解,便独自去了林边一茅厕。其时上林苑废弛已久,屋宇皆破败,那茅厕,也不过是一简陋棚架。

贾姬入内不多时,忽从林中蹿出一只野猪来,直闯入茅厕。众人一时惊慌,都不知所措,只闻贾姬在内,惊得哇哇大叫。

景帝心急,连忙环顾左右,欲令郎卫入内解救。偏在此时,竟无一郎卫在侧,唯有中郎将郅都,正执戟护卫。景帝望向郅都,却不料,那郅都将头一偏,故作不见。

耳闻贾姬呼救声愈急,景帝更是慌乱,欲唤郅都,又觉有所不便,情急中竟拔出剑来,欲闯入茅厕救美。

正在此时,郅都却不再佯装,急趋上前,跪在景帝脚前劝阻道:“陛下若亡一姬,又有一姬献上,天下还少贾姬这等人吗? 陛下若是自轻性命,何以对得起宗庙、太后?”

这一语,有如石破天惊,说得景帝心头一震,当即收剑止步,任由那贾姬自己去应付。也是贾姬命大,不多时,那野猪便自行蹿出,逃之夭夭。贾姬浑身战栗出来,景帝上前看过,竟无一处受伤。不多时,众人也闻声赶来,都直呼侥幸。

此事终究来得突兀,景帝受了惊吓,全没了赏雪意趣,便下令还宫。

路上,景帝只顾安抚贾姬,却未及嘉勉郅都。到得长乐宫,随行涓人传扬开去,当日窦太后便闻说此事,不由大赞郅都。当下唤了少府来,命赐予郅都百金,以作奖赏。景帝得知,细思此事,也以为郅都忠直,便又加赐了百金。

自此之后,郅都之名,即传遍长安,宗室公卿无不推重。恰逢济南国除,置为郡,地方有司上奏,郡中瞷(jiàn)氏大族,有族人三百余家,一向豪滑,横行乡邑,守尉不能制。

景帝闻报,拍案道:“焉有此理! 向日济南王只知谋反,不知理政,竟养虎遗患至此。"当日,即拜郅都为济南郡守,面谕道:"齐鲁久不见汉官之威,那乡邑豪强,竟也敢目无朝廷。着令你往治济南,不教他一个逃脱。"

郅都领命,微微一笑道:"市井恶人,只知欺压小民,尚不知官威如山。臣下到职,不出十日,定教他风行草偃。"

待入得郡城博阳(今山东省济南市章丘区),郅都果然雷厉风行,三日内即遣兵卒,捕得瞷氏首恶全族,统统斩首,暴尸街头示众。瞷氏余众见之,不由魂飞胆丧,各个股栗,再不敢为非作歹。

后郅都在济南治理一岁余,全境安然,民知守法,竟至路不拾遗。邻近十余郡之郡守,闻之无不敬畏,视济南为大府,每见郅都,皆毕恭毕敬。

景帝闻济南地方大治,心中甚悦,拊掌对周文仁道:"七国乱可平,如何市井之乱便不可平?皆因吏治无能所致。前朝文帝虽宽厚,然亦有失。仁政之下,想那民虽得安,豪强渐也不惧官府,连恶少也屡有犯禁。今后,倒要施以严刑峻法,不教这等恶痞逞凶。"

七　美人施计斗宫闱

景帝即位三年以来,仅削藩一事,便闹得寝食不安,许多自家的大事,都搁在了一旁。待七王乱平,转过年来,便是前元四年(公元前 153 年)春上。景帝稍得喘息,便觉立太子之事,已刻不容缓。

古时君王立储,虽为一家一姓事,却是事关国本,敷衍不得,朝野瞩目。按"立嫡立长"的古制,本该立薄皇后所生嫡长子为嗣。偏偏那薄皇后,最是不受景帝宠爱,仅为虚位,故而迄今无子。事到如今,太子当立谁,倒成了一桩悬案。

按古来旧例,天子立嗣,无嫡便应立长。景帝的庶长子,名唤刘荣;其生母,乃是后宫宠妃栗姬。

栗姬乃是齐人,生就一副美人胎,笑靥迎人,身姿婀娜,立身如仙子,动则似杨柳扶风。景帝为太子时,就独宠此姬,曾与之私下有约,若来日生子,当立为嗣。

栗姬果不负厚望,为景帝连生三子,即长子刘荣,次子刘德,三子刘阏。三人早在前元二年,便都已封了王。

按说事情到此,景帝当践前诺,立刘荣为太子才是;然此事之所以延宕,既为削藩所误,亦牵涉宫闱之秘。

原来,栗姬虽是后宫独宠,然此时宫中,嫔妃却不止栗姬一人。众多粉黛中,有一亭亭美妇,也甚得景帝欢心,这即是美人王姞。

说起王娡来历，奇诡又甚于前代的薄太后，直教人惊叹不止。

此处先要倒回去说，那王娡之母，名唤臧儿，乃是故燕王臧荼的孙女。臧荼其人，前文已表过，为秦末一枭雄，当年项羽分封时，得封燕王。后又归降刘邦，为汉初八位异姓王之一。岂料刘邦登基不久，臧荼忽然就反了，扰攘数月，终被刘邦所擒，从此不知下落。

当时，刘邦或有英雄相惜之心，放过了臧氏眷属不问。臧荼的孙女臧儿，故此流落至槐里县(今陕西省兴平市)谋生，为时不久，便嫁与邑人王仲为妻。

槐里这地方，离长安不过百里，颇为富庶，系由秦朝废丘县改置，当年章邯便战殁于此。

臧儿自嫁入王家之后，日子尚属平顺，生有一男二女。长子名唤王信，长女便是王娡，次女名唤王息姁(xǔ)。照此下去，倒也还好；然则世事难料，合该臧儿命中多难，安稳了才几日，其夫忽然就亡故了。

梁柱一倒，家便破了。臧儿无奈，只得携儿带女，改嫁到长陵邑，再醮于田氏。在田家，又生下二男来，长男名唤田蚡，幼男名唤田胜。此二男渐渐长成后，也都甚是了得。

如此寒来暑往，长女王娡渐已长成，嫁与农夫金王孙为妻，生下了一女。

这王娡的运势若是到此，也无非平平，左不过以田舍妇终其一生。然世间鱼龙变化的事，谁也说不准，以往臧儿曾求人算过命，有术士断言"二女当贵"。臧儿便想：自家两女，若能柴米不愁，便是万幸；若说大贵，岂非梦话？于是不肯信。

这日，王娡归宁省亲，在娘家小住。臧儿心疼女儿，正待捉一只肥鸭来杀，见门前有相士姚翁路过，便连忙唤住，央他为两女看相。

姚翁看看臧家，似不富裕，本不欲做这小生意。那臧儿哪里肯放他走，扯住姚翁衣袖，恳求道："我家固穷，出不起大钱，却是正要杀鸭。若长者不弃，饱餐一回，也不至就折了本。"

姚翁耐不住死缠，只得进堂屋坐下，臧儿便唤两女也进屋来。

那姚翁抬头一望，见王娡进来，不觉就惊诧。连忙颤巍巍起身，连连作揖道：

"哦呀,这便是令爱?"

臧儿答道:"正是小女。"

"哦——"姚翁又端详片刻,竟是连话也说不顺了。"令爱之贵,老夫说不得了……不敢乱说。"

"姚翁,老身把钱与你,又不是假的,怎的连说也说不得了?"

"这个……老夫钱也不要了,鸭也不敢尝了。"

"我家长女,田舍妇而已,如何就能吓到你?"

姚翁脸色越发惊异,忍了忍,才开口道:"你这长女,贵不可言,将来要生天子的,当母仪天下。"

臧儿到底是贵胄出身,知道此话分量,脸便微微变色:"姚翁,我女已嫁农夫,我那女婿,老实憨厚,今生连个里正都难谋得,我女又如何……能母仪天下?"

"上古虞舜,取人以色,老夫也只管辨色,辨色而知贵贱。此女大贵,我便管不得令婿怎样了。你再唤那小的来。"

臧儿忙将小女王息姁推出,姚翁望了望,拈须道:"此女亦当大贵,然不如长女。"

臧儿便神魂不定,摸出些钱来,给了姚翁,笑道:"姚翁费心了,即便不说此等上上吉言,卜资也是短不了你的。然吾女大贵,还不知挨到何时,今日唯有煮鸭相待。"

姚翁慌忙起身,摆手辞谢道:"不敢,鸭便免了。来日令爱大贵,莫恨我老翁贪了你家便宜。"言毕便夺门而出,将那一地鸭毛踢得乱飞。

送走姚翁,臧儿念念不忘"母仪天下"四字,整日只是发怔:如何长女就能做得国母? 想痛了头,也理不出个头绪。

时过不久,恰逢朝廷有公文下来,要选四方良家女,入宫为婢。闾里风闻,都议论不休,多有不愿自家女子做宫女的,怕就此误了一生。

唯臧儿听到,立时醒悟:莫不是姚翁所言,即由此而发? 于是,当日便托人,唤长女王娡回娘家,在家中与王娡密议:"朝廷选宫女,人多不舍自家女。你嫁入金家,朝暮耕田,又何时是个了?还不如攀捷径,一朝便至天子旁,还愁无大贵之日吗?或那姚老翁所言,乃是天意,并非为骗我小钱。"

但说王娡那日听了姚翁所言,也曾一夜未眠,只恨夫婿无能。今日听老母如此说,心也动了,急切道:"有路可通富贵,如何不好?怎奈我已有夫,好端端的,怎可绝婚?"

"你那夫婿,要累你一世受穷,有何舍不得?女子求去,法也不禁,夫家认头即可,待明日我托了人说去。"

隔日,臧儿果然变卖金簪,换得些钱,托了本邑一个媒婆,去金家求绝婚。

那媒婆赴金家,上门寒暄一番,金王孙见媒婆登门,便有些摸不着头脑:"阿嫂,金某实为穷户,纳不起妾。"

媒婆掩口笑道:"我便是昏了,也昏不到这般地步。我上门来哪里是劝你纳妾?是你外母托我,说是你妻王娡,有意求去。若你肯放归,则多把些钱与你,也是好的。"

金王孙大惊:"我浑家才归宁两日,那臧家老妪,便托你为女求去?"

"正是。好在你妻并未生儿子,你受臧家一些钱,另娶也是好的。"

"甚么好的、好的!媒人一张口,死人也说得活。我浑家在家好好的,莫不是你贪财,想诱妇人再嫁?今日既来,你便不要走!看我打你个满脸花,丑煞你这贼婆。"说着,躬身捡起一根柴棒,便要乱打。

那媒婆慌忙躲闪,惊叫道:"哎呀,我本是好心呐。此事须两愿,我怎敢图你钱财?分明是你外母,死缠着央我来。"

金王孙便停住手,恨恨道:"如此也罢,你这便回去,说与那臧婆,至明日午时,若不将我浑家送回,我便唤上几兄弟,去拆烂那臧婆茅屋。"

媒婆连忙应道:"阿叔莫怪我就好。这话,我回去定转告臧氏。你家娘子,哪里就能跑掉?"说罢,也顾不得道个万福,就慌张走了。

奔波半日,那媒婆裙钗散乱,抢入臧儿家中,说了匆匆数语,连酬金也不要了,转身即走。

臧儿与王姁闻听金王孙要来闹，不禁面面相觑。

王姁泣道："事不成，奈何？明日回去，还免不了有一番折辱。"

臧儿颓然良久，忽就心生一计："姁儿莫哭，路尚未绝，须你硬起心肠来。那官家，不是已在县衙选民女了吗？明日一早，为母就送你进衙去，若选上，金王孙他岂能抢回？"

王姁闻听有道理，不禁破涕而笑："阿娘说得是，夫婿再凶，谅他也凶不过官衙。"

臧儿便满面喜笑道："明朝要早起，我亲手给你梳个后盘髻，还你妙龄模样。"

"阿娘玩笑了，儿哪里还有风韵？"

"衙门那些呆货，好哄得很。为娘再给你点个面靥，不由他看不上。"

次日晨，臧儿果然将王姁装扮一新。临出门，又寻出家藏的一支金步摇①，插在王姁头上。如此一弄，王姁果然就似少女一般。母女当下就来至县衙，报上了姓名，求见主吏。

却说县衙主事的功曹②，奉命选女，已选了多日，只见不到个好相貌的。正愁无法交差，忽见有美妇走上堂来，姿容秀丽，眼睛不由就一亮，忙问道："来此应选，你可是自愿？"

"民女日子过得清苦，愿入宫为婢。"

"那么，可曾婚配？"

臧儿连忙抢上代答："吾家那女婿，也是情愿的。"

功曹眼睛便转了两转："果真？那夫家如何不来？"

臧儿赔笑道："官人哟，夫婿若是同来，即便是舍得的，事到临头，也要舍不得了。"

功曹便一笑："倒也是。按说女子入宫，一门都得福，夫婿又有何不舍！"言毕，

---

① 金步摇，古代妇女发饰，与簪、钗类同，垂有流苏或坠子，行路时一步一摇，故称步摇。因制作精细、材料贵重，多见于高贵女子妆奁，普通女子少用。

② 功曹，亦称功曹史。汉初置，为郡守、县令的主要佐吏。

便录下王娡的姓名、年纪，吩咐衙役送至后院，好生安顿。

母女两人便在阶前作别，忍不住落泪。王娡想起独女尚在夫家，一别将不知何年再见，就更伤感。

待到衙役来催，王娡慌忙拔下金步摇，欲交还阿娘。臧儿不肯受，只连连抹泪道："娘要此物还有何用？儿尽管拿去。入了宫，要乖巧些，他年若称了天子意，莫要忘了为娘……"

却说夫家那边，金王孙等候至正午，并不见王娡返回，便知事情不妙，忙带了胞兄弟几个，闯去臧家要人。

那臧儿却也不惧，叉起双手，拦在门前怒道："吾儿已为朝廷选中，入宫去侍奉皇帝。你若要人，便去县衙要；你若敢捣烂我家，我便告你大逆之罪。"

金王孙闻此言，不禁瞠目，急忙掉转头，跑去县衙索人。

县衙堂上，那功曹闻听外面有人吵闹，出来问明缘由，心下自然明白。不由恼怒臧氏说谎，然转念一想，好不容易选中一个，若放过，考课①时必受责罚，便呵斥道："王氏自愿入宫，已登录在册，报上朝廷。这通天的事，如何就能反悔？若再闹，只怕你讨不回浑家，倒闹个灭门！"

金王孙无奈，在衙前捶胸顿足，又奔至臧家门外，骂了半响。几欲动手打砸，到底还是怕官家，只得丧气而归，待来日再说。

两日后，王娡由衙役护送，乘辎车入长安宫中。宦者令见王氏姿色尚可，便分拨去了太子宫，侍奉太子刘启。

自此之后，王娡便如遇天助，运势忽就好了起来。

同选入宫的民女，多在及笄②以下，也就十四五岁。唯王娡年长些，本不具异资，混在少女当中，实不易出头。然王娡心性却高于他人，无一日淡忘姚翁所言，只倾尽心思，侍奉太子。

---

① 考课，汉代官吏考核制度。每逢岁末，朝廷考郡，郡考县。
② 及笄，古代女子十五岁之谓。见《礼记·内则》："女子十有五年而笄。"

　　说来，已婚的女子，心计到底胜于少女。日久天长，王娡便摸准了太子脾气，曲意逢迎，果然得太子欢心。屡受临幸。未及一年，便结下了珠胎，名正言顺做了太子姬妾。

　　只可惜，此次诞下的是女儿，未有弄璋之喜。即便如此，其余诸姬妾，也都对王娡另眼相看，呼其为王美人。有那善巴结的涓人，更是以王夫人①相称。

　　王美人一步登天，却未曾忘本，常想到自家胞妹，趁着缱绻之际，又向太子荐了王息姁。

　　太子刘启性本好色，闻说王息姁貌亦美，岂有不允之理。当即遣宦者赴槐里县，指名要选聘臧氏次女入宫。

　　再说那王娡前夫金王孙，平白无故被夺了妻，自是不平，待王娡走后，又去臧氏家中闹过几次。后来风闻，王娡已入太子宫，便不敢再争，只向臧儿哀恳，索了些财物回去，两家就此了结。

　　臧儿送走长女后，心中亦是悬念，只望王娡早日发迹。未料这日，忽有县功曹引来了宦者，说王娡在太子宫得宠，已为姬妾，诞下了一女。臧儿听了，不由大喜，连连向宦者叩首。

　　那宦者从袖中拿出太子诏令，当场宣读："臧氏长女王娡，入太子宫为姬妾，颇称孤意。今续聘臧氏次女王息姁，亦为姬妾，责令该女收拾入宫。"

　　臧儿听了，更喜得手足无措。宦者便命人抬上太子所赐金帛，以为聘礼。

　　臧儿一拍掌道："哦哟，太子也要下聘礼！我这老妪，竟也能成太子外母？"

　　那随来的功曹便笑："臧氏，这话不能乱讲。天子家与百姓，哪里就能论亲？你千谢万谢，倒是忘了谢本土吏呢。"

　　臧儿忙向功曹道了个万福："官人自是大恩人，若不是你为媒妁，我家长女岂能入宫？"

　　功曹强忍住笑，佯作生气道："臧婆，你又在乱说。宫中宦爷在等着，你速将王

———————————
① 夫人，汉宫后妃等级之一，位仅次于皇后。另，所有姬妾亦可泛称夫人。

息姁妆扮好。”

那宦者倒也不急，温言道：“婆婆好福气！人有一女为太子妃，便是天大的福，你竟有两女侍奉太子。将来这两女，母仪天下也说不定呢。”

臧儿心中便一惊，连连“哦”了两声，竟不能应对。

那宦者又道：“我今日奔波半日，能见婆婆一面，也是值得的。”

功曹闻此言，忙向臧儿使眼色。臧儿会意，当即笑道：“老妪家贫，宦爷送福来，酒也没得饮一杯，实是造孽……”说着，便拆开那聘礼，摸出两块金饼来，分赠给宦者与功曹，权作红包。

忙乱了多时，臧儿才将王息姁打扮停当，送上门外车辇。母女分别，少不得又是一番啼哭。那功曹就劝道：“臧婆，哭的甚么，今后还怕没得福享吗？金家那边，若再敢来勒索，你便来衙门击鼓告状，本吏去拿他，定要打得他皮开肉绽！”

且说王息姁入宫当日，王娡早在太子宫迎候。姊妹两人见了，自是又悲又喜。王娡连忙为阿娣揩干眼泪：“你今日入宫了，再当不得自己是民女，一颦一笑，须看太子颜色。太子若高兴，你我富贵即长久；万一有过错，彼此也好帮衬。”

王息姁明白阿姊苦心，连连点头，便将眼泪抹去，笑靥如花，去拜见太子刘启。

刘启见了王息姁，觉此女容貌虽不如王娡，也还算娇艳，心中就欢喜，即命涓人摆上酒宴，为王息姁接风。

夜宴之上，刘启左拥右抱，与这一双姊妹对饮。三人戏谑行令，连饮下三四卮酒。

王娡见刘启高兴，不由笑问道：“我阿娣如何？”

刘启此时酒意已酣，即笑道：“此花……无人折过，我又如何得知？”

王娡怔了一下，连忙赔笑道：“阿娣生来，便是候着太子的。”

刘启对王息姁道：“今后这太子宫，便是你家，起居都无须拘谨。”

王息姁只是娇羞道：“臣妾今日，方穿上这绫罗绸衣，起坐都还不惯呢。”

刘启便一惊：“如此说，你姊妹往日在家，穿的是何衣？”

王娡掩口笑道：“殿下你生来，便是省心的人！民家身上衣服，还不是麻葛一类,有甚好衣?"

刘启便叹道:"果真是布衣,孤还当是虚言!乡民之苦,深宫内哪里得知。无怪父皇要定田租'三十税一'。如今尚未实行,日后我嗣位,定要将其推至乡里。"

王息姁继而又道:"家母平素便常言:人民间数十年,竟不知肉味。近年圣上降了田租,好歹才吃得起鸡鸭……"

王娡连忙打断话头,连连劝酒道:"阿娣,往事休提。今日殿下摆宴,你只管解馋。"

饮至夜深,刘启对王娡眨眼道:"王美人,你们那阿娘,到底是诸侯出身,养得两位天仙。孤家一人,如何消受得起?"便笑望着王娡,不再言语。

王娡会意,连忙起身,道了个万福:"臣妾饮了这许多,已不胜酒力,先就告退了。"说罢,向王息姁使个眼色,便回避了。

当夜,刘启与王息姁相拥入帐,自是快活,一番梦入高唐不提。

王息姁倒也争气,时不久,便有身孕。待十月已满,诞下一位皇子来,取名刘越,日后做了广川王。

王美人却无此运气,又连生两女,仍不见一个麟儿。好在太子恩宠,倒是未有稍减。

至数年前,刘启登大位,做了皇帝。某日忽得一梦,梦见一只幼彘,浑身赤红,乘云自天而降,直奔入崇芳阁中。

早起醒来,景帝犹忆梦中情景,连忙往崇芳阁去看,只见阁内红云缭绕,恍似龙形,就疑心此非寻常祥瑞,回来说与王美人听。王美人也感惊异,便道:"我故里有术士姚翁,年前言我姊妹皆有大贵,今已应验,不如召他来看。"

景帝听了,也是好奇,便允了,遣宦者去召了姚翁来看。

那姚翁入了宫中,见过景帝、王美人,心中不免好笑:当日所言王氏姊妹大贵,不过是见臧婆家贫,心中嫌恶,有心玩笑而已,岂料竟碰巧说中,真好似大梦一场。

姚翁由宦者引路,至崇芳阁环绕一周,左张右望,一边就想好了说辞,返回禀道:"老夫观崇芳阁红云,当属吉兆。此阁内必生奇男,当为汉家盛主。"

景帝大喜，当下赐了姚翁许多金帛，命人以车载回乡里。

姚翁乘车出了北阙，回望宫阙巍然，心中仍觉惊异："当日厌恶，未曾食臧婆家煮鸭，不想至今日，竟赚得了这许多横财回来！世间事，岂是用眼睛看得出的？"

未几，景帝又有梦，梦见神女捧日，授予王美人，于是愈加惊异，说与王美人听。那王美人早有心计，闻此言，连忙娇语道："巧了巧了！臣妾于昨夜，也梦见有红日入怀，光亮不可直视。"

景帝听了，只是恍惚，喃喃道："这便是了，这便是了……"当日，即令王美人搬入崇芳阁居住，易阁名为"绮兰殿"。

此阁果然是福地，王美人搬来不久，蒙景帝几次临幸，便有了身孕。至当年七夕，诞下一子来，啼声嘹亮。景帝兴冲冲赶来，见是小子，喜不自胜，抱起来看了又看。当夜又做了一梦，竟梦见高帝现身，命将此子取名为"彘"。

景帝惊醒，想起了月前，也曾梦见赤彘入阁，原来是祖宗之意！于是不敢不从，为此子取名"刘彘"。后终因"彘"字不雅，方改名为"刘彻"。

说来也怪，自诞下刘彻之后，王美人便再未有一子。倒是王息姁运气好，后又连生三子。除长男刘越外，又有刘寄、刘承、刘舜三子。此四子，后皆封王。

至此时，景帝后宫，一派花团锦簇，然内廷大事却是全无眉目——不单皇后虚悬，太子也迟迟未立。

当此之际，后宫诸姬妾中，最忧心者，当数一向得宠的栗姬。

当初，薄皇后罢废之时，以外人看来，新皇后定是栗姬无疑。而栗姬所生皇长子刘荣，则理所当然要做太子。

然则，后宫之事，向来难料。至景帝前元四年春，两事皆无着落。眼看王氏姊妹日渐得宠，且有皇子诞下，栗姬便心生恨意，唯恐王美人鸠占鹊巢，致刘荣失位。

岂不知，景帝此时，也正为立太子事犹豫。若按早前对栗姬之诺，当立刘荣为太子；然此时看看王美人娇态，想到高帝托梦，便又欲立刘彻为太子。

正举棋不定间，栗姬耐不住，连番去见景帝，请早立刘荣为太子。

这日薄暮，两人登渐台赏景，眺望太液池一泓春水。其时夕阳已沉，天上星斗渐次亮起,其景恍如梦境。

栗姬却无心流连,只看了一会儿,便又催促景帝道:"今荣儿已长成,勤谨知礼,貌亦不俗,只不知陛下还犹豫甚么?"

景帝还想拖延,于是温言责备道:"立储大事,须从容处置。你身为后宫,怎能连日来催?"

"陛下,臣妾只记得,你当日信誓旦旦,还引了古诗,乃说是'琴瑟在御,莫不静好'①,妾只问:如今削藩事平,天下人都已静好,独独臣妾的静好,还不知在哪里。"

"朕尚不老,立太子事,并非朝夕间急务。从容处之,总归是好,只不要一日三问。"

栗姬便恨恨道:"陛下不言,臣妾倒是看在眼里的。莫不是那王氏姊妹,也与陛下有了私约?"

景帝便发急道:"哪里话,你当我是浮浪文人,可随意轻诺吗?"

"妾虽无文,却知前朝都敬季布。陛下若不能一诺千金,便不如季布,又怎配治天下?"

"爱姬,你哪里知:朕审慎立嗣,正是为天下计。"

"哼,只怕是为王美人计……"

景帝忽就恼怒道:"你这是如何说话?"

栗姬却也不惧,只仰头应道:"妾是看到了骨髓里!然陛下可曾想过:王美人之子,今尚年幼,待他长成,又不知要多少时日。久不立储,必有风波起,动摇的怕就是国本!陛下熟读典籍,可还记得秦公子扶苏事?"

景帝不由一怔,立时不语,稍后方才道:"是何人教你说这些?"

栗姬横眉道:"秦始皇久不立储,而天下乱。这道理,我身边宫女皆知,还需人教我吗?"

景帝便无语,望向太液池,手扶栏杆良久,忽然就道:"也罢!明日即立荣儿为

_____

①　见《诗经·女曰鸡鸣》。

太子,早定国本,也免得生事。"

栗姬不禁喜从中来,忙拉住景帝衣袖:"陛下与妾,当面朝牛女二宿,拜上三拜,以之为誓。"

景帝便笑:"你我皆半老,何必效小儿女?"

栗姬忽然满眼都是泪,哽咽道:"陛下为太子时,许诺妾那夜,便是你我二人焚香,同向牛郎织女星拜过。"

景帝闻此言,心头大为震动,忙伸手扶住栗姬,连声劝道:"爱姬,切莫心伤。今日即便不拜,朕亦当一诺千金。"

果然,隔日景帝便有诏下,立刘荣为太子、刘彻为胶东王,又加魏其侯窦婴为太子太傅,辅佐刘荣。众臣闻诏,知立嗣之事有了分晓,这才放下心来,纷纷上表称贺。

那边王美人闻知,却如五雷轰顶,只不知栗姬用了何等手段,哄得景帝发昏。当夜,与王息姁见了,两人抱头痛哭一回。

经此一事,王美人知栗姬根底深厚,也只得忍下。好在刘彻尚年幼,无须立即就国,母子还能在宫中朝夕相伴。

如此,栗姬母以子贵,在后宫权倾一时。虽未做成皇后,却也断无旁人来做皇后之理。内外宗室公卿,也察言观色,无不以栗姬为尊。

事若至此,栗姬为皇后,只是迟早之事。却未料,正当此际,有一位显赫宗室,忽就斜插了进来,将这一切搅乱。足见宫闱事,恰如老子所言:"微妙玄通,深不可识。"

此人,便是馆陶长公主刘嫖。

这位刘嫖,前文已表过,乃是窦太后所生长女,亦即景帝阿姊。文帝在时,已嫁与堂邑侯陈午为妻。窦太后目眇之后,离不得刘嫖,便命刘嫖留居长安,无须就国,以便随时入宫照料。

刘嫖与刘启,同在代地长大,姐弟情深。刘启登帝位后,刘嫖出入后宫,见嫔妃不多,便时常荐美女入宫。既是照拂阿弟,亦是讨好天子,总之是存了私心。

这位长姊，颇知乃弟口味，所荐美女，甚为景帝所喜，且多有册封。此类勾当一多，自然要惹恼栗姬。

栗姬虽受宠日久，却因性善妒，渐为景帝所冷淡。景帝登位后，甚少临幸。偏那刘嫖性本豪放，想到就做，接二连三荐美女入宫，把个景帝看得眼花，就更冷落了栗姬。

栗姬明知太子之位已定，其余美人再如何受宠，也是无用；然每见那些狐媚出入，心中到底是不快，于是便迁怒于刘嫖，终日恨恨。

恰在此时，某日栗姬忽闻宫女来报，馆陶长公主家令李根前来求见，不觉就吃一惊，不知来人是何意，想了想，才召他入殿内。

那李根入得殿来，恭恭敬敬趋前，将一红漆礼盒放下，伏地拜道："小臣李根，见过栗夫人。臣受长公主之托，前来提亲。"

栗姬便诧异："你为何人提亲？是长公主那长子吗？"

李根忙回道："夫人误会了。长公主之意，是为我家阿娇提亲。"

"阿娇？你家阿娇，想嫁与谁？"

"长公主之女陈阿娇，今已十龄有余，性淑贞，姿容出众，请为太子之妃。"

栗姬闻言当即变色，正欲破口大骂，忽又忍住，只冷冷道："公主家令，本宫方才未曾听清，你叫个甚么名？"

"回娘娘：小臣敝姓李，名根，根须的根。"

"哦——李根，你这便回禀长公主，就说本宫未允。你所携礼盒，也请带回，本宫不收这些。"

那李根犹豫片刻，便又试探问道："不知娘娘……还有何话？"

栗姬眉毛一动，狠狠拂袖道："你退下吧。做家令的，怎的如此多话？"

李根脸色一白，慌忙伏地谢罪道："小臣明白了，望娘娘恕罪。"

待李根返回，将遭拒之事如实禀报，刘嫖便苦笑道："家令辛苦了，此事本宫有错，实不该遣你去的。"

原来，刘嫖虽贵为皇姊，荣宠仅在天子之下，然也想世代永享福泽。于是起了念头,欲将爱女阿娇许给太子,来日好做皇后。

本想自家娇女,嫁与那太子刘荣,也算门当户对,又兼亲上加亲,更是和洽。栗姬若聪明,断无不允之理。

未曾料,"提亲"二字才出口,栗姬竟能一口回绝——这狐媚,也是太蛮横了些!

刘嫖不禁怒从心起,然想想也是无奈:太子既立,栗姬之位便不可动摇。嫁女与太子事,若想谋成,还须忍下气,另辟蹊径。于是隔日,刘嫖便入长乐宫,来见窦太后。

时已入夏,宫中处处可见浓荫蔽日。窦太后此时,正坐于廊下,听宫女念《黄帝阴阳》篇。闻刘嫖脚步响起,窦太后便抬起头一笑:"嫖儿,衣裳又熏的甚么香?冲得人头昏。"

刘嫖依偎上去,亲昵答道:"是托南越使臣觅得,出自弱水国呢。"

"弱水国?那不是万里以外吗,嫖儿也太靡费了些……唉,为母入宫一辈子,至今也不喜这些名堂。"

"父皇在时,儿也是不敢用。如今阿娘宠我,方敢一试。"

窦太后望望刘嫖,脱口问道:"你今日,如何就文静了许多?不似来此闲逛。"

刘嫖眨了眨眼道:"儿有何心思,只瞒不住阿娘。这些年,我家阿娇渐已长成,要论婚嫁了。儿有意,将阿娇许配给太子。"

"阿娇?那小娃可有十岁吗?"

"正是十龄有余,早些论婚嫁,也早些省心。太子刘荣,我看人还正派,两家联姻,亲上加亲,于太子前程也是好。"

窦太后稍作沉吟,方道:"阿娇人小,难免还顽皮。今日求亲,岂非太早了些?"

"不早。迟了,便轮不到阿娇了。"

"唔……也好,倒是两全其美。嫖儿,你也是心盛,已是皇亲了,还想做外戚!便去向栗姬提亲吧。"

"栗姬是太子之母,未几日,便可成皇后。仅凭儿臣这薄面,怕是要唐突了人家。"

窦太后闻言一怔，接着就笑道："你绕了半日，原来是央我做媒！也罢，你表弟窦彭祖，近日新任奉常，我便嘱他去提亲。"

过了几日，窦彭祖奉太后之意，果然来求见栗姬，为陈阿娇提亲。

栗姬见是窦彭祖来，又闻说奉了太后之意，便知是刘嫖使的手段，想了想，便对窦彭祖道："窦奉常，我看你年方弱冠，可是娶亲不久？你当晓得，家中娘子务以贤淑为好。那陈阿娇，是何等样人，奉常可知？"

窦彭祖恭谨答道："臣未闻阿娇有何不好。"

"未闻？你只顾得侍奉祖宗了！那个阿娇，生性怪僻，相貌鄙陋，如何配得我荣儿？只是那等才貌，便可做得汉家皇后吗？"

"臣奉太后旨意，携阿娇庚帖来，只为提亲。余者，确乎未曾闻。"

听到窦彭祖打官腔，栗姬便忍不住，索性撕破了脸说话："窦奉常，长公主能说动太后，却是说不动本宫。前次来提亲，我就已回绝。今日奉常回去，可转告长公主：此梦可以休矣！本宫之子，焉能娶阿娇为妻？"

窦彭祖闻此言，脸色微变，只一揖道："栗夫人之意，小臣听明白了，当据实回禀太后。"说罢，头也不回便走了。

那一边，刘嫖翘首候了半日，闻窦彭祖空手而归，不禁大怒："哪里来的野狐，生养个皇子，便想跋扈吗？"

后半日，刘嫖便至窦太后处诉苦。窦太后听罢，倒也不以为意，只一笑置之："呵呵，我为你做了个媒，到底也没用。"

自此，刘嫖甚厌恶栗姬，日夕不忘，每与人议起，必恨恨有声。

王美人闻知此事，有心结好栗姬，便登栗姬之门，好言劝说道："妾闻今上素敬长公主，凡长公主所言，无不从。后宫美人中，多为长公主所荐。栗夫人何不私会长公主，允了阿娇这门亲事。此后，长公主在今上面前，定当有美言。"

栗姬瞟一眼王美人，冷冷回道："我儿既为太子，倒是无须费这般心思。在后宫行走不易，也难为王美人了，竟如此小心。"

王美人未料一番好意，却换来这般冷脸，心下就不快，勉强赔笑道："栗夫人世面见得多,妾身万不可及;所言也无他意,无非是为夫人好。"

栗姬便一笑:"我儿好,我便无不好,还有何人敢来欺凌?"便拿起铜镜,端详起新化的面妆来,不再理会王美人。

王美人自觉无趣,只得讪讪告退。

如此,栗姬因提亲一事,竟接连得罪刘嫖、王美人。此二人,皆为景帝亲近之人,如此轻易开罪,实是隐伏凶险。那栗姬只看眼前,不及全局,眼见已是离祸事不远了,却浑然不觉。

王美人见栗姬冷面不可攀,便也无心再攀,只瞄着刘嫖曲意结好。平素在宫中偶然遇见,总要笑面相迎,嘘寒问暖,恨不能叙谈竟日方肯罢休。

那刘嫖性虽豪放,却不愚钝,见王美人百般示好,焉有不受之理。日久,也有心投桃报李。

这日重阳,气候凉爽,刘嫖忽登绮兰殿之门,口称拜访王美人。王美人受宠若惊,连忙执礼迎进。

两人凭窗小坐,刘嫖便拿出一件襦裙来:"此乃南越国所贡'云英紫裙',昨日天子赐我,我哪里能配? 还是赠予王美人最好。"

王美人慌忙称谢,起身接过襦裙来,轻轻摩挲,赞不绝口。

刘嫖便笑:"后宫多少美人,论姿容,能如王美人这般的,再无一个。"

王美人连忙谦逊道:"阿姊说笑了! 妾乃小户出身,举止无措,步阿姊履下之尘都难呢。"

刘嫖闻此言,忽就触动心事,冷哼了一声:"你哪里就是小户? 那狐媚栗姬,才是微贱之人。我家阿娇,金枝玉叶之身,如何就配不上那栗太子?"

王美人望望刘嫖,不禁叹息一声:"长公主家阿娇,乖巧玲珑,谁人不夸? 妾身命薄,虽有子,亦无福得此佳妇。"

刘嫖眼中忽就精光一闪,拍掌道:"哦呀,我怎就未想到,我那爱女,许与你家刘彻,不是恰好?"

王美人放下襦裙,慌忙摆手道:"万万使不得! 刘彻小子,仅为边地诸侯王,哪里比得上太子,别辱没了你家阿娇,实不敢高攀。"

刘嫖便佯作生气:"甚么高攀不高攀,如何就说起了见外话? 你且坐好,我与你从头分说。"

王美人心中所愿,正是要刘嫖入彀,脸上却仍做惶恐状,抚胸口喘息道:"长公主分明要折煞我。"

"你听我言,那栗姬自认储君已定,来日得做太后,吃定要母仪天下。岂知那古往今来,废立反复乃家常事。本公主固是女流,却也有些手段,且看我如何摆布,要教那栗家小儿做不成太子。"

"阿姊想得容易了。立储君,社稷之大事也,如何就能轻易变更? 栗姬性本如此,长公主也无须多心。"

"你也不用劝。所谓礼尚往来,须得有往来;有那不知礼者,也就休怪我无情。"

王美人闻言,知刘嫖已有成算,心中便踏实,满脸都是笑意:"能与长公主有约,结秦晋之好,乃妾之大幸。许多事,还有赖长公主护持。主上那一面,我这便去说,料定能获恩准。"

两人说得高兴,刘嫖又叮嘱王美人再三,方才告辞。

次日,王美人来见景帝,说起刘彻婚娶事,景帝不禁诧异:"小子刘彻,不过才四龄,论的甚么婚娶?"

王美人连忙辩白道:"并非妾自作主张,乃是长公主美意,要将阿娇嫁与刘彻。"

景帝不觉失笑:"阿姊又是任性! 那阿娇,惯于调皮撒泼,你便不怕吗?"

"女大,自然知礼。妾虽有犹豫,实不忍拂长公主美意。"

"唔……此事,倒也无不可。然刘彻到底年幼,来日方长,尚不知变数几何。爱姬,你在后宫,到底是看得浅,宗室间嫁娶,万万草率不得。"

两家联姻之事,未蒙景帝允准,王美人心中便急。回来遇见刘嫖,遮掩不住一脸愁容。

刘嫖得知景帝之意,倒也不急,只匆匆嘱了一句:"我明日偕阿娇来此,自有主张。你母子只管迎候。"

次日朝食后，刘嫖果然偕了阿娇来访。那阿娇，还是头回来绮兰殿，见门扉上有镏金铜铺首①，并非兽形，而是瓜瓢状，便觉新奇，上前摸了又摸。

刘嫖便呵斥道："小女子不知礼，来此拜访，要有个样儿。那铺首嵌了宝石，小心弄坏。"

王美人闻声，急忙拉着刘彻，欢欢喜喜迎出，见过刘嫖母女。

刘嫖故作惊喜道："曘矣，有些时日未见彘儿，如何就这般壮了！"

四人就在回廊坐下，宫女送上一盘柚子，王夫人便亲自动手，分给各人品尝。

主宾寒暄一番，刘嫖见刘彻活泼，两眼骨碌碌直看阿娇，便将刘彻一把抱过，置于膝上，摸着他头顶戏言道："好个汉家郎，姑母问你，可愿娶媳妇否？"

刘彻望着刘嫖，只不住地眨眼。

刘嫖就指指身旁宫女，问道："可合意否？"

连指几个，刘彻均摇头不语。刘嫖就笑："小崽，居然也知美丑！"便又指阿娇问道，"阿娇可好吗？"

那刘彻幼冲之年，竟然一笑，拍掌道："好，好呀！若得阿娇为妇，当贮于金屋。"②

刘嫖、王夫人闻此语，惊异之余，不禁相视大笑。

刘嫖抱着刘彻起身，指点他鼻子道："彘儿，一言既出，将来可悔不得！"便又回头吩咐王美人，"你带了阿娇，随我来。"

如是，刘嫖走在前头，四人相随来至承明殿，赴东厢书房，拜见景帝。

景帝正在阅奏章，忽闻宦者通报，话音未落，四人便鱼贯进来。景帝抬眼望望，心中便明白，不由责备道："阿姊，我正有公事。"

刘嫖却道："我这事，亦不算私事，陛下且歇一歇。"

景帝只得叹口气，放下奏章，延请四人入座。抬头环视，却又忍不住笑："你们

---

① 铺首，门扉上的环形饰物，大多为兽首衔环状。

② 金屋藏娇，典出魏晋志怪《汉武故事》。史籍上虽未载，然其事流传甚广，或是确有所本。

母子几个,又有何正事?"

刘嫖抱起刘彻给景帝看,笑道:"如今我姑侄两个,只是一条心了。"

景帝便好奇:"如何说呢?"

刘嫖将方才之事叙述一遍,笑个不住。景帝也忍不住笑,问刘彻道:"小子,果真要金屋藏阿娇吗?"

小儿刘彻童心大发,嚷道:"阿翁,我要!"

众人又一齐哄笑。景帝便不言语,招手唤阿娇到近前。

那阿娇不惧旁人,却是独畏这位阿舅,于是乖乖趋前,恭谨一拜:"舅皇万年!"

景帝便抚阿娇头顶,对刘嫖、王美人道:"这个彘儿,小小年纪,如何懂得独爱阿娇?"

刘嫖推刘彻向前,令他与阿娇比肩而立,对景帝道:"启弟,或是天意哩,也未可知。"

王美人也趁势婉语道:"陛下,此等姻缘,怕是世间也少见。"

景帝看看两个小儿女,忽就笑道:"也罢也罢! 我两家便定下亲来,纳吉、纳徵,一应完备。等彘儿长成,再迎亲也不迟。"

刘嫖、王美人听得景帝恩准,都喜不自禁,按住刘彻、阿娇,一齐向景帝叩了头。

此后,二人便成亲家,过从更密,彼此都心照不宣,要将那栗姬母子扳倒。

长公主与王美人结盟事,栗姬也有耳闻,初时略觉不安,然转念一想,刘荣既是太子,便不怕那皇后凤冠落在别家,只须耐心等候,一朝封后,也就无须再怕那二人捣鬼。

又想那堂堂正正的薄皇后,都被自家搬掉,一个全无根底的王美人,又能怎样?于是便不在意。

再说刘嫖这边,却是无日不在用心。转过年来,宫内外都风传,景帝要封栗姬为皇后。刘嫖闻听,急得心头冒火,连忙来宫中见景帝。

刘嫖料定景帝又在看奏折,往承明殿一问,方知景帝带了卫士,赴上林苑游猎去了。

原来,景帝自幼受文帝训导,最嗜骑射,故而得闲便要去上林苑,驰射一番。

刘嫖扑了空,又怕封后之事若议定,便不好翻转,于是急趋御厩,欲索借一匹良马,直驱上林苑。

时有太厩令正在当值,见长公主匆匆奔入,张口便要借马,不禁愕然:"长公主,御厩之马,无太仆手令,小臣怎敢借出?"

"哦?那太仆手令,又如何讨到?"

"须有丞相府下文。"

刘嫖便大怒:"若将那文牍都备好,半日也消磨完了。你便牵马与我,回头再禀太仆。"

太厩令脸色便一白:"若此,小臣的头颅便不保了。"

"胡言!本宫借你马用,莫非还能谋反吗?"说着,便拔下一支金簪来,"事急,顾不得许多了,你只管以此为证,去报太仆。本宫急用马,要赴上林苑见天子。"

"这个……小臣头颅虽可保,官爵也将不保。"

"休得啰唣!哪个敢削你官爵,我去与主上说。"

那太厩令无奈,只得选了一匹好马来,备好鞍鞯、马鞭,交与刘嫖。

见刘嫖飞身上马,揽辔欲行,太厩令急忙唤住:"南去上林苑,最近处,亦有二十余里,长公主单骑而往,各亭长怎能放行?"

刘嫖不屑道:"堂堂近畿,还有何人敢拦我吗?"

太厩令摇头道:"只恐是寸步难行!"

刘嫖蹙起眉,猛瞥见兵器架上有黄钺,便催马近前,伸手拔出一支来,道了声:"归来再奉还!"而后拨马便走。

那太厩令眼见劝阻不住,只能顿足叹息。

刘嫖独骑出覆盎门,一路南下,果然各亭一见到黄钺,都不敢阻拦。亭卒们只是甚奇:旷野间,何来宫中女子独行?

在路上驰驱多时,刘嫖只觉口渴,匆忙中未带水囊,便想讨口水喝。手搭凉棚一望,大路两旁,全无人家,只在半里开外,有一老者在田间掘土,便催马近前。

只见那老者白发皤然,年已逾花甲,却是手执铁锸,奋力挖土不止。刘嫖便跳下马来,高声道:"敢问老丈,附近可有水井?"

那老者回首打量,见刘嫖模样,便放下铁锸,施了一礼:"女侠此是何往?"

刘嫖连忙回个万福,答道:"女子欲往上林苑,半途口渴,故而有所打扰。只不知,老丈如何称我为女侠?"

"哈哈!执黄钺,横行天下,不是女侠又是甚么?"

这一句话,惹得刘嫖大笑:"老丈玩笑了!想是已看破我身份,小女乃宫中女官,有急事赴上林苑。"

老者便一指身边木桶:"此处无井,女客官若不嫌弃,桶中有水,尽可饮用。"

刘嫖早觉喉中冒火,连忙抢上,拿起水瓢喝了个饱。

放下水瓢,刘嫖朝四周望望,便觉好奇:"老丈,如何一人在此掘土?"

老者便反问道:"天下士农工商,唯农夫可独往独来一人劳作,这有何不好?"

"贵府是在附近吗?"

"小民家住城西交道亭,在此赁地耕种。"

"呀,如此之远!何不在城边租地?"

"敢问女官,那城边之地,还有权贵未曾占的吗?"

刘嫖便语塞,一时脸涨红,稍后才慌忙施礼道:"多谢老丈了。女子事急,不便多言,这便告辞了。"

那老者摆手一笑:"一瓢水耳,何必言谢?看女官风度,绝非寻常。今日赴上林苑,必有天大的事,老夫这便送你一语。"

刘嫖惊得双目大睁:"小女愿恭听。"

"庄子曾有言:'若成若不成而无后患者,唯有德者能之。'女官此刻,或一心想事成,其余全不顾了,故而不惜用巧。岂不知,用巧乃是小智,有德方为大智。欲无后患,便不可失德。"

刘嫖心下一震,脱口道:"长者你是……"

老者抹一抹额上汗,拾起铁锸来,淡淡一笑:"敝姓王,芸芸众生也。"

刘嫖便觉恍惚,稍一迟疑,才翻身上马,道了声:"高人在上,小女在此谢过了!"方扬起鞭,催马而去。

此后又疾奔半晌,一路上回想老者所言,竟不解他所指为何。

堪堪已近苑门,见有北军警跸,可知天子正在此。刘嫖将那黄钺一横,上前问过,打探出景帝所在,低喝了一声:"长公主谒见天子!"便打马驰入苑内。

苑门有上林尉值守,恰巧识得刘嫖,又见她有黄钺在手,便也不多问,挥手放行。

不多时,只闻前头人喊马嘶,喧腾一片。刘嫖循声望去,果然见到景帝一行,便拍马上前。

景帝此时正纵马骑射,意兴飞扬,忽闻诸人皆大呼:"长公主驾到——"便猛一惊,急忙勒马回看。

见刘嫖独骑而至,景帝就更奇,劈面便问:"阿姊,你一人,如何能来到此处?"

刘嫖微微一笑:"事急,阿姊自有妙法。"

"上林苑方圆数百里,亏你能找得到我。有何事恁急?"

"自然是急!近日闻说,启弟要立栗姬为皇后?"

景帝这才大悟,不由嗔怪道:"此事,阿姊何须费心?太子既立,皇后位却虚悬多时,不独大臣不安,民间也有议论。"

"阿姊来,正是为此事。那栗姬为人,万万坐不得中宫!"

"这是如何说的?栗姬性虽孤僻,却未闻有何不谨。"

"不可!栗姬气量甚狭,与后宫诸姬皆不睦。又好邪术,每与后宫诸夫人相会,则令涓人咒之,唾人后背……"

景帝大惊:"你这是自何处听来?"

刘嫖一笑:"后宫上至诸夫人,下至宫婢,无人不知,弟可随意去询问。"

景帝便沉吟不语,半晌方道:"后宫诸姬妾,不比阿姊,多偏狭任性。来日,待我告诫栗姬。"

刘嫖发急,也顾不得适才老者劝告了,横下心来,要用巧言激之:"启弟你自登大位，内廷诸事皆顺，万不可平地起风波。那栗姬量狭若此，一旦为后，汉宫恐将重见'人彘'！"

景帝闻言，浑身就一震，当即揽过辔头，向左右大呼道："今日既罢，这便打道回宫！"又回首对刘嫖道，"多亏阿姊提醒，此事不急，我自有分晓。"

刘嫖这一语，可谓击中要害，立时见效。自此，景帝对栗姬便生怨望之心，只是想到太子既立，不宜翻覆，便将立皇后之事搁置下来。

如此一来，栗姬也猜到景帝心事，料想是长公主背后撺掇，便也心怨景帝，事便越发无可补救。

有一日，景帝疲累异常，卧床不能起，心中不乐，忽就想到身后事，便召栗姬来，叮嘱道："朕日夜操劳，命或不久。吾百岁之后，爱姬须仁厚，要善待诸皇子。"

栗姬素来轻蔑后宫诸美人，哪里肯受这托付，只道："诸皇子皆有生母，轮不到妾来操心。"

景帝便叹气："荣儿为太子，你在后宫，终究有人望。托付诸子与你，有何不妥？"

"妾哪里有人望？若有人望，既为太子母，又何以为妖媚所欺？"

"妇人争宠，小户人家也难免。你为后宫厚重者，又何必小器？"

栗姬便恼恨道："我倒不欲小器，宁肯将正宫让与新宠。陛下大量，看中哪个，自可不必遮遮掩掩。"

景帝便拍床榻道："放肆！怎可这般说话？"

栗姬愤然立起身，恨恨道："话都不可说，又何必托付身后事？"

景帝顿感沮丧，不欲再争执，挥挥袖，命栗姬退下了。

栗姬也不言语，转身即走。景帝心中不由怒甚，恨不能立即将栗姬贬黜，然想想太子才立，又怎能处罚太子之母，只得暂且隐忍不发。

如此，栗姬与景帝间，便成僵局，只碍着栗太子之位，才未撕破面皮。

那一边，偏偏刘嫖又不肯闲，每隔三五日，必来窥探景帝之意。每与景帝闲聊，总存了心思，夸赞王美人之子如何孝顺。

要说那刘彻，确也争气，虽是年幼，却聪明过人。与涓人及诸兄弟游戏，善察言观色而应之。宫中人无论大小，皆能讨得人家欢心。及在景帝面前，则恭敬应对，有若成人。便是窦太后那边的人，见他如此，也都暗自称奇。

景帝原本就喜爱刘彻，闻刘嫖之言，也夸说刘彻甚是懂事。景帝不由就想起梦境所见，觉刘彻倒甚合"红日入怀"之兆，若为太子，或更妥帖些……如此一想，便越觉王美人母子称心，渐有了更换太子之意，只是一时未能定夺。

此事迁延一年有余，皇后之位只是空悬，朝中难免有些窃窃私语，只是无人敢提罢了。

说话之间，岁月匆匆而逝，眨眼已是前元七年（公元前 150 年）二月，丞相陶青忽告病免。景帝看看文臣中已无相才，便将太尉周亚夫拔为丞相。又想到四海清平，今后不宜再言兵，索性就不再置太尉官。

如此，平乱之后，两年间内外皆无事。景帝正自得意间，忽一日看奏章，见有大行①董奉上书道："俗谚云：'母以子贵，子以母贵。'今太子之母，竟无名号，实是于礼不合，宜立栗氏为皇后。"

董奉此奏若在平常，并无不妥；然此时后宫事正值微妙，贸然倡言立后，便成大忌。

景帝阅后，勃然大怒："此事岂是你所宜言！"便将奏章狠狠掷地，竟摔断了编绳，致竹简四散飞落。

随侍宦者闻声而入，见此不禁瞠目，景帝便大喝道："去传廷尉萧胜来！"

此时景帝甚是疑心，此奏所言，乃是栗姬授意，便喃喃道："无意敦睦后宫，却有心结交大臣，竟是何居心……"

少顷，廷尉萧胜闻召而来。景帝便一指地上竹简道："大行董奉，不理朝中职事，却串通后宫，妄言废立。着即免官，下诏狱问罪！"

---

① 大行，官职名，春秋各国即置。掌觐见、聘问事，为典客属官。

那萧胜乃是萧何曾孙,袭为酂(cuó)侯,新任廷尉不久,见一地狼藉,亦觉惶然,连忙将散简收起,一面应道:"臣定当按律惩治。"

"无论何律,大臣当知内外,不得参与废立。董奉之罪,当诛! 半月后,朕便容不得他仍在人世。"

萧胜顿时汗流如注,仓皇应诺一声,便退了下去。

随后,景帝又召郎中令周文仁来。景帝问道:"你执掌宫禁,可曾见栗姬串通大臣?"

周文仁脸色一白,忙回道:"栗姬交通大臣事,宫内有涓人风传,然并无实据。"

景帝便面露不豫之色:"既有风传,如何不禀报?"

周文仁忙道:"臣下用心察问过,然无人能坐实,栗夫人终究势大……"

"昏话! 后宫姬妾,何来势大? 只是你这班人惧怕栗太子,有心留后路!"

周文仁慌忙伏地道:"臣有疏漏,罪当责。"

"栗姬若未交通大臣,如何董奉有上奏,促我立栗姬为后?"

闻此言,周文仁忽就想起,连忙回道:"董奉上奏事,臣不知;然曾闻栗夫人之兄栗卿,联络大臣,欲立栗姬为后。"

景帝两眼便炯炯有光:"果真是你耳闻? 这便是了! 那栗卿,继晁错之后为御史大夫,反倒不如晁错,正事不为,只在此等事上用心。你退下吧,宫内诸事,你还需多设耳目。"

周文仁只觉浑身是汗,连忙诺诺退下。

当夜,董奉家中,便如狼似虎闯进一班公差,不由分说,将董奉锁拿,下了廷尉狱。

那廷尉萧胜奉了诏旨,不敢怠慢,次日晨,便亲自提审。待问到交通栗姬事,董奉哪里肯招认,只道是:"太子之母当立后。臣只知古制如此,何须栗夫人怂恿?"

萧胜秉性不似乃祖,本就粗豪,当即骂道:"既无通谋事,莫不是黄粱饭食得多了,要来妄言立后! 天子何时立后,立何人为后,与你又有何相干?"

"乃是大有干系! 孔子曰:'不知礼,无以立也。'皇后空悬多时,便是背礼,臣不忍见当朝者违制不遵。"

萧胜便拍案怒道:"我只当孔子是个鸟!你可知'陪臣执国命',亦为孔子所厌。你个大行官,招呼好各藩王觐见便罢,无端多事,惹怒了圣颜,不是自寻死吗?"

董奉下狱之初,还未料到已成逆鳞之罪。至此,方知景帝已有意诛除,不禁倍感冤抑,双泪长流,昂头应道:"臣子尽职,便是不欲见主上有失。我之衷心,苍天可鉴。此议,自是有人与我话及,然绝非栗姬。"

萧胜闻此言,舒一口气道:"董君早说便好,又何必受苦。究是何人指使,便招来吧。"

"我若招出,将负万世不义之名。此等事,岂是我所能为?文臣者,自当效乃祖萧何,下了诏狱,也须有几分骨气。"

萧胜便暴怒道:"死到临头,还知讥我乎?来人,大刑伺候!"

此后数日,董奉在诏狱,几番受严刑拷问,惨苦不可言状,却只是坚不吐口。

如此拖延几日,董奉已体无完肤。萧胜看得心惊,也怕时限过了,景帝要发怒,只得草草审决,上奏道:"大行董奉,妄奏废立,虽已供出有人主使,却含混不吐姓名。以常情推断,当属栗夫人无疑。否则,无利害相涉者,何以要指使妄奏?董奉狂悖,实无可赦,当斩之。背后煽惑之人,亦不可纵。"

景帝看过,颇觉称意,立召萧胜前来,笑夸道:"往日看你豪放,只道你难胜廷尉之职。今见你断案之明,不输于前任。他供也罢,不供也罢,总之是个死。"便提笔批下一个"可"字。

那萧胜此时虽交了差,却隐隐生出不忍之意来,小心问道:"董奉固是罪不容诛,然其族属……"

景帝头也不抬道:"朕并无株连之意。斩决董奉,只限在三日内,其余无多话。"

于此三日后,萧胜奉诏监斩,东市中一阵鼓响,刀起头落。可怜那董奉,究竟缘何获罪,至死仍在懵懂中。

九卿主吏因奏事被诛,阖朝文武闻此变故,无不震恐。官吏私下里亦颇唏嘘,都互相告诫,今后若被察问,还不如自裁,免得死时受辱。

董奉斩决当日,景帝即有诏下:罢废太子为临江王,着即就国。

此诏并未列举刘荣过错,算是无故废太子。朝中诸臣闻此,无不心惊,皆知后宫有变,料定是栗姬已然失势。

岂料下诏之日,朝中却有两人,挺身而出,力言不可。这两人,便是周亚夫与窦婴。

周亚夫当廷慨然争道:"无嫡立长,自古已然,而今太子无过而被废,恐人心难服。且此例一开,后世难免援引,或有人怀私利,则遗祸于后世无穷。"

景帝不意朝中两位重臣抗命,神色即不悦,冷下脸道:"何以他人不语,独丞相与魏其侯抗言?太子虽无过,其母却有不谨。母无仪,则子便不宜为储。丞相与栗太子并无私,可不必再争了。"

周亚夫朗声道:"恰是臣无私,方敢放胆言之。孔子曰:'吾未见刚者。'朝堂议事,若刚者少,则难称仁政,此臣所不忍见也。"

听得周亚夫言辞激烈,诸臣只觉汗流浃背,俱不敢多言。

景帝登时大不悦,怒目周亚夫多时,方道:"儒家之说,只合于治民;宗室、臣僚皆应以法家手段治之,不得令其左右大政。周丞相诚有不忍见,然朕亦不忍见再出一个晁错!"

周亚夫闻景帝出言威吓,心头便一沉,只得谢罪道:"恕臣有所冒犯。臣之言,陛下可以不纳。"

景帝瞥一眼周亚夫,强压住怒气道:"争便争了。丞相今后议政,也须少些武人气。"又掉头对窦婴道,"太子不德,乃因其母之故,朕并未言太子太傅有错,你又与我争的甚么?"言毕,气仍未消,索性替谒者喊了声,"就如此吧,罢朝!"

当日罢朝,周亚夫、窦婴皆愤愤不已。次日,窦婴便告病不朝,自去南山下闲居,觅得几个赵地美姬,左拥右抱,不再问外事。

再说那栗姬,在椒房殿闻太子位有变,激愤难当,当即大骂道:"贱妇作祟,主上如何也成了盲聋!"便换上凤袍,欲往见景帝。不料才至殿口,便见有谒者十数人,执戟将殿门守住,不许出入。

栗姬这才知自家已被软禁,心中大悲,手指前殿骂道:"人情炎凉若此,还不如禽畜。两贼妇,看你辈能得意几时。你二人祸心,孽及子孙,必是女守寡、男就戮,各个不得好死!"骂毕,便反身入寝殿,食水不进,卧床不起。

这一场宫闱之斗,栗姬最是恨景帝无情,至此犹不知:其中全是王美人在操纵。

原来,王美人于日前探得,景帝对栗姬已不能再忍,便使了一个反激之计,假意与董奉闲聊,其间叹息连连。

董奉不知是计,忙问其故。王美人便假意道:"太子已立一年有余,皇后位却空悬,不与栗姬,臣民颇有议论,后宫诸姬也都难做人。"

董奉性直,果然上当,当即应道:"王夫人不必忧虑。此事,众人皆以为不妥,明日我上奏便是。太子之母,当为皇后;早一日定下,国本便早一日可安。"

哄骗住董奉,王美人又赴周文仁处,送了些金版、玳瑁之类,说起栗卿曾联络大臣,谋立其妹为后。

周文仁听罢神色一变,欲言而又止。王美人见势,便劝说周文仁举发。周文仁心中有数,收下礼,只说是伺机行事,嘱王美人勿急。

如此,王美人不露声色,只略施小计,便令那董奉、周文仁甘受驱遣。翻云覆雨之下,果然引得景帝大怒,将刘荣废黜。历来宫闱帷幄间事,阴鸷无有过于此者。只可惜了董奉,至死仍蒙在鼓里,不知是王美人蓄意挑唆。

长公主刘嫖先闻太子被废喜讯,立奔至绮兰殿,告知王美人。王美人几疑是在梦中,忍不住笑出声来,与刘嫖击掌相庆。

刘嫖便道:"教那栗姬猖狂!如今皇后未得,太子却先失了。依我之见,小儿刘彻,果真就有红日之运。夫人且静候稍许,将来天下,定是你我亲家的。"

王美人忽想起一事,怔了怔,叹口气道:"栗太子被废,固是咎由自取,然那董奉……"

刘嫖便道:"他自家惹事,你怜他做甚么?今日我姊妹两个,高兴还来不及呢!"

王美人忙施礼道:"阿姊说得是!今日事,阿姊居功至大。既是喜事,你我可摒去左右,且饮一卮酒再说。"

刘嫖大笑道："我不要醴酒，你只管取清酒来。一醉方休，才是正道。"

此后，两人只顾高兴，坐等喜从天降。却未防备，此间另有一人，挟强势要来争嗣位，直直要坏两人的大事！

此人便是梁王刘武。

原来，刘武在睢阳，闻知栗姬已失宠，便料定栗太子之位难保。于是带了随从，先期潜入长安，在梁邸静观其变。果不其然，数日后，栗太子便失位，阖朝轰动，刘武更是一夜未眠。

说来，刘武觊觎嗣君之位，已远非三五日。年前景帝曾戏言，要传位于刘武，却被窦婴劝阻，刘武于此耿耿于怀。平乱之后，自恃有大功，索性不经朝廷，自置国相及二千石吏，出入称警跸，车旗仪仗，皆僭于天子。

景帝在长安闻之，颇为不快，私下里屡次发怒，拒见梁使。窦太后闻听此事，也恨刘武不懂事，不禁骂道："竖子！欲得嗣君做，岂能如此无礼？"因厌刘武，竟也迁怒于梁国使者。时有韩安国为使者，入都觐见，窦太后却不肯见。

韩安国老成持重，知此事定要转圜过去，否则将不可收拾。便去求见长公主，伏地泣告道："何以梁王为人子之孝、为人臣之忠，而太后却无所见？日前七国俱反，自崤关以东，皆合纵以西向；唯梁国最亲，拼死以阻之。梁王念太后、天子在关中，诸侯来犯，其势岌岌可危，与臣等议事，常一言而数行泣下。时有吴楚军压境，梁王跪送臣等领兵，击退吴楚军。致吴楚虽拥兵三十万，却不敢过睢阳。不旋踵，即告败亡，实乃梁王之力也。"

刘嫖闻言，两眼便也湿润，连忙道："韩将军所言，太后也并非不知。乱起之后，太后数度与我说起，若非武弟，关中恐将不保……"

韩安国趁势又道："今太后以小过而苛责梁王，又是何故？梁王父兄皆帝王，所见者大，习以为常，故而出称跸、入称警。那车旗仪仗，亦为天子所赐，驰驱国中，无非欲夸耀于诸侯，令天下知太后、天子爱梁王也。"

刘嫖便叹气："武弟任性，自幼便如此，实是无心之过。"

韩安国当即躬身，重重叩首道："今梁使者入都，动辄受责备，梁王为之惶恐，日夜涕泣,不知所为。何以梁王之忠孝,太后却偏不体恤?"

刘嫖慌忙摆手道:"将军不必如此!今日所言,我也不知其详;明日即入禀太后,定为梁王缓颊。"

次日,刘嫖果然入宫,将韩安国所言,详尽禀告。窦太后闻听,方有所动容:"有这等事?那武儿,为何不早说!得空闲,我便去与天子说。"

隔了几日,窦太后果然说与景帝,景帝听罢,心中方才释然,连忙免冠向太后谢罪道:"此乃儿臣之过。兄弟不能相知,累及太后担忧了。"

这以后,再有梁使入朝,景帝无不召见,且予以厚赐。由此,刘武与太后、景帝,方冰释前嫌,日益亲欢。窦太后、刘嫖念韩安国斡旋有功,所赐韩安国之物,价值千金。韩安国以此名声大振,始为朝廷所重。

时至今日,梁王刘武听闻栗太子被黜,不禁大喜过望,想自家苦守睢阳,独力支撑,方保得汉家山河完璧,此功若不得传位,岂非没有天理?

于是,便黉夜入永乐宫,进谒窦太后。

窦太后见刘武前来,又喜又惊:"武儿,你早不来,如何此时做贼般前来?"

刘武下拜道:"儿守睢阳时,唯恐再不得见阿娘,只恨不能乘鹤飞至长安。今入长安,白日里,却又有千头万绪要打理,故而问安来迟。"

"勿说那些丧气话,武儿命长,哪里就能见不到?"

"儿今来,正有一事,要请阿娘做主。"

"呵呵,你能守得半个天下,有何事还需求我?"

"儿臣近闻,栗太子已被废……"刘武说到此,便咽下后面不说,直望住窦太后。

窦太后心内便雪亮,抓住刘武之手道:"孩儿,此事急不得,然亦不能大意。如今你平乱有功,得了历练,足可当天下之任。为母明日就设家宴,召你阿兄来,委婉提起。只是你须慎言,不可过急。"

"阿娘,儿臣以为:诸皇子今皆年幼,不足以当大事。君王之位,兄终弟及,自古便有此例。儿此请,实是为天下计。"

窦太后便笑:"说得好听!我看周亚夫不救你,倒是成全了你,今日说话,竟是这般有底气。"

次日,窦太后果然在鸿台设家宴,召来景帝与梁王,三人共酌。

当此暮春时节,莺飞草长,鸿台上所见旷野,都沐在艳阳中。景帝倚栏眺望,便甚觉惬意:"幼时常闻父皇夸赞,说是鸿台景色世间无匹。我一向极少来此,今日看,果然是好。"

窦太后便道:"往昔时,你祖母也乐登此台,与我闲话高帝之事。"

"高帝得来这好山河,幸而未失于我手。为人君者,实属大不易!"

"启儿说得好!那七国乱起,周亚夫尚不敢撄其锋,多亏你武弟硬撑,方保得这山河在。睢阳被围那几日,为母不曾有一夜安眠,只恐再也见不到武儿。"

刘武便笑:"哪里就至于!乱起时,儿身陷其中,只顾守城,浑然不觉其危。"

窦太后便举杯向景帝道:"启儿,吾老矣,不知还挨得几时。武儿可怜,他以后诸般事,唯有托付兄长了。"

景帝闻此言,慌忙离座,伏地向太后拜道:"阿娘无须忧心!今日之言,儿谨记,定要善待吾弟。"

窦太后满脸欢悦,连忙扶起景帝,连声说好:"为母就喜听这话。咱这一家,虽居于高位,到底还是小户人家。长兄为父,须做到孝悌两全,启儿莫忘就好。"

当日,饮酒至后晌,三人尽欢而散。景帝返回未央宫,稍作假寐,方觉酒醒。想起太后所言,似大有深意在,不由就一惊:"太后之言,莫不是暗嘱我,要允那梁王'兄终弟及'?"

想到此,心中就一凛,无心安坐,只思忖道:若允了梁王,将何如?若不允他,又将怎样?全然理不出头绪来。

太后偏怜梁王,景帝心中早有数。然传位之事,牵涉大局,梁王能否当此大任,臣民可否心服,全不可预料。此议,当是太后与梁王酝酿已久,若断然拒之,太后恼起来,那不孝不悌之名,自家又怎生担得起?

在书房徘徊良久,景帝仍不能决断,又不知与何人商量才好。情急之下,忽就想起一个人来,那便是袁盎。

却说袁盎在七国乱时,谗诋晁错,致晁错枉送了性命,却未能说服吴王来降。景帝对他,便有所轻慢。待乱平,立刘礼为楚王,即改派袁盎为楚相,贬出了京去。

在楚相任上,袁盎仍不甘寂寞,又几次上书献计,景帝却一概不纳。时不久,袁盎甚觉无趣,便上书告退,病免归家。

返回长安后,居家无事,袁盎只与闾里浮浪儿厮混,斗鸡走狗,呼啸出入,全不成个体统。

时有洛阳大侠剧孟,慕名来访,袁盎将他延至家中,盛情款待,相与游玩多日,方依依作别。

却说有一安陵富人,素与袁盎相熟,便看不过眼去。一日,那富人偕友,数骑出行,半路恰遇袁盎,便劝袁盎道:"多日不见,不意将军竟颓丧至此。那剧孟,不过一赌徒耳,将军何以与之相交?"

袁盎瞥了那人一眼,慨然答道:"剧孟固是赌徒,然其母死,远客来送丧,车辆有千余乘之多,可见此人亦有过人之处。他人若有急事,一旦求助,剧孟一概不推辞,天下能为此者,仅剧孟等一二人而已。此辈人,又有何不可交?"

安陵富人当下脸就涨红,反驳道:"将军若遇事,有好友三五随从,即可解难,何用远交游侠?"

袁盎便有怒气,一指那富人道:"公之所谓友,皆酒肉中人,钱财尚不可相托,焉可托付生死? 公之身后,看似有数骑随从,一旦有缓急,当真就可依恃吗?"

那富人一时语塞,脸色骤变。袁盎气仍未平,索性当街大骂,引得众人出来围观。直骂得那富人颜面全无,抱头鼠窜。

袁盎骂富一事,不久即传遍长安,朝中诸公闻之,皆多有赞誉。

此事传至景帝耳中,景帝也不禁一笑,觉袁盎倒还有可取之处。于是凡遇疑难事,便遣人去向袁盎问计。

此次梁王欲求为嗣君,央了太后出面,景帝便觉棘手,当即召袁盎来宫中密议。

听罢景帝述说始末,袁盎立时坐直,肃然道:"立梁王为嗣,即是太后出面,臣也以为绝不可行!"

"兄终弟及,史有先例。袁公多知典故,请为朕讲明不可行之理。"

"君王之位,兄终弟及,春秋时便有,然却不是好事。当初宋宣公立嗣,不立子,却偏要立弟。此后五世子侄辈,互相争国,祸乱竟至绵延不绝。"

"哦? 这是为何呢?"

"君王兄弟之间,或可敦睦;然立弟,子必不服。两家后人,便视若寇仇。且各有臣属,怀拥立争功之心,彼此攻杀。如此下去,宫墙之内,恐无一刻能安宁矣!"

此言一出,景帝便觉悚然,连连颔首,当即断了传位于梁王之念。隔日,便专程赴永乐宫,进谒窦太后,将袁盎之言转述。

窦太后闻之,脸色略显不悦,然亦知袁盎之言有理。沉默有顷,方缓缓道:"启儿,我知其中利害了。此议,日后永不再提,我在或不在,只需好生看顾武弟就是。"

景帝这才将心放下,又劝慰太后多时,方才告辞。

那一边,刘武朝思暮想,翘首等候,却不见景帝有何回应。再入长乐宫去,太后也绝口不再谈此事。

刘武也不敢再问,只觉沮丧万分。如此,在梁邸借酒浇愁,忽就想出了一个主意。

隔日,刘武便向景帝上书,求乞赐地。书曰:"臣拟征发梁民,自睢阳至长乐宫门,筑甬道一条,路边筑墙,上覆棚盖,可通戎辂车,以便随时觐见太后。"

景帝阅毕,心下骇然,欲驳回,又恐引太后不快。便于次日上朝时,将此书颁示群臣,征询众意。

群臣闻之,顿时满堂大哗,都说此议匪夷所思,实是亘古罕见。袁盎更是挺身出列,严词驳斥。景帝见众议皆言不可,心中便有了底。

罢朝后,立召刘武入宫,私下训诫道:"武弟已是诸侯王,虽平乱有功,亦不宜再封赏。所议甬道之事,太过荒唐。想那近畿之田,寸土寸金,若征地筑路,岂不要骚扰千万家。弟之此议,欲令我为秦始皇乎? 近日你在长安,淹留已久,吾意还是早归才好,免得惹出议论来。"

刘武遭此兜头冷水,更加沮丧。回到梁邸,立遣随从四处打探,方知是袁盎进言,坏了天大的好事。不由牙根就痒,恨不能当场就手刃袁盎。

正徘徊间,不料景帝又有诏下,明令梁王返国,无须逗留。刘武只得召羊胜、公孙诡等人来议,诸人都以为,如今阖朝瞩目,万不可抗旨,还是先返国为妙。

刘武想想,忍不住怒骂道:"袁盎那竖子,当日在吴营遇险,我如何就救了他!"

众人见此,又是一番苦劝,刘武方才忍下气,黯然离京,回睢阳去了。

这半月里,刘武在宫中所为,事机甚密,外人无所知。然刘嫖却得了些风声,吃惊不小,连忙入宫来,说与王美人听。王美人闻此变故,亦是大惊。

时值春光正好,满庭芳菲。两人坐在回廊上,凭栏而望,见刘彻天真烂漫,正与宦者一道,伏在阶下捉虫。王美人便有泪下:"我们姊妹,使尽了力气,方才掀翻了栗太子,却未料是徒劳一场……"

刘嫖便蹙眉劝道:"夫人不必急,事在未定之数,尚可一搏。"

于是两人密议一番,由刘嫖出面,往窦太后处去打探。不料,窦太后见刘嫖来,却只问了些阿娇、刘彻的琐细事,绝口不提"立储"二字。

刘嫖忍不住,提起罢废太子的话头,窦太后只是摇头:"你那启弟,自幼就心性不稳,不喜栗姬也就罢了,如何要废太子? 只可怜了我那长孙。"

刘嫖壮了壮胆,又提起梁王来:"我看武弟倒还沉稳些。"

窦太后便似有警觉,摆摆手道:"武儿自有福,无须阿娘我挂心,随他去好了。"

刘嫖一无所获,只得怏怏而归,见了王美人便摇头。两人又做商议,仍苦无良策,不禁相对叹息,也只能在景帝面前小心行事。

如此提心吊胆,挨了数日。时至四月中,刘嫖忽奔入绮兰殿内,高声唤道:"夫人,梁王归国了!"

王美人闻声迎出,仍神色不安道:"他虽归国,心却未死,岂不照旧要谋为嗣君?"

刘嫖便诡秘一笑:"夫人放心。他一鼓未成,便是泄气了。"

八　酷吏不怜皇子泪

前元七年的春上，虽是春和景明之日，内廷外朝，却颇不宁靖。许多祸事的根苗，皆因此次废立而起，堪称凶险。

恰如众人所料，刘荣既失了太子位，栗氏一门便再无好运。四月中，景帝即有诏下，贬栗姬入永巷软禁。其兄栗卿问罪，免去御史大夫，由宗室刘舍接任。

诏下之日，百官心中无不慨叹。眼见得一门外戚，前几日还威势赫赫，无人不逢迎，一夜之间，便跌落深渊，灰飞烟灭了。

当日早晨，周文仁奉了诏令，带领一众宦者赴椒房殿，令栗姬徙至永巷。

一行人拥进殿中，周文仁立于当庭，高声道："栗夫人接旨！"

栗姬却仍旧倚在床上，理也不理，一语不发。众宦者见此，便上前要去拽起。

那周文仁受了王美人之贿，曾告发栗卿，终究心中有愧，连忙喝止，也顾不得礼仪了，只管将诏书宣读完毕。

栗姬早知有这一日，听罢宣诏，冷笑一声，仍旧是无语。

周文仁见此，想到早年戚夫人事，也怕身后留有恶名，便吩咐众涓人道："栗夫人往永巷，任是何人，均不得慢待。去寻个舁床来，将夫人抬去。原有侍女，也一并随行。"

那殿中随侍宫女，逢此骤变，无不默默流泪，连忙上前扶起栗姬，一面就收拾细软。

不到半日，椒房殿便被清空。周文仁暗想：既有关照，栗姬在永巷，谅也不至太苦。于是心下稍安，回去复命了。

此后之事，正如刘嫖所料：梁王谋储位之事，已属无望。至四月乙巳日（十七日），景帝果然有诏下，立王美人为皇后；数日后，又立胶东王刘彻为太子。

那刘彻，原名为刘彘。拟诏时，景帝斟酌再三，终觉其名不雅，便据其音，随手改为"彻"字。当时只未料到，此名后来竟响彻千古。

正所谓一夕之间，高岸为谷，深谷为陵。王美人母子博得景帝欢心，双双跃上高位。朝野官民闻此讯，虽是早已猜到，却也咋舌不已。

立皇后之日，阖朝同贺；寂寥永巷中，却另是一番情景。栗姬卧于竹床上，已有数日未进饮食，虽有宫女苦劝，却一箸也不动，只是两眼圆睁，缄默如石。

至乙巳当日，宫女晨起来看，栗姬面如白垩，气息奄奄，眼见便要挨不过去，于是纷纷跪地苦劝："有皇子在，夫人不可自弃。"

栗姬闻此劝，面色稍缓，身旁宫女连忙端起碗，喂了几勺羹汤下去。

至午，前殿有宦者来公干，与永巷诸人闲聊，众人忽就起了一阵惊呼。

栗姬听见，不由惊异，便望住身旁宫女。那宫女会意，奔出屋去，稍后又返回，却迟迟无语，只落下了两行泪来。

屋内一时寂静如死。栗姬挣扎欲起，拂袖间，竟将那汤碗打落。砰的一声，引得屋外宫女都奔进来看。

栗姬强自坐起，直视诸宫女，目光如电。宫女中，终有一人撑不住，掩面泣道："天子适才有诏，已立王夫人为皇后了……"

栗姬僵直良久，方恨恨吐出一句："王氏，将败尽汉家！"便闭目躺倒，再无一丝声息。

至夜深时分，宫女久不闻声，忙俯身去探看，方知栗姬忧愤过甚，竟然气绝了！

一场宫闱大戏，就此落幕。

再看王氏一门，母子同贵，姊妹俱荣，自是阖门欢喜。尤以王皇后最为奇绝，本是一绝婚民妇,自荐入宫,可谓微贱至极,却能以诸般心计,巧获欢心,终夺得中宫正位。

景帝立妥了皇后,身后事便无须担心。高兴之余,下诏明年起改元,大赦天下,广赐民爵一级。改元之后,便是"景帝中元"纪年。

自此,景帝总算将"家事"都打理清楚,姬妾、皇子各归其位。诸事既平,修陵寝之议便摆上了案头。这也是一件大事,为削藩耽搁了好久。

且说那汉家诸帝,皆信荀子"事死如生"之说,但凡登极不久,便起造陵寝,号为"寿陵",以期长寿不老。

景帝想到此事竟延宕了四年,心中便急,召来奉常窦彭祖商议,要亲赴近畿踏查,择地起陵。

窦彭祖见景帝认真,自不敢怠慢,忙回道:"臣于堪舆事,尚不精通,须有方士随行。"

景帝便一笑:"这个自然,外间有那堪舆方士,尽管都请来。你尚且不知:长安城中,有一隐居高人,名唤王禹汤。朕曾两次路遇,惊为天人,此人也务必请到。"

窦彭祖却颇为踌躇:"臣未见过王禹汤,实不知该如何察访。"

景帝便向殿口一指:"去问周文仁便是。"

那周文仁,果然知道王禹汤所在。窦彭祖向他打听清楚,便亲驭安车一辆,往城西交道亭一带寻访。

经间里父老指点,窦彭祖边走边寻,来至柳荫下一幢茅舍前。见此处小院寂寂,藤萝满篱,心中就疑惑:"王生名满京城,其居处,竟如此鄙陋乎?"当下迟疑不定,抬手叩响门扉。

不多时,只闻咿呀一声,有一白衣老者开门而出。

窦彭祖心中一喜:"这便是了!"连忙揖过,恭恭敬敬递上名谒,口称:"汉奉常窦彭祖,奉诏前来拜访王生。"

王禹汤接过名谒,瞄了一眼,便一笑:"寒舍简陋,只有白水招待,如何容得九卿前来做客?"

窦彭祖见王禹汤气度俨然，不觉就心虚，连忙赔笑道："在下奉诏行事，有所打扰，望先生不必计较。今有幸来此，方识得高士，果然似上古贤者模样……"

王禹汤不待他说完，便大笑道："你这后生，倒还会说话。如此，老夫也只得开门迎客。"说着，便将窦彭祖迎入院中，在柳荫下相对而坐。

窦彭祖又恭谨一拜，才详细说明来意。

王禹汤听罢，沉吟道："老夫于堪舆事，虽略知一二，然今上并不识小民，如何便有此等重托？"

窦彭祖答道："圣上亲口对小臣言，早前之时，曾两度路遇先生。"

"两度路遇？哦……可是翩翩一公子，率数骑往郊外驰驱？"

"料想正是。"

王禹汤便仰头笑道："原来是天子！无怪乎他衣食无忧，有闲暇游走。普天下臣民，不知几人能有此福分。"

窦彭祖连忙又一拜："陵寝之事，事关后代之福。若择善地，魂可得还，养其子孙；若不慎择恶地，则遗祸子孙。天子陵寝若择地不善，天下后世，便不得安。"

"唔，老夫也知事关重大。然有一事，却是颇不解：天子欲治身后事，莫不如生前就尽善；生前既行善，又何愁子孙万代无福？"

"今日天子圣明，内外诸事皆已平，若寿陵也营造得当，岂不两全其美？"

王禹汤便又大笑："看奉常年纪，不过弱冠，竟是如此善辩！罢罢，天子既重老夫之言，老夫也不好执拗，这便随你去。只未料，我一个布衣野老，不求闻达，却被两代天子唤进宫去，竟是何道理？"

窦彭祖笑而不答，起身恭请王禹汤上车。

王禹汤揖了一揖道："奉常辛苦了，竟连白水也未饮一瓢。"便去换了洁净衣裳，随窦彭祖登车。

途中，窦彭祖忽然想起，便随口问道："以先生耳闻，今上改立太子，坊间有何议论？"

王禹汤瞥一眼窦彭祖，敛容道："前任那大行官，便是因妄论废立而死，足下倒要拿这话来问我！好在老夫乃布衣，说便说了，总不至于问斩。"

窦彭祖脸便一红，揽住辔头道："车上仅你我二人，偶语也不妨。"

王禹汤便道："民间都纷议，那废太子刘荣，性似文帝，只可惜不能继大位。"

窦彭祖不觉一惊："哦？竟有此等议论？"

王禹汤摆手道："奉常莫惊，百姓之言，如风吹过耳，当不得什么用。"

"以先生看，新储君何如？"

"那七龄幼童，老夫还看不准，唯愿仁义之外，兼有强力。我年已花甲，看不到扫平漠北了；足下正年少，或可亲眼见到。"

窦彭祖便叹气道："扫北之日，晚辈怕也是无望见到。"

说话之间，车驾来至司马门。两人整整衣冠，下车进门，立于丹墀之下，便有谒者出来，请窦彭祖稍候，独引王禹汤至偏殿。

此时，景帝早已冕服等候，远远望见王禹汤，连忙起身道："先生来矣！"便降阶相迎，竟伏地拜首，行了大礼。

王禹汤也只得跪拜还礼，客气一笑："我一布衣老叟，当不得陛下大礼。"

景帝笑将王禹汤扶起，延入殿中坐下，寒暄道："上古时，成王稽首于周公，传为美谈；我见贤者，亦当行大礼。此前两次路遇，皆未及多谈，不承想竟能三遇先生，实乃幸甚。"

"呵呵，折煞老朽了！先前不识天子，胡乱说了些甚么，早已忘却，还望陛下宽恕。"

"哪里的话，闻长者之言，受益良多。今日请先生来，是为择陵寝之地，还望万勿推辞。"

"若是他事，老夫实不愿登庙堂；只这择陵地之事，倒是乐于奉诏。"

景帝便感惊异："这是何故呢？"

王禹汤微微一笑："世间人，上至天子，下至臣民，都只可活一世；然陛下可知，二者所思，有何不同？"

景帝不知如何作答，只得拱手道："愿闻赐教。"

"老夫以为:天下臣民,即便是贵为公侯,所思所虑,也不过活好一世。不见今日列侯,自立朝以来,因子孙坐罪而夺爵的,已有上百之数! 所谓福荫,竟不能荫及曾孙,更何况百代? 天子则不同。一姓天下,万不可二三世而亡;亡了,便是短祚。无论做好做歹,皆受人唾骂。故而陛下所思,必是千秋万代。"

"不错。秦亡之鉴,恰是如此!"

"陛下慎择陵地,想来胸中所怀,亦可称宏远。唯其如此,老夫才不顾衰朽,愿尽些薄力。"

景帝闻听此言,当下大悦:"那么好,朕便趁九月天凉,率方士外出勘察,也请先生随行,以便指教。"

王禹汤拈须笑道:"以老夫愚见,勘察陵地,是为泉下之善,然地上之善,亦不可轻忽。否则,所谓泉之下善,又有何益?"

景帝心中便一震,望住王禹汤良久,方应道:"朕当勉力为之。"

隔日,景帝便亲率奉常、方士等十余人,轻车简从,出长安城四面查看。每至一处看罢,必征询王禹汤之意。

时过一旬,找了几处地方,都觉山川形势不甚如意。这日,一行人来至咸阳原上,过长陵、安陵向东,便见到泾、渭二水,正于此处交汇。

景帝在车上望见,不禁高声赞道:"好个泾渭分明! 所谓福地,岂不正在此处?"忙招呼众人下车。一行人驻足原上,向东眺望,只见泾水清而渭水浑,如黑白两龙交会,腾云挟雾,迤逦东去,其势锐不可当。

众人注目片刻,也不禁叫好道:"此处甚妥!"

景帝率众登高四望,见西面有高帝长陵、惠帝安陵,互为犄角,便指两陵道:"此地坐落,背倚先帝二陵,面朝泾渭二水,实是天赐。诸君以为何如?"

众人都拊掌大赞,称二帝陵有青龙白虎之象,当属吉地。

景帝又望向窦彭祖,窦彭祖连忙回道:"臣下亦觉好。此处亮敞,不似霸陵局促,足可以放手营建。"

"那么,此地属何县?"

"属弋阳县。"

"好,此县名亦甚好!朕之陵寝,便可名为阳陵。那弋阳县,则可改为阳陵县。"

"臣下明白,明日即告知丞相。"

景帝便面露笑意,自语道:"奔波多日,终不负一番辛苦。"又回首对王禹汤道,"众人都说好,唯不闻王生高见,不知先生意下如何?"

王禹汤只矜持一笑:"不敢当。草民以为,既有心将九泉之事做好,那地上万代之事,当也能做好。"

景帝略略一怔,想了想才道:"先生为布衣,所言无不忧天下,朕心甚慰。我知先生于营陵或有异议,然营陵大事,不能敷衍,古来如此,我岂敢例外?想那秦始皇苦心营陵,却不料,只传了二世,个中缘由,并不在营陵。我虽鲁钝,倒是看得清的。"

正说到此,王禹汤忽就咚的一声跪下,叩首道:"草民王禹汤,得亲随天子,今生只怕就这一回。老朽有谏言,愿陛下勿怪罪。"

景帝惊异万分,忙上前扶起王禹汤,温言道:"先生不必如此,有话尽管说,朕断无拒谏之意。"

王禹汤道:"陛下,汉家自高帝起,迄今已五十七载,时近一甲子,方有二十余年安宁。如今虽仓廪已实,民仍不知礼,兵仍无奈何匈奴,尚需陛下小心施政,所亲何人,所黜何人,都不可意气用事。否则汉家虽大,恐也难有百年之运……"

窦彭祖闻听此言,大惊失色,忙去拉王禹汤袍袖。

景帝却摆手示意道:"奉常不必慌,朕愿听先生肺腑之言。"

王禹汤便接着道:"草民亦知天子难处,然世事如棋局,不可急躁,若落错一子,便有无穷祸患。老子曾有言:'涣兮,若冰之将释。'国运若涣散,无非就在数年间,秦之前鉴,不可无视。"

景帝听得惊心,拉住王禹汤之手,面露惨笑道:"足下为布衣,尚知忧天下;朕为天子,却不能有所为,实是有负先帝。然公亦有所不知:庙堂之事,掣肘甚多。朕无才,也只能……勉力而为。"

窦彭祖连忙上前,语意委婉道:"先生之言,以小臣听来亦觉震恐。朝堂之事,千端万绪,确乎急不得。陛下力排众议,平定七国之乱,改立储君,便是老成练达之举……"

景帝摆摆手道:"奉常不必为我遮掩。朕之失,群臣皆知;然朕之志,终不能泯。早年读贾谊之策,便知天下之弊为何,朕登极以来,无一时敢忘。今日朕之所为,及至将来太子所为,只为求得万代之安。先生寿高,且从容观之。"

王禹汤松了口气,当即揖道:"陛下知弊之何在,事便有可为。草民之忧,是忧在时机不再。用错一人,即惹祸端;罢错一人,即失良机。陛下即位以来,数年间得失,心中当已明了。"

景帝便改容笑道:"诚如先生所言。我自幼少才,不如先帝;然列子有言,'子子孙孙无穷尽也',我若是误了时机,尚有子孙。先生确乎不必急。"

众人闻景帝此言,便一齐大笑,方才言谈间的峻急,竟一扫而空。

景帝便转身朝东望去,吐口气道:"半月奔波,竟一无所获,而今只这一个时辰,便择好了陵地。或是天将佑我……"

众人也随着纵目远望,但见咸阳原上,秋野尽黄,似千年万载的浑茫,正沐于斜阳下。

当日返归,景帝见众人疲累,便命御厨赐宴;又传来少府,命赐王禹汤五百金,以车载回。

王禹汤却断然不受,辞谢道:"天子赏饭,不妨受之,然赐金却是不能受!受之,老夫便成了揩油客。"

景帝一震,望望王禹汤,见他并非惺惺作态,也只得说:"朕之德,不及孟尝君,无缘罗致先生在门下。今后若有不决之事,当另行请教。"

至宴罢,窦彭祖送众人返归。景帝亲送至殿口,立于阶上,注目王禹汤背影,不禁对左右叹道:"为人主者,欲闻直言颇为不易,难得王生如此敢言!"

此后数日间,景帝饮食不思,疏于理政,只在殿中往复踱步,细思营陵之事。又唤了宫中老宦来问,才渐渐定了主意。

这日，便召来丞相、奉常、治粟内史①、将作少府②、复土将军③、弋阳县令等人，集于前殿，筹划营陵事。

景帝环视一眼众人，开口道："今陵寝选址已定，就在咸阳原上，号为'阳陵'。召诸君来，是为权设一个营陵司，由丞相主事，诸君皆参与，各司其职。"

周亚夫闻听景帝点名，便挺身应道："天子建陵寝，事死如生，万古皆是如此，臣当竭力而为。只不知阳陵规模几何，陛下可曾谋划？"

景帝稍作沉吟，缓缓道："朕于幼时，闻听秦始皇陵规模甚巨，广有山泽，深埋珍宝，只道是他穷奢极欲。近日方悟得：天子营陵事，关乎万世之安。若无心治陵寝，便也无心治好万世天下，故而阳陵之制，要仿秦始皇陵。"

在座诸臣闻此言，都暗自吃惊。周亚夫心头亦是一震，脱口问道："莫非要以水银为海、珠玉为穹隆？"

景帝见诸臣瞠目，心中略觉得意，便对周亚夫道："奢华倒不必，朕所言，乃是布局。那秦始皇陵，布局仿咸阳城郭，阳陵则要仿长安城郭。两宫、衙署、永巷、御厩、军营等，共九九八十一处，皆在地下有对应。随葬器物、陶俑等，亦与人间相同。陵园方圆二十里，则仿天下舆图，有如万里山河，从容安排。"

众臣听得出神，都面露惊异。周亚夫不禁踌躇道："陛下，如此营陵所费，支度当不小，可否略加俭省？"

景帝淡淡一笑，拂袖道："先帝治霸陵时，天下尚未恢复，故而俭省。而今与民休息数十年，无论城乡，府库皆满，百姓人给家足，营陵事便不能敷衍。"

周亚夫顿了一顿，只得从命道："陛下之意既已决，臣并无异议。当尽府库之力，筹划营造。"

---

①　治粟内史，官职名，秦置，汉初沿置。掌谷粮钱货，为九卿之一。景帝后元元年更名大农令，武帝太初元年更名大司农。

②　将作少府，官职名，秦置，汉初沿置。掌营建宫室、宗庙、陵寝等土木工程。景帝六年更名将作大匠。

③　复土将军，将军名号。汉置临时官职，掌营造帝陵，事讫即罢。

　　景帝这才脸色稍缓,颔首道:"丞相知我意就好。今内无旱涝、外无战事,官吏亦无增员,即使民不加赋,府库也是足用的。每年财赋支度,其三分之一,可用于营陵。倒是那营建之役,万不能伤民,先帝所定'三年一役'不可变,各地宜多发些刑徒来。想那秦始皇营陵,竟动用刑役七十万,太过骇人,无怪天下要乱!朕之意,阳陵役夫,不得逾十万人之数。"

　　周亚夫在心头算算,觉府库所存,尚能支撑,便应诺道:"陛下之意,臣已知大略。容臣下与奉常、将作等商议,谋划筹办,务求缜密,陛下可无虑。"

　　景帝便笑道:"丞相之才,可统领三军;营陵事宜,当不在话下。"

　　却说那周亚夫理事,果然是精细,未及两月,便遵景帝之意,令工匠画出了草图百余幅,可见出寝宫仿未央,陵城仿长安,陵园仿天下地舆,无不恢宏端丽。又拟定,营建诸事及葬品等,由九卿各曹分头执掌,条理甚分明。

　　自此,阳陵营建之役,便无一日止歇。咸阳原上,人马辐辏,呼喝不绝,真是一派热闹景象。

　　稍后,又在陵园司马道之东,起造陵邑一座,从各地徙来平民三万户,各赐钱粮,助其安家。此后数年内,泾渭交汇处,竟成了一处人烟稠密之地。

　　营陵之事既已起手,景帝便放下心来。环顾内外无事,心中就窃喜:虽曾误用晁错,惹出一场风波,好在平息得也快。如今四海晏然,官民皆富,总算对得起父皇遗命。

　　正怡然自得间,一日,忽有中尉陈嘉来报:"袁盎闲居家中,一向无事;不料今在安陵门外,为歹人所刺,不治身亡。"

　　景帝便惊起:"怎有这等事!"当下就细问陈嘉案发始末。

　　正问话间,又有长安内史仓皇奔入,奏报另有大臣数人,亦在家中被刺,凶手不明。

　　景帝眼中精光一闪,狠狠拍案道:"此即是梁王所为!"

　　陈嘉等人不明底里,忙问何故。

　　景帝道:"被害诸臣,皆为月前集议时,阻谏传位于梁王者。定是梁王衔恨,遣人刺死袁盎。"

陈嘉迟疑道:"或是……袁盎另有仇家?"

"否! 若袁盎另有仇家,则杀袁盎一人即可,如何牵入这许多人? 陈嘉,着你会同廷尉、内史两府,即往安陵勘验。这便发下文书,严查刺客,勿使逃脱。"

陈嘉领命退下,立即会同有司一干要员,赴安陵袁盎故里察问。

在袁盎家中,陈嘉细问其家人,方知半月前,袁盎正在家中夜读,忽自屋脊上跳下一黑衣刺客。袁盎惊起,只见那刺客闪身入书房,伏地拜道:"袁公勿惊! 小人乃云中郡人氏,素好任侠,今受主人差遣,来谋刺足下。日前入关中,一路行宿,打探袁公为人,皆言袁公大德。小人愧甚,遂不欲下手。今来,是为告诫足下,自我之后,尚有十余拨刺客,将络绎前来,务请袁公小心。"

刺客说罢,又拜了一拜,即闪身窜出门去。袁盎急忙跟出,但见那刺客身手矫捷,平地一跃,飞身上了墙头,抛下了一句:"君子不立于危墙之下,袁公请保重!"便倏忽不见了踪影。

袁盎愕然半晌,直至家人也闻声出来。闻听袁盎述说,家人都觉悚然,劝袁盎速往长安避祸。

袁盎只一笑:"既为君子,怎能趋避歹人?"便不肯听劝。

不料,此后数日,虽有家仆彻夜看守,却夜夜都惊现异象。或是屋梁被人锯断,或是屋顶骤现大洞,然却不闻声息,不见人踪,宛若出了鬼魅一般。

袁盎郁闷异常,这日便赴安陵下,往相熟的术士棓生家中,去卜问凶吉。

棓生亦素敬袁盎,见袁盎求问,备极恭敬,当即取出蓍草五十五根,取出六根旁置,又将其余四十九根分作两堆,小心起卦。

一番操弄后,推出六爻,得卦象为:

　　　归妹。征凶,无攸利。

棓生看了看,对袁盎道:"这归妹卦,喻人之始终,卦象却谓'所处不当'。征凶,乃是说曾讨伐凶顽;无攸利,则意谓无长远之利。"

袁盎心下大惑,便问:"此乃何意?"

棓生一笑,直视袁盎道:"袁公于年前,可曾参与平乱? 这便是'征凶'。平乱可曾因事得咎? 这便是'无攸利'。"

"人之始终,又是喻何意?"

棓生便一揖道:"在下识陋术浅,公欲知平生之运,恐要去问王禹汤了。"

袁盎脸色一暗,喃喃道:"只悔当初不该……"遂咽下了后面的话,付了酬金,便推门告辞。

哪知出得棓生家中,行至安陵东门外,竟遇见一伙强人,各个拔剑在手,迎面而来。袁盎躲避不及,转眼之间,便被乱剑刺死。

那班刺客究竟是何人,陈嘉等人察问半日,却是毫无头绪。闻说袁盎出了棓生家门,便遇见刺客,陈嘉就大起疑心,不由分说,命差役将棓生锁拿,解来中尉府刑讯。

可怜那棓生操占卜之业,不过是为稻粱谋,只为起了一卦,便惹祸上身,被笞得死去活来,却说不出所以然来。

陈嘉精于刑名,看看棓生口供,也无甚破绽处,这才下令放人。

棓生还想讨个公道,只不肯走,涕泗横流道:"今日受此大刑,竟是为何呀?"

陈嘉便沉下脸来,叱道:"既免了追比,你归家去便好;虽是吃了些皮肉苦,总还好过新垣平!"

闻听"新垣平"三字,棓生便不敢再多言,连连叩了几个头,一瘸一拐下堂去了。

察问无果,陈嘉心中只是叫苦:这等惊天大案,若无证据,便指为梁王手下所为,那梁王岂肯善罢甘休? 此事,还须细细勘验才是。

如此蹉跎数日,忽有一老吏来禀报:"当日袁盎被刺处,有歹人遗落一把剑,剑甚古旧,其锋却新。下官以为,凶手定是于近日曾经磨砺。此剑,非工匠而不能磨;不如由小人携此剑,去市中探查,必有所获。"

那老吏在中尉府多年,历事无数,手段老辣,此议听来甚有道理。陈嘉心中便一亮，当下允了。

未及半日，那老吏果然返回，喜形于色道："小人从西市上探得，有一修冶工匠认出，此剑正是他所磨。再问是何人持来，那工匠谓，乃梁王属下一郎官。"

陈嘉当下大喜，立即写好奏章，连同行凶之剑，一并呈予景帝。

景帝阅罢奏章，见刺客身份已坐实，心中怒甚，想想虽不能将梁王问罪，那行刺诸凶，却是不能饶过。于是诏命田叔、吕季主两人，前往梁国索要凶犯。

田叔其人，乃是故赵王张敖旧臣，曾为张敖打抱不平，谋刺高帝刘邦。刘邦却赏识此人仗义，特免其罪，加为汉中郡守，在任十余年，方免职归家。景帝知其老练，此次便召他入朝，委以权理缉凶之事。

景帝也料到，此次索人，梁王定会曲意回护，如何擒得案犯归来，又不伤梁王脸面，须得有高人出手。此次所委两人，皆通经术、知大礼，料能当得此任。

田叔领命之后，果然煞费苦心，与吕季主商议，不如将梁王撇去不问，只佯作不知他是主使，务要查出诸凶。想那梁王左右，能出此计者，非公孙诡、羊胜不可，于是便遣中尉府一得力吏员，飞驰入梁，指名要拿获那两人。

此时刘武在睢阳，却悠然不知祸之将至，日前闻报，知袁盎已死，心中只觉大快。

这日天气晴和，刘武兴起，携了诸文士畅游梁园。行至忘忧馆，见柳绿禽飞，景色大好，便灵机一动，令诸人各作赋一篇。

那随行诸人当中，除文士之外，还有长史①韩安国。刘武想他以往乃文士出身，便也唤来凑趣。

闻听将要作赋，韩安国便觉为难："臣下才薄，入仕以来，又荒疏甚久，恐不能从命。"

梁王遂笑道："韩公这是哪里话，睢阳城内，何人不知你文名，今日懒惰不得。"

---

① 注：此处《史记》《汉书》皆作"内史"，然汉内史为京官，郡国并无此职，仅有"长史"为佐官，故此改之。

　　韩安国还想推辞，忽觉邹阳正暗拽其衣袖，于是便不再语。

　　待随从拿来笔砚，诸人便分头坐好，提笔酝酿文思。

　　刘武又命人取来刻漏，高声道："诸君才思敏捷，寡人便不客气了，限三刻成篇，过时者罚！"

　　倏忽间三刻方毕，但见诸人下笔如有神，各逞其才，都交了卷。枚乘率先写就《柳赋》，刘武拿过来看，读至"阶草漠漠，白日迟迟。於嗟细柳，流乱轻丝"一句，不由击节赞叹。其后，路乔如写了《鹤赋》、公孙诡写了《文鹿赋》、邹阳写了《酒赋》，也都交上。

　　刘武又拿过路乔如《鹤赋》，见有"岂忘赤霄之上，忽池篡而盘桓。饮清流而不举，食稻粱而未安"之句，又大感惊喜。

　　独韩安国尚未成篇，早有邹阳悄悄拿过，代为写毕，是为《几赋》。

　　刘武初时不察，细看方知，后半篇竟然为邹阳笔迹，不禁大笑："韩公如何哄我？作弊者，合当受罚！"当下命人取了酒来，罚韩安国、邹阳各三杯。

　　酒罚过，刘武又笑道："既是竞才，赏罚须分明，枚乘、路乔如二君之作，气韵非常，一字不能更易，当各赐绢帛五匹。"

　　众人又是一片哗笑，直惊得莺飞鹊起，声闻绿柳间。

　　正值意兴方浓时，忽有谒者来报，称中尉府有吏员一名，携了田叔、吕季主公文来。

　　刘武猜到，此人定是为刺袁事而来，心中不免扫兴。便命诸人散了，自己回宫去见来人。

　　待看过公文，刘武嗤之以鼻，对那吏员道："田叔、吕季主是何人？那公孙诡、羊胜，乃我平乱功臣，在梁地无人不仰之。二人在寡人处，如何就得罪了中尉府？有功者朝廷不赏，也就罢了，居然还要锁拿！我问你，天地间还有无王法？便是今日你持诏令来，寡人也断不能从。"

　　那中尉府吏员无奈，讪讪数语，只得还都复命去了。

　　刘武也知此番祸惹得大，还不知将有何等阵仗。想那公孙诡、羊胜二人，又确是献计谋刺之人，只怕夜长梦多，便密嘱两人躲进梁王宫，以避搜捕。

那田叔乃是个骨鲠之臣，见梁王不肯交人，不由大怒，当即面谒景帝，请了诏令，便与吕季主一同持诏，驰入睢阳城，要亲索凶犯。

入得睢阳城中，田叔、吕季主并未去见梁王，却直奔相府，召来梁相轩邱豹、长史韩安国，当面宣诏道："今有梁属臣公孙诡、羊胜，主谋刺死袁盎，罪在不赦。着令梁有司缉拿两犯，不得有意稽延。"

轩邱豹、韩安国也略知此事由来，然捉不捉两犯，他二人不能做主。若是贸然捉人，梁王必定大怒；若要推托搪塞，又恐惹怒天颜，直是两面不好做人。

那轩邱豹本是个庸才，毫无转圜本领，此时只急得额头冒汗。

倒是韩安国为人沉稳，声色不露，只是在想对策。

且说韩安国在梁为将，临危受命，保住了睢阳城。后梁王遭太后、景帝诘责，又是他从中斡旋，保得梁王无事。

他迭次立有大功，本该安享荣华。不料立功之后，人就不免骄矜；私下里，韩安国竟也有犯法之举。那公孙诡、羊胜二人，早就记恨于心，于是具奏告发。梁王问明其罪，也不便袒护，只得将韩安国投入狱中。

那睢阳狱中，有一小吏名唤田甲，位卑而心险。见韩安国自高处跌落，便幸灾乐祸，故意百计折辱之。久之，韩安国不能忍，怒叱道："君不闻死灰复燃吗？"

田甲乃乡鄙人也，眼界不出本邑，岂能听懂此话，只嚣张回驳道："死灰复燃，吾当以尿溺灭之！"

恰于此时，梁国长史出缺。前此公孙诡兵败被夺职，梁王甚惜之，便遣人往长安，游说丞相府，意在复用公孙诡为梁长史。

窦太后闻知此事，嗤笑道："甚么话！武儿有韩安国不用，更用何人？"便亲下懿旨，命梁王加韩安国为梁长史。

太后懿旨下来，刘武也乐得遵命。如此，韩安国竟以囚徒之身，一跃而为二千石吏，满城皆是惊诧。那狱吏田甲闻讯，更是魂飞胆丧，连夜亡命而去。

韩安国就任后，即放言出来："田甲若不返归就官，吾将灭其宗族。"

田甲在外闻听,情知脱身不得,只得肉袒来见韩安国谢罪。

韩安国不问他事,只笑道:"今日可尿溺了!"

田甲闻言,惊惶欲死,连忙叩首求饶。

韩安国却是一笑:"呵呵,你这等人,本官岂有闲暇来理会?"其后,韩安国却出人所料,只是善待田甲,并无半分刁难之意,足见其度量非同一般。

再说此时,韩安国在相府堂上,见田叔催逼得急,便抢前答道:"上使请勿急。公孙诡、羊胜仅为幕宾,并无实职,此前半月即不知所终。容臣等从严察访,一旦有下落,定当缉拿。"

田叔冷脸道:"长史倒还识趣,懂得为你丞相分忧!今日刺袁事,既触怒圣上,再搪塞几日亦是无用。我与吕公奉诏前来,若未获人犯,断无返京之理,你等只管好自为之。"

于此,田叔、吕季主在馆驿住下。才过了一日,朝中又有专使来催。此后,竟一连有十番使者至梁,奉诏严催。睢阳街衢上,一时车马喧阗;睢阳馆驿,满眼皆是京中冠盖。

诏令如山,田叔等坐镇馆驿,每日召梁属官来问。自丞相以下,凡二千石官吏,无人不受诘问,直闹得满城鼎沸,人心惶惶。

那公孙诡、羊胜就躲在王宫,属官中虽有三五人知情,然惧于梁王威势,哪里敢说。如此大索一月,二人仍不能归案。

韩安国见田叔拗直,如此追查下去,只恐梁王要因此得咎,于是日夜忧心,不能安卧。后闻说公孙诡、羊胜匿于王宫,方才恍然大悟,即入宫去见梁王,泣告曰:"吾闻君臣之道,主若受辱,臣当死。大王身边无良臣,故刺袁之事纷扰至此。今大索公孙诡、羊胜而不得,满城惶惶,乃臣韩安国无良也,故请赐死!"

刘武见此,也不免尴尬,连忙劝慰道:"将军何至于此?"

韩安国泣下数行,拱手问道:"大王虽是贵胄,然自度与天子之亲,可过于太上皇与高帝乎?抑或过于今上与临江王之亲?"

"吾不如也。"

"以太上皇父子而论,高皇帝尚曰'提三尺剑取天下者朕也',故太上皇终不得与闻政事,独居栎阳。再看临江王,曾为太子,以一言之过,废王而贬临江;终因庙垣事,自杀于中尉府。如此父子不相护,缘何之故? 治天下,不可以私乱公也。"

"这个……寡人亦知公私有别。"

"臣闻民谚曰:'虽有亲父,安知其不为虎? 虽有亲兄,安知其不为狼?'虽是父兄,亦有利爪可畏,不可轻犯。今大王位列诸侯,唯喜一二邪臣浮说,犯上禁,扰明法。臣日前出使长安,知天子以太后之故,不忍加罪于大王。太后则日夜涕泣,望大王自改,而大王终不觉悟。设若太后晏驾,大王失势,到那时,可再攀附何人?"

韩安国言未毕,刘武已觉愧悔,也忍不住泪下数行,忙向韩安国谢罪道:"寡人知罪,这便交出公孙诡、羊胜。"

当日,便遣郎卫去拿公孙诡、羊胜。二人情知不可免,都长叹一声,拔出剑来。

公孙诡伏地遥向前殿一拜,泣曰:"某等自齐鲁来,唯效商鞅,所谋无一欲害大王。为梁造兵器弓矢,盈满武库,睢阳方得未陷于贼手。今袁盎死,系他咎由自取;而臣等枉死,乃是安国为报私仇也。孰忠孰佞,九泉之下,自有神明裁断!"

言毕,二人相视一眼,皆举剑自刎了。

事至此,田叔、吕季主验过尸身,便告二人案讫;各方顿感释然,刘武也就此解脱。此间始末,全赖韩安国之力。后数日,景帝、太后得田叔驿递奏报,都觉欣喜,益发看重韩安国不提。

然田叔为人,耿直不阿,当年仅为一念,便敢谋刺刘邦,可见其秉性。此次公孙诡、羊胜案销,他仍觉尚有余党未获,于是拉住吕季主,仍留睢阳,遣人四下刺探,定要查个水落石出。

刘武闻知,不觉大起忧心,恐余事泄露,怕是要再起风波。便与韩安国商议,欲遣一人入都转圜。

刘武蹙眉道:"还须有劳爱卿,入都去打点关节。"

韩安国连忙推辞道:"此次周旋,需拜谒权要,巧施辩才,此非臣之所长,大王可另择人。"

"公孙诡、羊胜已伏法,哪里还有人?"

"有。幕宾诸人中,邹阳便可胜任。"

刘武便一摸额头:"哦呀,竟将这一节忘了!"

原来,这位邹阳,为人有智略,慷慨不苟合,不似公孙诡、羊胜那般善谄。他与枚乘、严忌二人,原为吴王刘濞门下文士,后见刘濞有反意,不欲同流,便联袂投奔了刘武。

几位幕宾都擅辞赋,下笔千言,文采冠于当世。刘武入朝时,门下诸文士又结识了蜀人司马相如,文采亦属惊世。时司马相如年方弱冠,以钱买得宫中郎官,任景帝之武骑常侍,常陪景帝骑射。景帝素不喜文赋,故司马相如久不得志。刘武惜才,便劝司马相如辞官,将他也拉入自家门下。

得此数位天下名士,刘武甚是得意,闲时便与诸人在梁园内冶游,即兴作赋,全然忘机。以至司马相如淹留日久,渐生归意,叹曰:"梁园虽好,不是久恋之家。"此语参透人生,后竟化为成语,流传至今。

此时提起邹阳,刘武自然称意,便命人去召邹阳来见。

前不久,邹阳心厌公孙诡、羊胜素行不法,几次向刘武诤谏,竟惹怒刘武,将他问成大罪,下狱待死。邹阳不甘受死,在狱中上书明志。刘武阅罢,见他辞意恳切、文采斐然,不忍心诛杀,于是释放出狱,以高士待之。

经此变故,邹阳更不愿与公孙诡、羊胜为伍,从此只顾作赋酬唱,懒问国事。

待到田叔入梁,公孙诡、羊胜伏法,刘武才觉邹阳有先见之明,暗自敬服。此时经韩安国提醒,连忙召来邹阳,命他入都去斡旋。

邹阳自是不愿从命,忙推辞道:"在下愿为大王作赋,只不愿奔走豪门。"

刘武见邹阳不肯,面露凄怆之色,起身揖道:"足下若不肯援手,寡人梁园虽好,也将为他人所有了!"

闻梁王这般说,邹阳也只得勉强应下,携了梁王所赐千金,前往长安,四处打探门路。

在城中盘桓多日，见了几个故旧，却仍无头绪。忽有一日，探得王皇后之兄王信，正蒙荣宠，其势显赫无比，便托人引荐，登门往访。

王信听得门阍通报，也知邹阳乃天下名士，连忙召进。甫一见面，劈头便问道："久闻邹公大名，莫非你在梁园不得意，流寓都中，竟要来投效我门下吗？"

邹阳心中哭笑不得，却是不露声色："足下过奖了。邹某一鄙儒，也知长君①门下，奇才异能，多如河鲫，我岂敢妄求驱使？今日进谒，乃是为长君略论安危。"

王信心中就一悚，知是遇见高人，连忙起座揖道："言不在多，一语可知深浅。王某识见鄙陋，自不用提，诚愿闻先生指教。"

"长君于近年，骤登大贵，满朝无不仰你鼻息。然长君可知，此贵由何而来？无非有赖女弟为皇后，以裙带而得宠也。我为文士，不谙朝中事，只知荀子曾言：'虽王公士大夫之子孙，不能属于礼义，则归之庶人。'这即是说，富贵亦能翻作贫贱，长君当有所预料。"

此言一出，王信大惊，额头立时有汗出，忙拉了邹阳，疾步趋往密室。

原来，王皇后登正位之后，对窦太后逢迎甚周。窦太后大悦，遂嘱景帝道："皇后之兄王信，可援窦广国、窦彭祖封侯之例，封他为侯。"

景帝不欲外戚坐大，便不肯允准，只说道："太后所援两例，于先帝时并未封侯；及儿臣即位，方得加封，故王信亦不宜封侯。"

窦太后却不以为然："人主各以时宜而行事，岂能事事照旧？窦长君在时，竟不得封侯，其子彭祖反倒能封侯，此事为吾所深憾之。今日封王信为侯，事不宜迟。"

景帝只得推托道："容我与丞相商议。"

越日，景帝征询周亚夫之意，周亚夫慨然答道："高皇帝曰：'非刘氏不得封王，非有功不得封侯。不守此约，天下共击之。'今王信虽为皇后兄，无功而封侯，即为背约！"

"奈何太后却有此意。"

---

① 长（zhǎng）君，此处系对他人兄长的敬称。

"想那昔年高后,亦应诺不得背约;后既背约,便致吕氏族灭。此事陛下不可唐突。"

景帝闻言,登时默然,王信封侯之事,便就此作罢。

王信遭此顿挫,正闷闷不乐,忽见邹阳登门来劝,便疑其间又有变故,心中自然发慌。

邹阳在密室坐定,见王信毕恭毕敬,知他是心虚,便正色道:"袁盎被刺,案涉梁王,梁王素为太后所爱,若因此事受诛,则太后哀伤不可以言喻,盛怒之下,或将迁怒于天子身边贵戚勋臣。长君无功,将以何物来抵过? 一旦受太后责问,怕是欲为庶民而不得了。"

王信嗫嚅道:"我入都方才几日,如何能有过错?"

"不然。列子言:'不聚不敛,而己无愆。'长君自忖,可是个不聚敛资财之人? 而今你骤贵,于市中走过,万人逢迎,贿赂亦随之而来。可曾料到,一旦失势,亦将有万人举发。想罗织你入罪,还是难事吗?"

王信脸即变色,惊呼道:"哦呀! 君所言,竟无人对我提起。而今……当如何避祸,万望足下教我。"

邹阳此时,却故意拿捏,只摇头笑道:"人趋利,百计迭出,如何全不用外人教? 窃以为:免祸之术,还是长君自省为好。"

那王信,本是不学无术之人,如何想得出名堂来,直急得汗流浃背,长跪不起,连连向邹阳叩头。

邹阳见火候已到,这才佯作不忍,扶起王信责备道:"长君万不该如此多礼。在下不过一文士,蒙梁王错爱,谋得三餐饭食,岂能纾解贵人之危? 然既随梁王日久,有一偶得之计,愿献与长君。"

王信大喜过望,连忙拜谢道:"天降邹公来救我,何其幸也! 你说我聚敛,确也不假,家中尚有些物什,当以厚礼谢邹公。"

邹阳心中就暗笑,此来所乘梁邸车驾,车上载有金帛,以备贿赂,不承想却无须破费,反倒要赚回一笔。至此才缓缓道:"长君若有心保全富贵,不妨向天子进言,勿穷追梁事。若梁王因此脱罪，则太后必重谢长君，加意眷顾。如此，长君更有何惧？"

王信眼睛转了两转，摊开手道："此计好是好，然天子正怨梁王，龙鳞不可逆。想我有何依凭，能说得天子回心？"

"长君年幼时，可曾读过诸子典籍？"

"自幼艰难，顾不上那些闲事。"

邹阳便一笑："不读书者，欲保富贵亦难。我这里，便教足下一计，你需听好。"

王信浑身一激，连忙移席向前，细听邹阳所授机宜。听罢，不觉大喜，当下称谢再三，又赐了邹阳许多财宝，方恭谨送别。次日，便依邹阳所言，去谒见景帝。

时景帝正带领近侍，在后园放鹰，状甚悠闲。见王信神态不似平常，便打趣道："舅兄今日，为何有得意之色？"

王信揖礼答道："不读书者，富贵亦无用。昨日才读了半册，略有所得。"

景帝眉毛便一扬："渭水可倒流乎？如何舅兄也用起功来了！"

"昨读《孟子》，方知舜帝之弟，名唤作象。"

"不错。'象日以杀舜为事'，乃《孟子》书中所言。"

"微臣弄不懂，这个象，一心要杀舜；然舜为帝，却未责象，反倒封他为诸侯。此又何为？"

"你哪里懂？这便是'仁人待弟'，如孟子所言'亲爱之而已矣'。"

王信便一拍掌道："着啊！今梁王虽不检点，却也未似象那般，日夜磨刀欲杀兄，陛下为何偏就不宽宥？若梁王蒙赦，他当知效力，陛下也可得'仁人待弟'之誉，岂非两全？"

景帝便愕然，注目王信良久，方道："数月前，你还只知聚财，如何这几日，便有长进？"又沉思片刻，方挥袖道，"也罢也罢！舅兄来自乡里，尚知仁义，我也当善待梁王，莫逼他'日以杀舜为事'才好。"

言毕，景帝口中即打个呼哨，唤下空中飞鹰来，又与王信席地而坐，细聊梁王事。

如此,邹阳借王信之力转圜,便有了收效。景帝所怀郁结,大半见消,不再以梁事为意。

恰于此时,田叔、吕季主在睢阳察问毕,回都复命,途经霸昌厩(今陕西省西安市东北),偶得宫中消息,知窦太后为梁王事忧心,日夜涕泣,三餐不食,天子亦莫可奈何。

田叔沉吟片刻,即取出所携卷宗来,统统投入灶火中。吕季主见状大惊,以为田叔智昏神迷,忙动手去火中抢拾。

田叔微微一笑,拉住吕季主衣袖道:"吕公莫惊! 此事我一人担待,绝不连累你。"

吕季主于惊异之间,只得缩手,叹息连连。

待还朝,田叔空手前去谒见,景帝忙问:"梁王曾与闻其事否?"

田叔答道:"有,当坐死罪。"

"案卷在何处?"

"臣之意,此事陛下不必问罪。"

"哦? 何也?"

"梁王不伏诛,只不过有伤汉法而已,陛下并无大患;若梁王伏诛,太后将食不甘味、卧不安席,设若有不测,则忧在陛下也。"

景帝低头略一想,忽就拊掌道:"确乎如此,到底是高帝旧臣! 也好,朕便依你之计,不再追问梁事。然太后仍终日涕泣,这又如何是好?"

田叔答道:"臣自去禀报,可令太后释怀。"

景帝顿觉释然,向田叔拱手道:"君有大智,此事拜托了。"

稍后,田叔至长乐宫,面谒窦太后。窦太后正自忧伤卧床,闻谒者通报田叔来见,更是大恸。

田叔慌忙抢上,急急道:"臣田叔奉诏按梁事,赴睢阳月余,问遍梁二千石以上属官……"

窦太后闻此言,便止了泣,似在静听。

　　田叔连忙又道："刺袁事,梁王实不知情,乃由他幸臣羊胜、公孙诡辈为之。此辈今已伏诛,梁王则无恙也。"

　　话音方落,窦太后竟立时起身,说了句："老臣做事,到底是牢靠。"便急呼身边侍女,"来人!哀家饿了数日,速上饭食。"

　　田叔看得目瞪口呆,起身欲辞,窦太后却道："田君莫急,且陪老身一坐,与我说说梁王近事。"

　　如此一个时辰后,窦太后已神闲气定,全不似早前绝食数日模样。

　　待田叔辞了太后,回禀景帝,景帝开颜大喜,极赞田叔乃是贤臣。后不久,便擢田叔为鲁相,去辅佐鲁王刘余不提。

　　再说梁王刘武那边,探得朝中已无事,立即上书请入朝,欲向景帝当面谢罪,景帝自是乐得允准。

　　复诏到睢阳之日,刘武即率一干近臣上路。数日后,一行人来至函谷关下,有随臣茅兰,忽伏于刘武脚前,谏言道："虽有梁邸消息,主上不欲责大王,然朝中事,诡谲难辨。今长安即至,仅数日路程,万不可大意。大王不如微服入关,先至长公主处落脚,一探究竟,再行定夺。"

　　刘武正要驳斥,转念再想田叔日前所为,不由也生出戒心来。当即纳谏,换了常服,仅带两名随从入关。其余属官,则在关前馆舍住下候命。

　　那关吏验过符牌,知是梁王微服入朝,虽不免惊异,却也未予留难。

　　如法又进得长安城门,刘武即赴长公主刘嫖处,求助于阿姊。刘嫖知刘武经此事变,已无力再夺嗣位,便起了怜惜之心,在后园藏匿好刘武,自去宫中打探。

　　那边景帝在宫中,闻刘武一行将至,特遣使者赴函谷关迎候。使者来至关下,关吏禀告称："梁王早已入关,唯余随行车骑,尚在关外馆舍留驻。小官也问过,无人知梁王今在何处。"

　　朝使不由大惊,急忙驰返,报予景帝。景帝亦是一头雾水,疑心梁王已去见太后,便急遣周文仁,往长乐宫去询问。

　　不问则罢,一问之下,立时惹出大祸来。窦太后闻说刘武失踪,登时肝胆俱碎,一把拽住周文仁,哭天抢地道:"皇帝果然杀吾子!"

周文仁愕然不知所对,勉强挣脱,连叩了几个头,便仓皇还报。当其时,景帝正在饮用羹汤,闻报亦大惊,手一抖,竟洒了满襟的汤水。

宣室殿内外,顿时一片慌乱。景帝连忙换了衣袍,往长乐宫去安抚太后。刘嫖在宫中探得消息,心中却暗喜,急忙奔回自家后园中,告知了刘武。

刘武早前连跌了几跤,此时早已学乖,心知时机已到,便唤了从人,将一架铡刀搬至北阙前。自己则去衣肉袒,伏于铡刀上。此即为"伏斧质谢罪",意颇恳切,且易于见效。

司马门外,守门谒者见此状,不禁大骇,连忙告知梁王:"圣上此时,已赴长乐宫问安。"

刘武闻听此讯,无片刻犹豫,只低喝了一声"走",又率众奔至长乐宫门外,重新伏于铡刀上,命谒者报予太后、景帝。

那长信殿中,窦太后正不听景帝辩解,只顾号啕。忽闻梁王在宫门求见,母子两人怔了一怔,立时转忧为喜,急忙宣进。

三人见面,竟是如同隔世,都喜极而泣。三言五语寒暄毕,景帝心中怨念便已全消,与刘武执手不放。闻听梁属官尚在关外,又遣人召入关来,允他们住进梁邸。

一天风云,就此消散。兄弟两人,又相敬如初,太后也不再心疑景帝了。

只是景帝有了几年历练,早已非同往昔,知幼弟禀性难改,决不可纵容。此后待刘武,便有意疏离,不再与他同车辇出入,意在令刘武懂得尊卑。

事平后,景帝再想袁盎被刺案,只觉京畿地方太过不靖,须有强人来治才好,就想起了能吏郅都。稍后便下诏,召郅都自济南还都,接替陈嘉为中尉,掌都中治安。

郅都为人刚勇,谨严异于常人,有私人写给他书信,他从不启封;有僚属拜访赠物,亦概不收受;有同侪请托说情,则一律不听。常自勉道:"吾既已远离父母,来朝中入仕,当守职死节于官署,顾不得家中妻小了。"

升迁中尉后,郅都胆气益壮,目无公卿。时周亚夫平乱有功,显贵无比,列侯百官见了,无不叩首行拜见礼。唯郅都见了周亚夫,却视同平常,不过行个揖礼便罢。

是时民风已渐归淳朴,百姓自重,多不敢犯禁,郅都却仍以严刑酷法治之,以震慑京畿。执法之际,不避权贵,宗室列侯见了他,都战战兢兢,为他取了个绰号,唤作"苍鹰"。

城中士农工商各民,闻听郅都升任中尉,都互相告诫,不敢有所妄为。自此,长安风气为之一变,安堵如故,也算是中元年间的一段佳话。

再说此时的王皇后,最知宫闱深浅,凡事都存了小心,倒比先前更留意韬晦。闻知梁王入都谢罪,才稍解心忧,知梁王已无力再谋储。然对栗姬之子,仍心存戒备,难以释怀。

说来,栗姬共生有三子,长子刘荣以下,有次子刘德为河间王。刘德素好儒学,性颇似书生,常不吝花费金帛,从民间购回散失典籍,誊抄整理。后世有人称,上古诸种典籍,经秦火之厄,能留存至今,刘德之功居其半。近世有"实事求是"四字,尽人皆知,便是史家班固对他的赞誉。

栗姬还有一幼子刘阏,曾封临江王,就国才三年,便在都城江陵(今湖北省荆州市)病亡。刘阏死后,临江国被除,至刘荣降为临江王,方才复国。

王皇后料想那刘德,不过书呆子一个,闹不起事来;最需提防的,还是废太子刘荣。如今刘荣虽已降为诸侯王,身份仍与诸皇子不同,若万一生变,难免有人要借他名义,向太子刘彻发难。

既存了此心,王皇后便不能容刘荣脱出樊笼,遂向景帝荐了一人,去临江国做丞相,以便就近监视。此人,便是王皇后的异父幼弟田胜。

田胜年纪方及弱冠,却是诡计多端,也知阿姊此番举荐的用意,领命之后,即远赴江陵就任,盯紧了刘荣。

那刘荣性本仁厚,并不疑田胜有何心机,就国之后,只顾宽厚待民,大兴水利,赢得江陵百姓甚好口碑。

如此过了年余,至景帝中元二年(公元前148年),刘荣诸事皆平顺。然国相田胜,却不容他如此安稳,偏要生出些事来。刘荣于此毫无防备,恰也就中了圈套。

原来,那临江王宫,一向不甚宽敞,刘荣居于此,常流露不便之意。田胜窥得刘荣心思,便欲设计陷害,几次上奏道:"王宫逼仄,实于礼制不合。以臣下愚见,应辟地,增筑殿宇,方合于诸侯之礼。"

刘荣不疑其中有诈,只对田胜叹气道:"国相所言有理。王宫狭窄,寡人亦有心增筑,怎奈宫墙之外,苦无空地。"

田胜便诡秘一笑:"宫墙之北,为太宗文帝庙,尚有若干空地,何不趁便拓地兴建?"

刘荣连连摇头道:"万万不可!太宗庙为先圣之地,怎好亵渎?"

田胜便凑近刘荣跟前,低声道:"愚臣之意,非为拆去太宗庙。不过是打通墙垣,用其无用之地,如何就是渎圣?再者,长安离江陵,有千里之遥,鬼神也难知道。"

刘荣想想,也觉有道理,便允了田胜此奏,命他征发工匠,拆去太宗庙墙,起造新殿。

那田胜心怀鬼胎,只怕刘荣不准奏。得了此令,田胜当即召来工匠,一面放手拆墙,一面却又写了密奏,飞递长安,状告刘荣侵占太宗庙余地,罪不可赦。

如此上下其手,刘荣哪里逃得脱圈套?景帝阅罢田胜密奏,果然大怒,当即发了一道征书,征召刘荣入都,欲加责问。

刘荣那边,却不知已惹下大祸,每日仍兴致勃勃,只顾去看拆墙。忽一日,有长安来使飞驰入城,送来一道征书,责问拆庙事,刘荣这才知大事不妙,急忙召田胜来问计。

田胜于此时,却是换了一副面孔,只冷冷答道:"征书既至,还有何计可施?大王之事,大王担之,唯有入都请罪一途。"

刘荣这才察觉田胜诡计,直是懊恼万分。然拆墙之举,终是令由己出,难以推卸罪责,只得硬起头皮入都。

行前,刘荣依旧例,在江陵北门设帐"祖祭"。这祖祭之仪,由来已久,相传黄帝正妃嫘祖,常年行走四方,教百姓养蚕种桑,后竟死在了途中。后世之人,便尊其为

"行神"，凡有远行，必先祭之。

待一番祭礼罢，刘荣这才登车上路，岂料走了片刻，忽听"咔嚓"一声，车轴竟无故折断！刘荣心中一惊，呆怔了半晌，不得已，下车来又换了一辆。

当日，有一班江陵父老，因念刘荣仁德宽厚，也特意前来送行。见刘荣车轴折断，众人亦大惊，料想刘荣此去凶多吉少，都相率涕泣道："我王入都，恐不得复返了！"

刘荣倒也未多想，见父老洒泪，心中只是不忍，便匆促揖别众人，起驾上了路。

待车驾驰入长安，赴北阙求见，景帝哪里还肯见他，只遣了谒者出来，传诏道："临江王擅拆太宗庙，究系何故，着令赴中尉府待质。"

刘荣闻诏，眼前就是一黑。

但问那中尉是何人？正是威名赫赫的酷吏郅都！

刘荣入都待质，落入郅都手中，朝中公卿便觉不安，皆为刘荣担忧。且说郅都当此际，反倒是不敢冒昧。想到皇子犯禁，终不便穷究，主上召刘荣来质问，究竟是何意，还需问个明白。

为此，郅都接了诏令，便小心问道："临江王入都待质，天下皆瞩目，臣当如何问话才好？"

景帝隐隐露出笑意，面谕道："临江王此来，按律处置就好。有罪或无罪，尽随爱卿裁断。"

郅都不觉一怔，心中就更惶惑，脱口便道："臣下执法，宁枉不纵；但不知临江王坐罪，陛下可有怜悯意？"

"中尉笑谈了！临江王不知改过，恣意妄为，连太宗庙都敢毁坏。此罪不立斩，已属仁慈了，还有何可值得怜悯？"

郅都听罢此言，心中便有了数——知景帝为护佑太子刘彻，此举是欲除刘荣。便叩首应道："臣已明白。对簿之后，若是死罪无疑，即是皇长子，亦须抵罪。"

景帝听得一个"死"字，心头略一震，沉吟片刻，才又道："公侯子弟，向来多有不法情事，况乎皇子？你尽管质询，无须顾忌，如今那栗夫人已殁，更容不得小儿妄为。"

郅都只是笑笑:"臣唯识汉律,并不识栗夫人。"

景帝便开颜一笑:"那好!朕也别无吩咐了。"

却说到了质证这日,刘荣换了一身常服,心怀忐忑,来见郅都。进得衙署之门,但见堂上气象森然,好似阎罗殿一般。有皂隶十数名,分列左右,各执水火棍,面容皆凶神恶煞。

再抬头看正梁之上,有一块横匾当头,上书"公生明"三字,字字如怒目,朝着堂下虎视眈眈。

那刘荣自出生以来,除长辈之外,从未跪过他人。如今头一回进官衙,见了此等阵势,心竟自虚了,腿一软,便跪倒在地,口称:"临江王刘荣,前来中尉府待质。"

堂上皂隶见他跪下,便齐声低喝:"威武——"

待一阵呼喝过后,才见郅都头顶獬豸冠,满面黑云,自厢房缓步踱出,至大堂升座。

刘荣抬头略一望,见那郅都鼻如鹰钩,神情凶恶,果是坊间所传的"苍鹰"之貌,不由就心生惧意,慌忙低下头去。

郅都坐定,便一拍惊堂木,喝问道:"堂下的,可是临江王刘荣?"

刘荣连忙答道:"正是寡人。"

"可知此地是何处?"

"知道,乃是中尉府衙署。"

郅都便叱道:"既来待质,便不要称孤道寡!"说罢,又猛拍了一下惊堂木。

刘荣惊得浑身一颤,嗫嚅道:"我……我从中尉之命。"

"那好,便说吧。你在江陵,擅拆太宗庙,该当何罪?"

"本王在江陵,勤勉治国,素孚众望……"

"住口!本衙不是宗正府,无须你表功。本衙只问你:为何要拆太宗庙?"

闻听郅都连声呵斥,刘荣愈加惶恐,已是语无伦次:"本、本王不敢亵渎宗庙,只因王宫狭小,听了国相田胜建言,打通太宗庙墙垣,增建殿宇而已。"

郅都便冷冷一笑:"你为诸侯王,也曾理过讼事,当知汉家律法。那太宗庙,一砖一石,可是臣子能动的? 本衙只问你:毁坏宗庙,按律当坐何罪?"

"大、大不敬罪。"

"岂止是大不敬罪,毁坏宗庙陵寝者,乃大逆之罪,有何人可以逃过?"

"此非本王之意,乃出于田胜之议……"

闻听刘荣提及田胜,郅都心下便明白,立时截住,喝道:"你平素只知锦衣玉食、斗鸡走马,白白做了个诸侯王! 我问你:文皇帝时,早已废了妖言罪,田胜建言,为臣子职分,又何罪之有? 倒是那下令拆庙的,究竟是何人?"

刘荣当下语塞,怔在了堂下。

见刘荣不语,郅都更是恨恨:"宗庙社稷之地,不容亵慢,汉家自高帝以来,无人敢以身试法,怎的到了本朝,便礼乐崩坏? 前有晁错毁太上皇庙,今有临江王敢拆太宗庙,目无祖宗若此,还敢强辩吗?"

刘荣浑身一颤,连忙俯首,嗫嚅道:"本王知罪。"

郅都睨视刘荣一眼,忽又面色一缓,徐徐说道:"临江王罪涉大逆,当知如何自处,本官倒不好多话了。我早已闻知,都中有列侯百官犯法,不等查问,便自行了结,免得祸及子孙。尊舅栗卿,擅谋废立,不待圣上追查,便已畏罪自裁,保下了父母妻儿。临江王做过太子,聪明过人,或无须本衙提醒,还请早些绸缪为好。"

刘荣不禁呆住,双泪夺眶而出,无语片刻,才向旁侧书佐一拜,恳求道:"愿得笔墨,待本王上书认罪。"

那堂上书佐闻言,便取了笔墨、简牍,欲递给刘荣。

郅都却猛一挥手,喝止道:"放肆! 此地岂是临江王宫,说要笔墨,便可得笔墨? 来人,将临江王褫去衣冠,押至后堂狱中。此事既明,有罪或无罪,皆由圣上裁夺。"

堂上皂隶得令,一声呼喝,便上前来将刘荣拽起,剥下衣袍。

刘荣不由得惶急,连忙大呼道:"冤枉!"

郅都便冷冷一笑:"临江王,实不知你冤在哪里。入了本府,未受夹棍伺候,已属万幸,谢我还来不及呢!"言毕,便挥挥袖,命人将刘荣拖了下去。

　　刘荣身陷囹圄，一时满城皆知，朝中公卿多不敢言，唯有窦婴心中颇感不平。

　　窦婴到底做过刘荣太傅，万难坐视不管；又倚仗自己是外戚，并不惧王皇后，于是遣了心腹家仆，往中尉府狱中去探听。

　　闻听刘荣羁押狱中，陋室粗食，欲上书明志，竟连笔墨都索不到，窦婴便觉大不忍，又遣人去打点狱吏，偷偷送了笔墨进去。

　　刘荣在陋室中，正以泪洗面，忽闻窦婴遣人送来笔墨，更觉大恸。想到生母已殁，父爱全失，又遭酷吏刁难，断无生路可言，即便递上了诉冤状，又有何人能看？

　　如此伤心了一日一夜，才撕下衣襟，提笔写好一道绝命书。次日凌晨，起来朝前殿拜了三拜，不禁泪如雨下："母为子死，子为母亡；人间事，何以惨绝若此！"便狠狠心解下罗带，悬梁自尽了。

　　早起狱吏来巡查，见状大惊，慌忙报与郅都。那郅都来看了，却无一丝惊惶，拾起刘荣遗书，瞥了一眼，见上面有泪痕斑斑，只发了一声冷笑，道："解下尸身，好好装殓。"言毕，便转身走了。

　　当日入朝，郅都禀明事由，将刘荣绝命书呈递景帝。景帝看过，神色无悲亦无喜，只唤来宗正刘通，吩咐道："临江王畏罪自尽，余事不究，议妥谥号，以王礼葬于蓝田就好。"

　　这位刘通，前文曾表过，乃是故吴王刘濞之侄。吴楚之乱时，仓促间被擢为宗正，与袁盎同赴吴营议和，却为刘濞所扣押，待七国乱平后，方才到职。

　　闻听刘荣自尽，刘通不免有兔死狐悲之感，便用了一番心思，拟了"闵王"为谥号。这个"闵"字，乃是"慈仁不寿"之意。景帝看了，也知其意，瞟了一眼刘通道："如此，葬了便是。临江王既无后，可除国不再置。"

　　可怜那刘荣，本有文帝之才，只因栗姬斗败之故，痛失皇嗣位，卒于英年。其事之哀，时人甚怜之，皆传说：刘荣葬于蓝田后，忽从四面飞来许多燕子，纷纷扬扬，衔泥加于冢上。路人见之，无不惊叹，以为是燕雀有灵，也知哀悯临江王。

　　刘嫖闻知刘荣自尽，难掩欢喜，奔至王皇后处报信。那王皇后听了，只淡淡一笑："刘荣何人，竟敢与吾儿为难！"

消息在长安传开，公卿百官无不震恐，都觉郅都本性残苛，竟能活活逼死皇长子！窦婴在家中闻知，更是顿足大骂，次日便赴长乐宫，求见窦太后。

窦太后听闻窦婴前来，不觉笑道："男儿虽好，却是不如女儿心软。你自讨逆归来，封了侯，便不常来见我；不似那长公主，三五日便来一趟。"

窦婴无心说笑，只满面悲戚道："男儿自有志，固不如女儿心软，却也不如女儿心硬！"

窦太后便觉诧异："侄儿，此话怎讲？"

窦婴便伏地叩首，将刘荣被郅都逼死一事，从头道来，其间数度哽咽。

窦太后闻言，顿时变色，拍案道："真真悖逆！那后宫如何争宠，哀家管不得；然刘荣为我长孙，无过无错，如何竟被酷吏逼死！前朝曾有张释之，逼死外戚薄昭，我那时为皇后，便觉大不忍。如今做了太后，却又保不住长孙。这汉家，竟是何天日……"说到此，不由悲从中来，哀泣不止。

窦婴便慌了，连忙劝慰道："太后务请节哀。儿臣曾为刘荣太傅，知甥儿性仁厚，颇似先帝。其母虽乖僻，小子却颇知礼，故而悲悯，太后则不必过于哀痛。"

窦太后仰起头来，厉声叱责道："这是甚么话！刘荣只是你甥儿，却是哀家骨血，一脉相承，不比你更觉亲么？你且退下吧，我这便去找启儿问话！"

"太后去问……只宜问郅都之罪。"

"当如何问话，姑母自知。唉，如此大事，那长公主竟也将我瞒住，确是心硬得很！"

当下，窦太后便由宫女搀扶，来至未央宫，听见景帝正在庭中，与几个亲随蹴鞠，便高声唤住："罢了罢了！无心顾人命，倒有心蹴球！"

景帝正在尽兴之时，忽闻窦太后怒喝，不知是何事，又盘了两脚，才抹汗奔去拜见。

窦太后知周文仁在旁，便狠狠白了一眼。

众近侍见太后脸色不善，都觉惶悚。周文仁连忙使个眼色，众人便收了球，远远退后。

景帝奔至窦太后面前,伏地拜过,小心问道:"儿臣不孝,不知有何事,又惹太后生气?"

窦太后冷笑道:"为母一个盲姬,目无所见,气也气不得了。但不知为何,启儿所用宠臣中,却有一人,比你阿娘还要盲!"

"太后所指,是何人?"

"便是郅都!"

景帝心中一凛,知是有人进谗,只得硬起头皮回道:"郅都执法,不阿权贵,或是得罪公卿过多,也未可知。"

"他哪里是不阿权贵,真是目无礼法了!"

"阿娘,此罪名甚重,郅都哪里当得起?"

"哼!那郅都,千万人都不惧,还怕哀家一句话吗?我问你,自汉家建礼仪,下官见长官,有何人敢不顿首下拜?"

"无人。"

"那么便好。当今周亚夫为相,位列三公,郅都不过是个次卿,何以见丞相只行揖礼?汉家礼法,当遍行天下,莫非只他一人,可置身法外吗?"

景帝见太后来者不善,连忙为郅都辩白:"郅都为人孤傲,不甚圆滑,却并非悖礼之徒。儿臣稍后便嘱他:入朝须循礼,不得马虎。"

窦太后勃然变色道:"身为中尉,却不遵礼法,如此又有何法可执?你道那列侯百官畏他,是畏汉律吗?只不过是怕他这恶人!想那刘荣一个孺子,他都逼得死,待来日,还不要逼死我这老妪么!"

景帝听到此,方知窦太后心结,忍了忍,才叩首应道:"儿臣明白了。郅都行事,只知秉公,不知圆融,致使公卿多有怨言,儿臣免了他就是。"

窦太后气仍未消,愤愤道:"为母也知启儿治理不易,然严刑酷法,终不是明君气象。前朝那张释之,人虽苛刻,尚能循法。这个郅都,却是无端逼死宗室,与赵高又有何异?先帝在时,喜用能吏,却未教你用酷吏。你用了一个酷吏,天下臣民固然慑服;然你百年之后,好端端一个天下,怕就要轰然而散!"

景帝闻言，不禁愕然，只得诺诺应道："儿臣免了他就是……免了便罢，不敢惹太后烦心。"

窦太后瞥了中庭一眼，恨声道："蹴鞠蹴鞠，你只知玩耍！今日用了酷吏，来日你这皇帝，蹴的怕就是滚滚人头了。"

景帝愈发惊恐，只是伏地不敢抬头。

窦太后便一仰首："吾生尚有数年，不欲再闻'苍鹰'二字。"

"遵母命。"

"还有，你身边那白面郎，叫个周文仁的，这便传我口谕吧：免去官职，令他去边郡闲居，不得逗留近畿。三日之后，未央宫内不得有他在。"

景帝便怔住："母后，周文仁未有差错，如何要……"

窦太后便又横眉道："你那祖父，有个籍孺；你那叔伯，有个闳孺；你那父皇，又有个富甲四海的邓通。你刘氏一门，如何都喜那白面嬖臣？"

"阿娘，周文仁乃我近臣，办事练达，他绝非嬖臣。"

"一个郎中令，整日伴你游乐，不是嬖臣又是甚？"

"朝中多事，儿又无亲信之臣，只不过……愿与他说些心腹话而已。"

"有心腹话，可与你阿姊说。我既厌郅都，亦不愿见这白面郎！"

景帝不由一阵心伤，只是稽首触地，良久无语。

窦太后横瞥了一眼，便吩咐身旁宫女道："还宫！此处太不清净。"

景帝万般无奈，只得于次日下诏，免了郅都中尉职，着令归家。郅都大出意料，细想便知是太后之意，心虽不平，却也无奈，交卸了差事，即归乡去了。

稍后两日，景帝又唤来周文仁，未及言语，竟几乎落泪，黯然道："太后疑你是籍孺、邓通一类，有严旨下，令你往边郡任职。"

周文仁闻言，几欲晕眩，嗫嚅道："臣……不敢违太后之命。"

景帝忙扶住周文仁，温言安抚道："朕已安排妥：爱卿以老病免职，食二千石禄，可往零陵郡闲居。零陵原为长沙国地方，今已归朝廷。上古舜帝南巡，崩于苍梧，便是葬在此地。彼处山清水秀，有潇湘二水，可滋养生息。君且去，待太后百年之后,万事都好说。"

周文仁眼泪就扑簌簌地掉落:"陛下日理百事,今后,便没个人来照应了。"

景帝双眼便也湿润,忙强笑道:"爱卿要保重。零陵终究僻远,若有事,尽管对郡守说,我已有密诏发去。"

两人又话别许久,周文仁才依依不舍告辞。临别,景帝解下玉佩相赠,特意嘱道:"在边郡,务要每月通书信,免得我挂念。"

一连罢去两位近臣,景帝为之愁苦多日,郁郁寡欢,只觉宫禁岁月了无意趣。

郅都罢归后,长安豪门子弟复又猖獗。景帝细察公卿神色,见众人皆难掩眉间喜气,便暗自恨道:"尔等袒护子弟,只盼'苍鹰'早死,我却偏要他活!"从此,便存了复起郅都之心。

九　名将唯留千古悲

却说梁王刘武入朝谢罪,获景帝原宥,两下里皆大欢喜。事后,刘武闻幕宾邹阳提起,知皇后之兄王信从中出力甚多,便登门告谢。两人一往一还,颇觉投契,渐渐便成莫逆之交。

那王信,闻说封侯事遭周亚夫驳议,早便对周亚夫耿耿于怀。刘武也因睢阳之役中,周亚夫坚壁不救,久有衔恨之意。两人谈起周亚夫来,都恨恨有声,直欲除之为快。

当下两人便密议,由王信向王皇后进言,谗诋周亚夫,刘武则往窦太后处进谗。两人谒见景帝时,也有意无意,对周亚夫毁谤交加。

那景帝虽高居帝位,终是肉身凡胎,哪里经得住太后、皇后、舅兄、胞弟轮番提起。久之,想起周亚夫为相之后,数度廷争,屡抗上意,总有居功桀骜的模样,心中亦不快,遂起了换相之意。只虑及此事不宜仓促,才拖延下来。

当此内朝事渐息,边关上,忽地又起了外患,汉匈两家,一时翻作剑拔弩张之势。原来,早在景帝前元二年时,汉与匈奴曾议定和亲,匈奴遂不再犯汉境。至前元五年,汉家如约,将幼公主送入北庭,两家更为亲睦。塞上多年平静,不见烽烟。岂料至景帝中元二年(公元前148年)正月,胡骑忽又大举犯燕境,两家和亲,遂告破裂。

　　时李广任上谷郡太守，数次领兵与匈奴苦战，颇为凶险。朝中大臣，多有为李广忧心者。有掌属国事宜的典属国①，名唤公孙昆邪，忍不住向景帝泣告道："李广才气，天下无双。今自负其能，数与北虏肉搏，臣恐汉家将失此名将！"

　　景帝想想，也觉此前待李广不公，于是起了怜悯之意，调李广为上郡（今陕西省绥德县一带）太守，以避匈奴锋芒。

　　后匈奴兵又入寇上郡，景帝便差遣中涓一宦者，随李广勒兵击匈奴。

　　一日，宦者率兵卒数十骑巡边，偶遇匈奴所部三人。宦者见其人少，欲欺之，便挥兵与之鏖战。怎奈那三个匈奴人，个个都是神射手，互射不过片刻，宦者所率骑士，便都中箭身亡，宦者亦负箭伤，只身逃归李广大营。

　　李广闻说胡骑身手了得，也是惊异，断言道："此必为射雕者也！"当下点起精锐百骑，纵马去追那三人。

　　那三个匈奴人并无马，只在草原上步行。李广率部追了数十里，果然看见人踪。于是令兵卒分左右翼包抄，死死围拢，自己则弯弓搭箭，逐一射去。但闻弓弦响处，两人应声而毙，其余一人见无可逃脱，只得跪地求降。

　　李广下马来，亲问之，果然是射雕者，便下令缚在马上，拟解回大营。归途中，一行人驰上一山冈，忽见远处有匈奴数千骑，蜂拥而至，众人立时大惊。

　　那匈奴大队望见汉军仅有数十骑，疑是汉军诱敌之计，也都惊诧，连忙抢上山来，布阵以待。

　　李广所属百骑见此，大起惶恐，皆欲拨马回逃。

　　李广却伸手制止道："不可！我等离大军有数十里，如此奔逃，匈奴在后追射，不消片时，我等立尽，片甲不得归营！"

　　众军卒便都喧哗道："奈何等死乎？"

　　李广冷笑道："用心者，何用等死？今我留此不动，匈奴必疑我为大军之诱骑，不敢击我。"

────────
　　① 典属国，秦置，汉袭之，掌周边属国事务。

众军将信将疑,只得勒住马听命。

李广遂大呼一声:"前!"

众军横了横心,都冒死随李广前行。

至匈奴阵前二里处,忽闻李广又下令道:"皆下马解鞍!"

有军卒心悸,脱口问道:"北虏如此之多,我若解鞍,稍后势急,将奈何?"

李广含笑道:"北虏见我人少,以为我将逃。今解鞍以示不去,他便更疑我为诱饵。"众军心中惴惴,只得依计下马。

此时,匈奴阵中,忽有一白马将,驰至阵前督军。

李广窥见他破绽,当即上马,率十余骑疾驰向前,一阵乱箭,将白马将射杀。又将马头一拨,返回百骑之中,下马解鞍,卧于草地,任马匹逍遥吃草。

时已日暮,匈奴见此,始终心觉怪之,不敢贸然进击。

至夜色四合,那匈奴首领疑惑之间,又惧汉军趁夜来袭,打了声呼哨,竟引兵而去了!

待次日平旦,李广远眺草原,再无一个匈奴人踪,这才率部安然返归大军。自此,李广骁勇之名,即在北地传遍。匈奴闻之,多有忌惮。

景帝于此,亦是心中有数,此后数年,又徙李广为陇西、北地、雁门、云中诸郡太守,与匈奴对峙,边事方不致酿成大患。

至中元三年(公元前147年)春上,北边忽来喜讯,报称有匈奴王等七人,皆为酋首,率部来降。景帝闻报大喜,诏令下至丞相府,令周亚夫考察七人履历,欲封其为列侯,以招引其余番王来降。

周亚夫偏在此时,再次违逆景帝。原来,此七人中,有一东胡王为汉人,名唤卢它人,系高帝时叛王卢绾之孙。前书曾有交代,卢绾与刘邦为同里之邻,且同日生,随刘邦起事入关,得以封燕王。后因遭刘邦猜疑,不得已投奔匈奴,被封为东胡王,却不得志。叛降仅一年余,即郁郁而终,葬身草原。

后卢绾之妻与子,思乡心切,于吕后时奔回,诣阙请罪。吕后顾念旧谊,令其居燕邸,欲置酒召宴。惜乎吕后随即病殁,未及召见。唯有那卢绾之孙,却滞留匈奴未归，得袭封乃祖王位，直至此时，才来归降。

此次封侯，周亚夫甚以为不妥，当即入朝奏道："卢它人系叛王之后，数十年降虏，理应加罪；念他今日来归，只可赦免，又岂能封侯？"

景帝大出意料，一时难以定夺，只犹疑道："卢它人固是如此；然其余番王，当无负于汉家。"

周亚夫却亢声道："亦不可！此辈番王，受单于之恩既久，不思报答，却叛主来降陛下；陛下若封彼辈为侯，则何以责自家臣子不守节？如此赏罚，以天下臣民观之，又将作何想？"

此言一出，满朝文武立时大哗，议论纷纷。

景帝久已不耐，此时脸涨红片刻，忽一拍龙床道："丞相之议，甚违时宜，不可用！"

周亚夫当场怔住，即闭口不言，至散朝，方才怅怅而退。

当日，景帝便有诏下，封卢它人为亚谷侯，其余六人亦各封侯。

由此，周亚夫便知主上已有嫌恶之意，他亦不想恋栈，隔日便递上奏章，称病请免。

景帝接了奏章，淡然处之，准了周亚夫所请，命他以列侯身份免归。所空丞相缺，由原御史大夫刘舍补上。

这位刘舍，虽籍属宗室，却不是刘邦之后，乃是项氏后人。当年项羽败亡后，刘舍之父项襄，与项伯一起归降刘邦，俱得封侯，并赐姓刘，归入刘氏宗室。

刘舍好学博闻，袭爵后入仕多年，从无过失，颇得景帝赏识，用为太仆、御史大夫，方得循序升至百官之首。

这一年，景帝免去周亚夫丞相之职，本想图个清静，不料自三月起，便接连有彗星、地震、日食等异象。秋九月，日食过后，太史令上殿禀告道：天变非常，恐将有人祸。

景帝想到周亚夫已病免，须防匈奴欺汉家无大将，倾巢来犯，于是令北军出都门以东，安营扎寨，以震慑胡骑。

北军奉诏出城，自清明门至霸桥，连营十余里，昼夜金鼓齐鸣，以壮声势。如此喧腾月余，北边毫无动静，景帝这才放心收兵。

此后四海晏然，流光易逝，不觉已是中元五年（公元前145年）。景帝见各诸侯国皆畏朝廷之威，恭敬顺从，知彼辈已不敢存异心。想起晁错生前所谏，便令诸侯王不得再问国事，由天子派官置吏。又改各国丞相为相，诸侯国御史大夫、廷尉、少府、宗正、博士官、大夫、谒者、郎官等，皆减损其员额。

此举于诸侯王而言，无异于釜底抽薪。自此各国政事，尽归朝廷操弄，诸王已无置吏之权。此令一下，天下翕然，诸侯王声威顿失大半。

待到中元六年（公元前144年）元旦，梁王刘武自睢阳入朝贺岁，见景帝淡漠，问候已非挚诚，只不过虚言寒暄，就不免失望，心知世事亦非昨日。

朝贺罢，刘武挂念太后，上书请留京中，以尽孝道，却遭景帝驳回。无奈只得返国，万念俱灰，只顾与诸文士往还，朝夕闷闷不乐。

六月盛夏，刘武实不耐空耗岁月，便率了枚乘、严忌、司马相如、路乔如一行，北上良山，纵马游猎。这良山，地在齐鲁，即是后世小说《水浒传》里所写的梁山①。

此地千里苍翠，奇峰高矗，襟带水泊，确是令人心怡的好去处。刘武登高远望，对众人慨叹道："枚乘君作梁园赋，说那飞鸟'疾疾纷纷，若尘埃之间白云'，不正是我辈凡庸人生乎？蹉跎半世，却不得遂愿。"

枚乘便笑道："大王请宽心。古来千年，能如大王守睢阳者，百无一二。其功在当世，后也必有盛名，岂是尘埃间白云可比。"

刘武微露得意之色，少顷，忽问枚乘道："闻爱卿正闭门作大赋，可得甚么好句？"

枚乘恭谨答道："区区辞赋，何足道哉？今小臣写《七发》赋，苦思冥想，徘徊数日，偶得'惕惕怵怵，卧不得瞑。虚中重听，恶闻人声。精神越渫，百病咸生。聪明眩曜，悦怒不平。久执不废，大命乃倾'之句，尚属称意。"

---

①　梁山，位于今山东省梁山县。

刘武听罢，不由惘然若失："此病，正是寡人之疾，或将命不久矣！"

众人连忙齐声劝慰，枚乘更是岔开话头道："臣之才，不及路乔如、司马相如君。同在梁园，而逊于同侪。"

刘武笑道："哪里！你久为大国上宾，与英俊并游，才气尤高，还谦逊甚么？"又回首对司马相如道，"相如君亦堪称圣手，你那《子虚赋》写游乐之会，'拟金鼓，吹鸣籁。榜人歌，声流喝。水虫骇，波鸿沸。涌泉起，奔扬会。礧石相击，硠硠磕磕，若雷霆之声，闻乎数百里之外。'此等佳句，世间何处可觅？"

司马相如连忙称谢道："大王谬奖。臣苦思数月，方得一篇，不及诸君敏捷。"

梁王便仰头大笑："梁园诸君之才，世无其匹，各个堪与天地齐，千年之后亦为传奇。想那后世，有几人能知我梁王名号？百年之后，寡人若能葬于此，或还有望与山阿同体，留下个薄名。"

众文士便都大笑。刘武也一时忘忧，打了个呼哨，便招呼众人下山围猎。

优游数日，正意兴盎然时，忽有一本地农户，拦在前路，向刘武献上一头牛。众人看去，见那牛背上竟生有一足！

刘武见了，不禁大骇，勒马退却数步，连声道："此为何物？寡人不欲见之！"

随从郎卫立时奔上，厉声呵斥，将那人连同怪牛一道驱走。

当日，回到无盐县（今山东东平县东）馆驿，刘武仍惊悸不定，一夜间发热不止，竟病卧不起。高热之中，常发谵妄语，喃喃道："良山犹在，寡人尚在乎……"至六月中，连发热病六日，药石无效，竟致溘然病亡。

众文士虽厌梁王骄狂，然念及梁王往日优宠之恩，也都倍感心伤；一面装殓，一面就遣人向王后李氏报丧。

刘武生前料不到，因他常来良山游猎之故，后世便将此地改称"梁山"。后又过了一千余年，在此处竟生出一段"水浒"故事来，流传千古。

史书上载，梁王刘武在诸皇子中，以慈孝闻名。每闻窦太后病，即口不能食，居不安寝，常欲留长安侍奉太后。

太后亦甚爱刘武，当日闻刘武暴薨，如闻天塌了一般，悲哀异常，数日不食，大哭道："皇帝果然杀吾子!"只恨景帝不允刘武留京,逼令归国,方致他郁闷而死。

景帝闻知太后怨恨,又惊又惧,不敢赴长乐宫劝慰,只得与长公主刘嫖商议。刘嫖身在事外,倒看得清楚,遂点拨景帝,须好生安顿梁王之子。

景帝顿然开悟,当即依计而行,谥梁王刘武为孝王,葬于芒砀山龙兴之地。又分梁地为五国,尽立刘武五子为王:即长子刘买袭梁王,次子刘明为济川王,三子刘彭离为济东王,四子刘定为山阳王,五子刘不识为济阴王。刘武另有五女,也都各赐给汤沐邑。

待到优恤诏令颁下,景帝才带了刘舍等一干大臣,往长乐宫太后榻前跪奏。

窦太后哀哭多日,神思已极衰,闻景帝奏报,才渐有欣慰之色,环顾诸人道:"这便好嘛,稍慰哀家之心。你等还跪着做甚,都快平身。"

景帝便起身,上前劝道:"太后数日不食,儿与朝臣皆忧心,几不欲生。"

众臣也都众口一词,力劝太后进食,莫要伤身。

窦太后便道:"看你们君臣面上,哀家今日,加一餐也好。唉……你等若早怜梁王,何至于有今日?"

如是,窦太后方才恢复饮食。越后几日,哀思亦渐淡,一场风波才算过去。

说起在景帝年间,梁王刘武,也算得上举足轻重之人。初封代王,再徙封淮阳王,后又为梁王二十五年,前后为王共有三十五年。

他生逢汉家鼎盛时,故得以放纵恣肆,乃至平生所为,功过参半。司马迁说他"以亲爱之故,王膏腴之地,然会汉家隆盛,百姓殷富,故能植其财货,广宫室,车服拟于天子,然亦僭矣",当不为过。

正因有这僭越之心,梁王身后,历来饱受史家诟病。更有人说他"祸成骄子,致此猖狂"。将他受怪牛惊吓而亡,说成是天罚。

正是缘此,景帝便想到,如今梁王薨去,自己身后事,总算不致有大患;于是一面悲悼,一面竟也暗暗松了口气。

至此时,景帝已登位十三年,想到年前暴雨、地震接踵而至,心便不安。想到或是多年只顾操心人事,未敬天神,方有这连年灾害,于是起意,赴雍州(在今陕西省凤翔县)郊祭五帝。

春花正盛时,大队人马浩荡出城。此次郊祭,公卿们权当闲游,景帝也只顾看天高地阔,无不欢喜。

到得雍郊,景帝立于秦时"五帝畤"前,看千山万壑,心中忽起憾意,对丞相刘舍道:"山河旷远,乃前世修得。然吾居庙堂,平生最远却只能到此;既愧于苏秦、张仪,亦不如荆轲、聂政,又何乐之有?"

刘舍一笑,躬身回道:"陛下自有洪福,上无权臣,下无饿殍,四海仓廪皆实,百姓安居。自春秋战国以来,似从无这般世道呢。"

"呵呵,丞相只顾说好话!朕亦知:华服之下,必有千疮百孔。此生补漏,只怕是永无休日。"

自雍郊返回,景帝照例翻看奏折,见到廷尉呈上奏表,有数名死囚待决。

人命关天事,景帝不敢大意,便抛下余事,逐一看过。见其中有一死囚,名唤防年,其继母陈氏,与人有奸情,事泄,竟杀了防年之父。防年气不过,誓为父报仇,伺机杀了陈氏。依汉律,杀母者以大逆论罪,当处腰斩。

景帝看到此,只觉得不妥,心中甚是疑惑。恰好太子刘彻在侧,便问刘彻道:"彻儿你来看,此案可有何不妥之处?"

刘彻看过奏表,便微微摇头道:"廷尉此决,实是引律比附不当。《仪礼》曰:'继母如母。'即是说,继母原不及亲母,缘父爱之故,可谓之母。今防年继母无状,残杀其父,则下手之日,母恩已绝矣。故而防年之罪,宜与杀人者同,不该以大逆论罪。"

时刘彻年方十二,景帝见他颇谙律法,应对得当,不禁频频颔首。遂从刘彻之议,改处防年为斩首弃市。朝中诸大夫闻知此事,无不齐声称善。

见刘彻聪颖好学,处事练达,景帝便甚为宽心。每与王皇后提及,总要喜形于色。

这年夏,丞相刘舍窥得景帝心情好,忽然就上奏,请改官名。景帝阅罢奏章,口中啧啧有声,只觉得新鲜。

此前,各地郡守已改称太守,郡尉改称都尉,诸侯国丞相也已改称为相。

此次刘舍所议,则是改列卿、内朝官名,拟改廷尉为大理,奉常为太常,典客为大行令①,治粟内史为大农,将作少府为将作大匠,主爵中尉②为都尉,长信詹事③为长信少府,将行④为大长秋,大行为行人⑤等。

却说刘舍此人,实无宰执之才,得为丞相,只凭虚浮学问小心应对。好在为相五年间,内外均无大事,他所奏这番更名,看似热闹,却无关职权损益,只图个鼎新之意。

景帝看过,便召刘舍来问:“君拟改官名,所据何为? 朕倒是欲知其详。”

刘舍恭谨答道:“汉初立朝,事起仓促,所用官名皆为秦置,其中或有军伍称谓,实不合时宜,故应改之。”

“那廷尉改称大理,所本何为?”

“《春秋左氏》中即有‘摄理’之称,是为上古执法官;臣下拟名‘大理’,正合汉家正统。”

“想那诸吏习用已久,骤改官名,可得长久乎?”

“臣以为,陛下挟削藩余威,正当号令一新,令诸王不敢小觑。”

景帝闻刘舍之言,叹了口气,知刘舍实是庸才,数年在位,如同木偶,明年还是换掉为好。至于改动官名,倒也能彰显气象一新,于是如数照准,逐一改称。

待诏书颁下,朝野果然有一番轰动。景帝心中也喜,便生出一番振作之心来。随即又下诏,明年再次改元,即后世所称“景帝后元”纪年。

如此,自后元元年(公元前143年)春起,景帝便力图鼎新,为太子刘彻铺好路。三月,大赦天下,广赐民爵一级;四月,又准百姓“大酺”,可畅饮五日,意在收揽民心。

---

① 汉武帝太初元年,又改大行令为大鸿胪。
② 主爵中尉,官职名,秦置,西汉沿置。掌列侯封爵事。
③ 长信詹事,官职名,西汉置。掌皇太后宫中事务,职司如大长秋,位在大长秋上。
④ 将行,官职名,秦置,汉沿置。掌皇后宫中事务。
⑤ 行人,官职名,春秋始置。掌朝觐聘问,在汉代为典客属官。

不料至夏秋，又接连有日食、地震，闹得人心惶惶。秋初时，上庸郡（在今湖北省竹山县西南）地动，竟致城墙崩坏数段。

景帝甚感惶恐：何以天象示警，连月不断，莫非因人事不谐？思虑多日，便觉身体疲累，力不能支，不免就想到身后事。看那太子刘彻，到底还是年少，来日更替，总要有个顾命大臣，方可保少主平安。

想那朝中文武，能任此者，唯周亚夫一人；然太后、王信等人，却无一个说他好话。如今周亚夫负气辞官，仍居长安，究竟可否起复，托付后事于他，一时倒难以定夺。

秋七月间，景帝思前想后，忽得一计，料可试探周亚夫如今心性。便命御厨备宴，遣人去召周亚夫。

至此时，周亚夫闲居已近五年，忽闻主上召见，不知是何故，猜想或是要召对边事，便匆匆换了朝服，随谒者入朝。

到得宣室殿偏殿，见景帝早已端坐等候，屋内并无他人，周亚夫便略觉诧异，向景帝行大礼后坐下，只等垂问。

周亚夫原想，主上召见，或是有安抚之意。却不料，景帝面色不阴不晴，见周亚夫落座，只淡淡问了些冷暖事，并无一语涉及边事。

寒暄毕，只听景帝又问道："近来日有食，朕连日思己过，不知是否用人不明。今日朝堂上，刘舍做丞相已四年，君以为其政何如？"

周亚夫闻景帝此问，颇觉为难："陛下，臣自病免归第，不问世事久矣。况我为刘舍前任，恐不便置评。"

"哦，倒也是！爱卿闲居家中，可是读了许多黄老？"

"兵书常读，于黄老倒未多留意。"

景帝便隐隐一笑："既未读黄老，又何必谨慎若此？"

周亚夫便觉话不投机，只得拱手一拜，不再言语。

正尴尬间，景帝又道："今设便宴，与君同饮，你不要见外。"便朝后一挥手。

旁侧有尚席丞见此，即命宦者端酒肉上来，一番忙碌，将肴馔、杯盘布好。

周亚夫低头一看,不由就诧异,自己盘中所置,只是一块大肉,肉既未切开,又无匕①箸。似这般布设,莫非要用手来抓吗?

周亚夫呆了片刻,心中便有气,回头望一眼尚席丞,高声道:"可取箸来。"

不料,那尚席丞听了,竟如痴呆一般,只是端立不动。

周亚夫正要发作,忽闻景帝一声冷笑:"如此,还不足君之所求吗?"

话刚落地,近侍诸人立时屏息。偌大厅堂内,悄无声息,竟似无人一般。

周亚夫才恍然大悟,这召宴,原是为折辱自己。心中既羞且怒,无以言表,只得免冠谢罪,头触地良久。

景帝看了一会儿,只唤了一声:"起!"

周亚夫早已愤懑难耐,起得身来,转头即走,竟无片语留下。

景帝亦甚感意外,目送周亚夫背影,恨恨叹道:"如此脾气,来日绝非少主之臣也!"

召宴周亚夫后不久,有原太子太傅石奋,在诸侯国为相多年,年老归第,前来陛辞。

景帝闻说师傅来,连忙往前殿去迎,远远见石奋在门阙即下车,趋步入宫,毕恭毕敬。

两人见面,石奋稽首拜过,景帝连忙扶起,温言道:"师傅,我早已有诏,准你过宫门可不下车,为何如此拘谨?"

石奋回道:"欲为臣,尽臣道。老朽不敢有悖臣道。"

景帝搀扶石奋,缓缓行至宣室殿,执弟子礼伏地拜过,方才坐下,寒暄道:"师傅离长安,恍惚昨日,不意已匆匆十五年。朕看你今日气色,一如从前。"

石奋恭谨回道:"托陛下之福,老臣精神还好,倒比家中长男还健旺些。"

"一别多年,朕只念你这'万石君',常恨无师傅这般涵养。如今太子已渐长,也不知如何调教。师傅一门子孙,皆有出息,倒是如何调教的?"

---

① 匕,古代的一种取食用具,状如汤勺、铲子。

"陛下客气了。臣之子孙为小吏,若归谒,我必朝服见之,称其官职,不称其名。若子孙有过,则避席另坐,对案不食,彼辈必肉袒来谢罪。若改之,我才宽恕。凡有成年子孙在侧,虽是家居,老臣也必冠服严整,不使子孙辈有嬉玩之心。"

景帝便恍然大悟:"原来如此!向日闻左右言说,师傅阖家谨孝,有齐鲁诸儒之风,诸臣皆自以为不及,朕今日才知其详。"

石奋连忙揖拜道:"陛下谬赞。老臣无大才,唯知恭谨守礼。"

景帝默视石奋片刻,脱口叹道:"若条侯似你,朕将何其幸也!"

石奋闻此言,白眉便微微一颤,一躬到地,缄口不再言语。

再说那周亚夫性本清高,素厌谄媚,并不以景帝好恶为意。故召宴归来后,也未多想。不料,才过了三五日,便有中尉府法吏上门,称有要案,须与条侯对簿。

周亚夫不知是何事,甚觉疑惑,便命阍人将法吏迎进。

那法吏手持簿书,入得正堂,将一封变告信,交与周亚夫。

周亚夫乍看起首一句,心中便一惊——原是有人密告:周氏宅邸中,藏有宫禁甲盾五百副,显是僭越之举。

见周亚夫失神,那法吏便一揖道:"条侯清白,美名满天下,便无须小吏多言了。今奉诏,特来验问,贵邸中私藏五百副甲盾,来自何处?"

周亚夫摸不着头脑,脱口道:"诬言!我家中怎会有盔甲?"

法吏便一指密告信,说道:"诬或不诬,条侯看过便知。"

周亚夫看罢,竟是一头雾水,全不知此事缘何而来。

原来,周亚夫之子恐父年老,不知何日便有不测,便预为后事,想买些随葬器物。却不料,此子一时心迷,托了少府属下尚方令,私买了五百副宫中甲盾。此等甲盾,并非军旅所用,乃是天子随葬之物。

尚方令所掌职事,是专制宫中器物,所用各物,例禁流入外间。亚夫之子只仗着豪门气粗,偏要用那宫中甲盾,便使了金帛,私下疏通好;又雇了民夫数名,偷偷将甲盾搬回家中。

亚夫之子生于豪门,飞扬跋扈惯了,驱使那班雇工忙碌整日,仍嫌人家迟缓,只顾詈骂。好不容易搬完，雇工欲讨工钱，那竖子再次鬼迷心窍，竟诬雇工误了时限，索性赖掉工钱不给。

雇工平白遭此虐待，自是愤怒，其中有晓事的，便鼓动诸人上书变告。为耸人听闻计，又在变告信中，诬告周亚夫也牵涉其事。

景帝心中正忌周亚夫，看过变告信，勃然变色，遂将此案发下中尉府，令法吏对簿。

此等苟且事，系亚夫之子私下为之，只瞒了老父一人。而今事发，竟致老父措手不及。

周亚夫看罢变告信，也知是孽子惹祸，便将密信掷还，既不让座，亦无言语。

那法吏面露尴尬，只得与周亚夫立谈，岂料追问再三，周亚夫只是一言不发。法吏眼见对簿不成，只得悻悻告辞，自去复命。

待法吏走后，周亚夫立唤其子来问，方知事情始末，不由得连声责骂。

其子惶恐不知所措，只知伏地叩首，涕泣不止。

周亚夫也无心责罚，只叹息道："主上忌我，你便不买甲盾，为父也难逃灾厄。"

再说景帝那边，闻听周亚夫负气抗旨，忍不住便骂："事至此，吾亦不用对簿！"当即遣宦者传诏，命周亚夫至大理衙受讯。

诏令送至周邸中，阖门老小都觉大祸临头。唯周亚夫早已料到，却也毫无惧意，换了朝服，即随来人出门，赴大理衙署候审。

步入衙署大堂，但见新任大理卿胡瑕，摆了一副阎罗似的面孔，端坐于堂上。周亚夫素厌此人阴鸷，相见之下，只略施揖礼，也无言语。

胡瑕曾与周亚夫相识，此时却似陌路人一般，劈头便责问："条侯，莫非你想谋反吗？"

周亚夫苦笑一下，一揖道："几年不见胡君，如何一出语，便想罗织？臣所买之物，乃是葬器，何谓谋反二字？"

胡瑕终是碍着旧谊，一时哑然。却有大理丞尹轨在旁，厉声喝道："条侯纵是不欲反于地上，便是欲反于地下！"

周亚夫不由怒道："我地下去反何人？"

"既有反心，即是在地下，也当治罪！"

"昏话！我若反于地下，大理衙诸君，难道要去地下捉我吗？"

那大理丞尹轨又喝道："条侯，你受人变告，便是戴罪之身，莫要侥幸。私买五百副甲盾，便是要募五百名徒众。所欲何为，几时起事？若能坦然相告，圣上必也可宽恕。反之，便是自寻死路。"

周亚夫看他小人嘴脸，愈发激愤："往日讨吴楚，休说是五百徒众，便是五十万众，也曾在我麾下。我那时不反，如何今日无权，却要反了？"

尹轨便阴笑道："正是你罢归失权，方怀恨在心。私买甲盾，意欲谋反无疑。"

周亚夫戟指尹轨，慨然道："我也曾忝列朝官，知昨日廷尉、今日大理，凡讼事都要持平。圣上于治讼之道，连年都有诏令，一曰：不得以苛为察，以刻为明，令无罪者蒙冤；二曰：治狱者，务先宽。你这衙门，却违命而行，必欲置人于死地，莫非不是汉家所属吗？"

胡瑕终是听不下去，猛一拍惊堂木道："放肆！今日审案，不是你为丞相时，公堂之上，不得妄言。我敬你昔日有大功，不忍见功臣罹罪，劝你还是识时宜，如实吐露就好。圣上诏旨，颁行天下，乃是为开蒙百姓；审案决狱，却是由本衙来断。是非黑白，全不在别处，只在本衙腹内！"

周亚夫便直盯住胡瑕，一字一顿说道："胡君，你乃文士出身，而非莽夫，当知礼仪分寸，便忍心如此同僚相残吗？"

胡瑕冷笑道："我今为文法吏，而非往昔文士，唯知奉上命行事，哪还有本心！"

周亚夫神色一变，仰天叹道："当日率军卒苦战，以命相搏，便是为保你这班酷吏吗？"

尹轨登时暴怒，便欲上前，要褫去周亚夫衣冠。

胡瑕却一摆手止住，对周亚夫道："上命甚急，本官也无心与你斗口舌，只劝你早些供认，也好早些解脱。迟了一日，便罪加一等；如何是好，条侯自去思量。今日你可回邸，何时想好，再自行来出首，本衙可从宽决狱。本案既立，便不急在几日内,本衙亦有耐心,再候上三五日也不迟。"说罢,便命尹轨送周亚夫归家。

周亚夫回到家中,自知不可免,默思片刻,便唤来妻与子,逐一嘱托后事。

夫人及亚夫之子跪在座前,闻周亚夫嘱咐,皆哀泣不止。

周亚夫容色凛然,叱道:"哭有何用? 孟子曰:'天不言,以行与事示之。'想我年少时,闻父言及往事,只道那韩信、彭越受戮,必有其咎;今日方知,武人者,战则荣死,无战则辱死;若成名将,天也不容偷生。"

言毕,便挥袖令诸人退下,独坐书房,将一柄佩剑拂拭干净,挂于剑架。又取了《太公兵法》来,焚香细读。其间,时有颔首赞叹,似无事一般。

那一众家眷、仆人,则屏息不敢出声,阖府一片死寂。

果然,于此三日后,便有阍人仓皇奔进,禀报道:"大理衙来了许多公差,声言要锁拿条侯!"

周亚夫置书于案,神色如常,吩咐道:"将来人迎入,候于中庭。"

待阍人出去,周亚夫便起身,去剑架上取下剑来,以衣袖轻拂一遍,举剑就欲自刎。

岂料这几日里,周亚夫虽镇静如常,他夫人却盯得极紧。此时窥见,慌忙疾步抢入,扯住周亚夫衣袖哀求道:"夫君,上意未明,岂能就这般寻死?"

"夫人勿阻我! 我不愿似晁错,就戮东市,徒惹人笑。"

"天下人皆有眼,万难蒙蔽。你终无晁错之过,主上如何就能杀你?"

周亚夫悲愤道:"古来名将,枉死何其多也! 李牧何辜,蒙恬又何辜? 天不容我,奈何,奈何!"

夫人便又跪泣道:"今入狱,尚有生路。为子孙计,夫君只需忍得一时便罢。"

此时周亚夫想起,凯旋那日路遇老者,曾有过劝诫,便泫然泣下:"他日未还乡,今日欲做老农,布衣终老,可得乎!"

正说到此,有大理衙左监,手持诏令,率一干差役闯入,不由分说,将周亚夫死死挟住。亚夫只是不服,连连詈骂挣扎。

那左监专掌捕人,此等情景见得甚多,便大声喝道:"圣上有诏,收捕罪臣,条侯不可造次！"

周亚夫回首怒视道："你又是何人？便是那胡瑕来，又岂能令我折节受辱！"

那左监便伏地，恭恭敬敬一拜："条侯息怒。大理卿嘱下官来此，恭请条侯至衙署，不得锁拿，不得惊动邻里。下官为洛阳人，与剧孟为友，素敬条侯，不敢有半分凌辱之意，只望条侯赏个脸。"

此时，阖府俱被惊动，家眷、仆人在堂前跪了一地，哭声大作。

周亚夫望望，叹了一声："罢罢！我随你走便是。令你那左右，离我三尺。"

那左监连忙起身，以目示意，众差役便松了手，都退后一步。

周亚夫遂正了正衣冠，向夫人一揖，又对其子道："竖子！侯门纨绔，百无一用。今后庇荫既失，你且好自为之。"便头也不回，向大门外走去。

众差役不敢怠慢，只紧紧簇拥在后，将周亚夫押上槛车。

入得大理衙署，见胡瑕正立于堂前，拱手迎候，周亚夫便冷笑道："足下今日，可用大刑了！"

胡瑕也不理会，只一揖道："条侯多虑了。在下奉诏问案，只望足下自陈不法事，岂能有刑讯追比？大理诏狱中，本官已安排好，寝食无忧，绝无凌虐之虞，还望条侯自重。"

言毕，便唤来狱令周千秋，吩咐道："条侯在此，各人都须敬重。"

周千秋便上前，向周亚夫一揖，恭谨道："下官周千秋，少壮之时，曾与令尊有一面之缘。今见条侯，只觉幸甚，请随下官往这边来！"

周亚夫也不理胡瑕，昂然转身，随周千秋步入诏狱。入得狱室看看，倒也干净，便在竹床边坐下，昂首不语。

周千秋锁好栅门，唤来四个狱吏，密嘱道："条侯乃钦犯，至关紧要。你四人分班，昼夜伺候，不得合眼。若一旦有不测，连累你等家小，都将族诛！"

安排妥帖后，周千秋又踱至狱室外，隔栏对周亚夫道："老吏年迈，不能陪条侯在此了。若有所需，尽管吩咐下人。而今敝处陈设，远好过三十年前。入得此处，只不能急。"言毕，见周亚夫仍不语，便又揖礼再三，方才离去。

次日，周千秋复来巡视，问狱卒，狱卒报称："条侯终日不语，食水不进。"

周千秋眉头一蹙，踱至栅门前，施礼道："人活百年，勿与自家为难。条侯乃累世功臣，上下皆敬畏。今略有蹭蹬，只熬过数日，或就将云开日出。老夫于少壮时，不明此理，以为权贵落难，便是一跌到底。哪知半生所见，从此门而出的，起复腾云，不知有多少！条侯可不必自苦。"

周亚夫箕踞于竹床上，目不斜视，待周千秋说完，忽就转头一瞥，喝道："庸碌小吏，啰唣些甚么？"

周千秋脸便一白，忍了忍，一揖退下，回首吩咐狱卒道："条侯食与不食，只管按时摆上。"

自此，周千秋便不再来看。众狱卒不敢怠慢，每日两餐，必将热食奉上，许久才敢撤下。如此三日过去，周亚夫力衰不能坐起，只卧于床上，声息全无。

狱卒心慌，在门外劝说，亦全无回应，只得禀报周千秋。周千秋拿捏不定，忙去禀报胡瑕。胡瑕听了，头也不抬道："只需看牢，勿使自戕便好。"余下便再无多话。

如此挨到第五日，晨起不久，周亚夫忽发一阵呛咳。众狱卒闻声来看，见床头一片殷红，急忙开门进去。原是周亚夫五日不食，体弱至极，激愤之下呕血数升。狱卒慌了，连忙七手八脚扶起，再去探鼻息，人竟是已猝亡了。

胡瑕闻周千秋禀报，也急忙赶来察看，见室内并无自戕器物，面色便一缓，吩咐周千秋道："备一口薄棺，去唤家眷来，看过即入殓，任由其家眷抬走。"

稍后，胡瑕将周亚夫病殁事写好奏本，入朝呈上。景帝看过，仰靠案几半晌，方吩咐胡瑕道："去知会丞相：条侯坐罪入狱，病殁，国立除。其余眷属，一概不问。"

可怜一代名将周亚夫，为前朝顾命之臣，知兵善战，素有威名，弹指间平定吴楚之乱，有功于天下。只因守节不阿，触怒龙鳞，竟于狱中绝食而死，正应了早年许负看相时所言。世人多为之惜，后至唐宋时，君臣朝野皆景仰之，将其列入"名将庙"，方得长享祭奠。

十　大儒独斗野彘威

　　周亚夫殁于狱中时,长安正值秋雨霏霏,满城都似含愁衔恨。

　　闻听功臣蒙冤而死,百官皆感震恐,私下里都议论道:故丞相下狱而死,汉兴以来,从无前例。只不知来日公卿祸福,又将何如?众臣心中不服,只缄口不敢言而已。景帝也知众臣之心,遂下诏罢免了大理卿胡瑕,换上老臣庐福,以塞众口。

　　过了几日,见众议渐息,景帝精神便又一振,趁热打铁将刘舍也免去,以御史大夫卫绾接替,以图重开新局。

　　这位卫绾,是代郡大陵(今山西省文水县)人,善弄车技,文帝当初为代王时,即为随驾郎官。后文帝即位,将卫绾也带来长安,不久即升至中郎将。

　　卫绾性敦厚,不多言,尤擅驾驭之术。属下郎官若有过错,常代人受过;与属下同立功,则归功于他人,故此,上下口碑皆好。

　　昔景帝为太子时,为讨父皇欢心,曾召宴文帝近臣,诸臣都欣然赴宴,唯卫绾不应召。文帝闻之,大赞卫绾居心不贰,益发器重。至临崩之前,特嘱景帝道:"卫绾,忠厚长者也,你当善待之。"

　　景帝即位后,仍恨卫绾当初不应召,遂有意冷落。卫绾却不在意,出入警跸,仍勤谨如故,如此一年有余。

　　一日,景帝赴上林苑游猎,召卫绾为骖乘,问他:"朕与你同车,知是何故吗?"

"不知。臣自代地来,不过是个戏车之人,先帝时侥幸为中郎将,我亦不知何故。"

"好一个憨厚之人! 那么,我为太子时,召宴父皇近臣,只你一个不应,这又是为何?"

"臣有死罪。彼时臣有病恙,故不得应召。"

景帝闻卫绾应对得体,才觉此人果然忠厚,不由大加赞赏。返宫后,即赐剑一柄与他。卫绾却婉拒道:"臣不敢受,先帝已赐臣剑六把。"

景帝更觉好奇:"剑如衣履,常与人易物,何独你留存至今? 且返回家中,取来我看。"

卫绾遵命,返回邸中,取来六柄赐剑,果然各在鞘中,光亮如新,从不曾用过。

景帝大为称奇,从此便不疑卫绾,不久,即加为河间王太傅。稍后吴楚之乱起,又诏令卫绾为将军,率河间兵讨逆,颇有战功,遂又擢为中尉,掌京畿禁卫。

卫绾在河间时,河间王为栗姬次子刘德,故而卫绾与栗氏一门,过从甚密。前元七年春二月,栗太子刘荣被废,栗姬之兄栗卿拟问罪,景帝甚惜卫绾忠厚,不忍牵连,便赐假给卫绾,令他还乡暂避。

待四月事平,刘彻为太子,景帝复又召回卫绾,加为太子太傅,旋又升为御史大夫,跻身"三公"。

如今卫绾接了丞相,为人敦厚,从无杂念,景帝便觉放心。想自己若是重病不起,卫绾即可为顾命之臣,辅佐少主。

如此人事上既有更新,景帝原想,天象当不致有变,从此可保太平。却不料转过年来,至后元二年(公元前142年)正月,长安又有地震,一日三动。塞外匈奴,亦时有窥伺之意。

景帝正在惶然间,当月,即有太原急报至,称匈奴万骑攻入雁门郡,太守冯敬率兵民迎敌,不幸殁于阵中!

冯敬乃四朝老将,素有威名,如今竟一朝身殉,朝野无不震动。景帝亦觉惊恐,连忙下诏,发车骑材官(骑兵预备役)数万人,星夜赴塞下屯兵,以防不测。然军中终无大将，北地人心，便不免有所动摇。

每见骊山烽烟直上，景帝甚觉郁闷，再想起周亚夫来，更是百感交集。

正值万般无奈之际，景帝忽想起一个人来，即是赋闲已久的郅都。觉当今之时，北边危殆，唯有此人可用。于是暗遣使者，持节赴杨县（今山西省洪洞县）郅都家中，拜郅都为雁门（今山西省右玉县一带）太守。

太守一职，即是原来的郡守，年前已改称太守。原郡尉一职，亦改称都尉。

那朝使奉诏入杨县，见了郅都，一脸都是笑，传下了景帝口谕：令郅都便宜从事，无须入都觐见，可直赴雁门，也好瞒过太后耳目。

却说那郅都罢官在家，却也不觉沮丧，只想到太后寿数，终熬不过皇帝，耐得十年八年，便可起复。果然才过了七年，便又拜官，当下雄心大振，匆匆赴雁门去了。

此时，雁门关已被匈奴攻破，胡骑四处窜扰，势不可当。然匈奴各部，都畏惧郅都威名，闻郅都来守雁门，立时引兵遁去，不敢靠近。

有那匈奴右贤王，见部众皆惧怕郅都，心中不忿，命人刻了一尊木偶，貌似郅都，令部众驰驱射之。

那匈奴部众，素有擅射之名，平日驰马放箭，无不中的。孰料此时见了郅都木雕，竟都心慌手颤，无一人能射中。右贤王见此，也只能徒唤奈何。

事至此，北边情势稍有转机。景帝稍感释然，遂又下诏，加郅都为将军，令其率边兵击匈奴。郅都到底是老辣，整军不过月余，即率部击塞外匈奴，大有斩获，匈奴气焰为之稍挫。景帝闻报大喜，准天下百姓"大酺"五日，可开怀畅饮。

郅都北出塞外得胜，匈奴上下，无不惶恐，视郅都为李牧、蒙恬再生，一心欲除之。彼时汉降臣中行说，仍在匈奴为官，便向军臣单于献了一道离间计。单于听了，拍案叫绝，当即依计而行，遣使入长安，四处游说公卿，谎称郅都轻开边衅，无故虐待匈奴，有背合约。

那匈奴使者巧舌如簧，直把一番子虚乌有，说成了真事。都中诸公卿听了，都觉惊恐，只怕郅都惹出无穷边患来。时不久，流言传入宫中，景帝听到，知是匈奴心虚，仅一笑而已，并不理会。

岂料众口铄金,不到半月,窦太后也闻知传言,不禁大怒:"好个郅都! 昨日闹得长安不宁,今又去搅扰外番,只恨我汉家有了几日清净!"

当日,窦太后便召景帝来问。景帝至长乐宫,闻听又是郅都事,险些气结,忍了又忍,方敛息回道:"太后所闻,皆是流言,系匈奴使者用的离间计,并无凭据。儿臣这里,自有边郡呈报,皆言郅都在雁门,并无不法事。"

窦太后连听也不听,只怒道:"郅都若是良善之辈,如何得了个'苍鹰'诨号? 哀家看得清——他在何处,何处便不得安宁! 年前在济南郡,杀人无算;冤主人都告状,成千累万,状子都送到了我案头。人命在他手上,便不是人命,过堂不过三五语,夹棍一上,逼出口供来,便问成死罪。人即是禽畜,也不该如此断头! 你若用他,还不如废了汉律,他教何人死,何人便死,岂不痛快也哉?"

景帝见太后动怒,只得扑通一声跪下,惴惴回道:"太后息怒,儿臣不该令郅都起复,今免他太守便是。"

窦太后却不肯罢休:"又说这话! 哀家是老了,然尚有一口气;若此气不出,便将这太后之位也让了吧! 我只知那郅都,自济南至长安,无一处不悖法。草菅人命,枉法行讼,已是人神共愤。我也不要你罢他官,只要你斩他首! 若留得此人在,我儿孙十数人,还不知有几个要命丧他手!"

景帝见太后逼迫不放,心中凄然,恳求道:"郅都,忠臣也,流言如何能轻信? 请阿娘宽大为怀,饶他一命。"

窦太后便将头一仰,落下了两行热泪来:"那临江王,便不是忠臣吗?"

景帝登时语塞,稽首触地良久,方才抬头道:"儿臣……愿遵命。"

离长乐宫怏怏返归,景帝呆坐半晌,将案头石砚摩挲良久,终叹了一声,遣人去召新任大理庐福。

庐福乃是两朝老臣,闻召急忙来见。景帝不敢直视庐福,只低头道:"太后甚厌郅都,今有懿旨下:立斩之。着大理衙遣得力属吏,携密诏赴雁门,将郅都斩首。"

庐福闻命大惊:"陛下,无故斩二千石,这如何使得?"

景帝无奈道:"临江王畏罪自裁,郅都反遭物议,有口难辩,此事转圜不得了。

你是老臣，当如何处置，尽可从权。可遣人赴雁门，会同都尉擒住郅都，下手痛快便是。"

庐福满心惊异，见景帝正抬头注目，只得勉强受命，悲声道："老臣随文帝入都，两朝为官，从未做过违心事。此等差事，愿今生只得这一回。"

景帝听得心如刀绞，含泪叹道："朕也是万般无奈。想那郅都，廉正从公，不顾妻子，朝中有几人能及？"

君臣两人，相对无言良久，庐福才叩首道："事既无转圜，臣下当为陛下分忧，这便去物色能吏出使。"言毕便起身，疾步退下了。

返归大理衙署，庐福不由犯了难，想那郅都为人严酷，中外皆畏惧，大理衙吏员上百，有何人敢去斩他之首。

正踌躇间，忽见狱令周千秋在衙中忙碌，便想到此人乃老吏，久经历练，可任此险差。于是便唤周千秋到近前，将密诏之事告知。

周千秋听罢，脸色就一白："大理卿之意，是要遣下官去斩郅都？"

"正是。"

"下官……万、万不敢从命。那郅都是何人？都中小儿闻其名，皆不敢啼哭。若去雁门斩他，何人能有此胆量？下官年迈，几近残年，望大理卿开恩，另选少年不怕事的去。"

"足下谋事老练，本官早已知。此差乃奉密诏，非同寻常，署中上下百人，非你莫属。"

周千秋竟急得跪下，连连叩首道："还望上官哀悯！朝中大臣，人人畏惧'苍鹰'，我如何就敢去？"

庐福微露笑意道："天日之下，有何事能难倒老吏？你附耳过来，我自有妙计授之。"

周千秋凑近前去，听罢庐福密嘱，脸色红白不定，犹豫片刻，方顿足道："也罢也罢！大理卿既看重下官，下官来日亦无多，舍命一搏就是。"

旬日之后，周千秋乘驿车，驰入雁门郡城善无县（今山西省右玉县南），谎称捕人,先去府衙见了都尉赵瞿,以天子密诏示之。

赵瞿阅罢密诏,脸色登时惨白,两手颤抖,竟将密诏缣帛遗落地上。

周千秋忙拾起来藏好,拈须笑道:"主上既有诏,都尉还敢推辞吗?离都之前,大理卿传诏于下官,务请都尉相助。至于如何斩郅都,我自有妙计,请附耳过来。"

听罢周千秋一番密语,赵瞿亦是惊疑。

周千秋容不得他犹豫,一拍案道:"事若迟疑,你我定死于非命!老夫死不足惜,足下年壮,怎可不惜命?请依计而行,免得懊悔。"

赵瞿见无退路,只得拱手道:"下臣愿从命。"

稍后,赵瞿便引了周千秋,至太守厢房,报称:"大理衙主吏周千秋,前来追捕逃人。"

郅都正埋头看公文,闻听禀报,略一抬头道:"唔,如何狱令也来捕人了?"

周千秋连忙趋前,伏地拜道:"近日大理诏狱中,有人越狱。下官周千秋,奉命来贵郡缉捕,还请关照。"

郅都瞥了一眼周千秋,转头对赵瞿道:"周狱令掌廷狱三十年,名满京都,都尉不可怠慢,凡事听狱令吩咐。"

赵瞿便顺势道:"下官也正是此意。今日夕食,拟在舍中设宴,为周狱令接风,还请太守赏光。"

郅都放下简牍,望了望周千秋,沉吟片刻,微微颔首道:"也罢,本官自会去。"

周千秋心中窃喜,连声称谢,又恭维了郅都几句,便与赵瞿一同退下。

那郅都所居官舍,与赵瞿之舍仅一墙之隔,皆在府衙后院。至薄暮时分,郅都果然如约而来,见过周、赵两人,也不多寒暄,依旧面如严霜。

三人在后园凉亭落座,周千秋便伸手入怀,拿出一壶酒来,满面堆笑道:"郅公来雁门,塞外胡骑闻风而逃,此事在都中,已传为美谈。敝衙上下僚属,无不敬服。下官能与郅公同席,乃生平大幸,特携来家藏美酒一壶,献与郅公,聊作敬意。"

那郅都双目如隼,扫了一眼酒壶,忽就变色道:"狱令来此,可是奉太后密谕?"

周千秋不禁浑身一激,连忙辩解道:"哪里……"

郄都不待他说完,便一指酒壶道:"莫非,是要来鸩杀郄某吗?"

赵瞿闻郄都出此言,不禁瞠目,慌忙望住周千秋,身上不住打战。

但见那周千秋,面不改色,只微笑道:"久闻郄公威严,今日方得见。周某一小吏也,哪里能攀得上太后? 此酒,乃出自滇国,为前朝大夫邓通相赠,下官舍不得饮。今夕幸会,愿与郄公同醉。"便拿过酒杯来,先为自己斟满一杯,一饮而尽。而后,又为郄都斟满一杯,双手奉上。

此时,赵瞿家中妻妾、婢女,往来如梭,为宾客端上许多美馔。

郄都见周千秋先饮了酒,这才释疑,略微一笑,望住赵瞿道:"我只道赵都尉是武夫,只爱骑射,未料你家中有这么多美眷! 来,既是周狱令好意,你我二人,便不要辜负。你家中还有多少好酒,尽都搬来。"

赵瞿这才缓过神来,连忙笑道:"下官家中,还有一邯郸歌姬,可为二公助兴。"当即唤出一个美姬来,在旁婉转歌吟,席间顿时平添几许喜气。

杯觥交错间,周千秋只不住恭维郄都,又多有请教之意。如此酒过数巡,郄都虽警觉,到底还是禁不住恭维,酒兴便渐浓,不疑有他,指着周千秋笑道:"我也知,公卿都惧周狱令,然今日我见狱令,却也不似恶煞。"

赵瞿见机,又教妻子取来窖藏美酒,连连劝饮,直灌得郄都酩酊大醉,伏案不起。

见郄都已醉,周千秋便使个眼色。赵瞿会意,即挥退女眷,猛然将一个酒杯掷于地。

闻此砰然一声,忽就有数名壮士,自亭下暗处跃出,疾奔上来,将郄都死死按住。

来人正是都尉属下兵卫,已藏匿多时,闻声出来,未等郄都清醒,便拿绳索将他五花大绑。

郄都为绳索所缚,才略有知觉,喃喃道:"都尉……如何绑我?"

周千秋不容他喘息,即从袖中取出密诏来,宣读一遍,厉声对众卒道:"罪臣郄都,有诏当问斩。推出去,斩了!"

郅都受此一激，忽就清醒过来，暴怒道："天子发诏令，如何能斩太守？"

周千秋便轻蔑一笑："既有诏令，莫说一个太守，连丞相也斩得！郅公，今日老吏要教你知：生杀予夺，非你一人可专！"

郅都怒啐一口，大骂道："鸡狗小吏，恶名满长安，恨不能当日便寻个由头，活剐了你这滥人！"

周千秋戟指郅都，恶狠狠回骂道："酷吏！满朝公卿，只恨不能剥你皮，你又如何成了好人？那临江王，与你无冤无仇，如何便要逼人死？你在长安，非杀即剐，好不威风！可知天下人成千累万，总有一个，是你惹不起的！"

郅都到此时，已全然清醒，不由仰天叹道："太后要教我死，我固无可逃；只恨精明一世，竟死在了恶吏手中！"

周千秋冷笑一声道："死到临头，还只知一个酷字，也活该如此。都尉，押他出去！"

赵瞿当即吩咐道："今奉诏令，尔等行刑，手脚须痛快！"

众兵卒一声应诺，便将郅都拖至门外。至红缨刀起时，郅都犹自大骂不止，声震官舍。

待行刑毕，周千秋命人取来首级，装入函匣，才觉浑身已为汗湿透，手脚皆软。当夜住在馆驿，片刻也不敢合眼。次日晨起，便匆匆辞别赵瞿，携了首级，返归长安了。

可怜那郅都，执法如山，中外惧服，却是一席酒宴未了，竟断送了性命。也怪他平素操之过急，素少悲悯，不免有伤天害理之处，而不得善终。其人之沉浮，足可为后世酷吏之鉴。

再说景帝那一边，半月里，只觉坐卧不宁。批阅奏章时，也时常停笔，凝望窗外，偶发数声叹息。有时郁闷至极，正欲召周文仁来聊，方才猛省：斯人已远放边地矣！

待庐福入奏，禀明郅都已斩，景帝竟恍惚多时，未有答复。

庐福窥一眼景帝脸色，小心问道："陛下，郅都已死，将如何善后？"

景帝叹息道:"郅都之死,实为太子而死,到底是难得的忠臣。将他首级尸身,送归故里,命县衙好好葬了。那郅都家小,也须嘱县吏善待。"

"善后之事,臣定当办妥。以往郅都在长安,豪强不敢猖獗;今郅都死,豪门皆欢喜称快,城中或许又要乱一时。"

"休想! 死一个郅都,那豪门便可张狂吗?"

庐福仍觉忧虑,直言奏道:"自郅都免官,中尉职虚悬已久,长安城内宗室,屡屡犯法,有司不能禁。京畿要地,如此乱下去,如何得了? 只可惜天下再无郅都。"

"如何没有? 有。今济南都尉宁成,便可任中尉,其治之严,不逊于郅都。"

说到这位宁成,原是景帝身边郎官,后外放为小吏,其为人刁滑,气又盛,每至一处,必欺凌长吏、苛责下属。年前迁往济南为都尉,恰与郅都在一处。

此前几任都尉,凡入府见郅都,皆步行至府门,由门吏引进,一如县令见太守,诚惶诚恐。唯宁成在任上,有事径直入府,见郅都也不执礼,自顾坐于上座。郅都久闻宁成之名,见他狂傲,心下反倒喜之,竟与之结好,有如兄弟。

景帝对宁成素来器重,中尉职既空缺,想想也再无他人可用。于是,郅都死后不过几日,宁成便奉调入都,接任中尉。此人上任后,即效法郅都,执法甚苛,唯廉正不如郅都。

长安宗室豪门见此,都暗暗叫苦,私下抱怨道:"今上既在,郅都便不死!"

怨言传遍长安,新任丞相卫绾闻知,颇觉不安,连忙入朝禀报景帝。

景帝却一笑:"豪门忧心,朕便安心。自古以来,天子或就是这般做下来的。古籍上的事,爱卿可曾读过? 若读过,便不必慌了。"

卫绾踌躇片刻,忽一横心,伏地叩首道:"臣有心事,已郁结多年,今日提起,愿剖白于陛下。"

景帝略显惊异:"哦? 君为先帝旧臣,与朕也相熟多年,有何建言,今日但言无妨。"

"汉家自吕太后以来,尚无为,用法吏,固是四海晏然,衣食渐丰;然七国乱起,恐是缘于'无为'亦有其弊。"

"爱卿此言,朕此前不曾闻。只知秦施苛政,遂失天下;汉则尚无为,方有民务稼穑、食货丰足之安。卿何以言'无为'亦有弊?"

"汉家今日,固无四海皆刑徒之苦,百姓得以谋生计;然民不知礼,世不尊儒,浑浑噩噩一如秦时,方有当今豪强滋生,为非作歹,非用郅都之流而不可抑。前朝贾谊曾有言:'礼禁将然之前,而法禁已然之后。'臣以为,此恰是当今要害。礼不兴,则小民不知敬畏,贵戚不知律己,纵有一二酷吏,可令天下处处无贼吗?"

景帝闻此言,容色微变,瞥一眼卫绾道:"此话,你如何不早说? 我用你,是为督责众臣;想那众臣怠惰,又怎比礼崩乐坏更险? 尊儒崇礼,亦是我所愿也;然世事汹汹,如今天下,还有几个大儒?"

卫绾答道:"年来大事多,陛下无暇过问诸生之事。今四方儒生,各有所专,门徒亦盛。言《诗》,在鲁有申培公,在齐有辕固生;言《尚书》,在济南有伏生;言《春秋》,在齐鲁有胡毋生,在赵有董仲舒……"

景帝便又惊又喜:"惭愧了,我只知济南郡有伏生,此前晁错搜求《尚书》,曾前去拜师。不想数年间,儒学竟如此之盛! 惜乎太后不喜儒,否则,朕将统统召来,为我顾问。"

卫绾便道:"齐人辕固,才学渊深,臣下曾拜他为师。近日,他正在臣家中做客。"

"这个辕固,其人何如?"

"其人廉直清正,子弟繁衍,遍及天下,陛下不妨召见。"

景帝却沉吟不语,半晌才道:"召辕固生来,不免要惹太后疑心。"

卫绾便献计道:"臣还识得一位黄生,精通黄老。陛下不妨召二人来,于宣室殿上论辩。若辕固胜,名声必扬于外,陛下便可趁势兴儒。"

景帝当即大喜:"此计甚好,你便可去安排。"

隔不多日,卫绾邀得辕固生、黄生两人入宫,当景帝之面,纵论两人之所学。

当日,宣室殿上帘幕低垂,帘上绣有羲和、羲常双神图。四面殿脚,皆放置博山香炉,幽幽生香。乐工一班人,则于帘后操琴,如潺潺流水。

　　景帝东向而坐，辕固生、黄生与诸臣分列左右。众公卿落座后，都觉此次论道非同寻常。此前，文帝也曾召见王禹汤等，却从无这般隆重，便都敛息不敢失礼。

　　景帝环视诸臣，微微一笑："诸君也不必拘谨。今日清闲，延请辕固生、黄生入朝，为我君臣讲学，论儒学、黄老两家之长，我等洗耳恭听就是。"

　　众人一齐望向二人，但见那辕固生，年约四十许，俊雅飘逸；黄生则是白发皤然，为一厚重老者。

　　辕固生闻景帝之言，便向座中诸人拱手一拜："儒与黄老，皆号为圣贤之学，实则有雅俗高下之分。今日蒙圣恩，入朝论辩，还请长者在先。"

　　那黄生也不客气，只略一回礼，便从黄帝讲起，至老子、列子、庄子、鹖（hé）冠子等，一路讲下来，滔滔不绝。

　　诸臣听得入神，都拊掌赞叹。景帝便插言道："昔我为太子，师傅亦曾提及，那鹖冠子为楚人，居深山，以五色鹖羽为冠，故为名号。只不知，此人有何高明处？"

　　黄生答道："鹖冠子知兵法，通阴阳，尤擅天文，乃战国末奇人也。主张上下无为，方使人知止知足。若人人知足，少则同济，长则同友，死生同爱，祸灾同忧。所谓天下大同，庶几可至矣！"

　　景帝听到此，竟是难以自持，环视诸臣一眼，赞叹道："好个知止知足！若此，人皆为尧舜，相爱相济，岂非逾越上古三代了？"

　　辕固生微露冷笑，向黄生一拱手道："长者高德，晚辈敬之；然长者之言，吾却不能信。那鹖冠子，初本黄老，后又杂以刑名，渐趋末流。所谓'使人知止，死生同爱'，悖于人伦常理甚远，万难实行；欲以此为大同，岂非痴人说梦乎？"

　　黄生便嗤笑道："小子无知，岂能妄论先贤？鹖冠子曰：'天地成于元气。'知止，便是守住元气，不事侵夺。万民虽愚，尚有圣人；有圣贤者启之，执大同之制，何愁无三代之盛？"

　　辕固生则仰头大笑道："先生之言，果然是梦呓！人之欲，果能禁绝乎？无非以诗书礼乐教化之，方能知规矩、循礼节。所谓'圣人执大同之制'，若有违人伦，空言大义，必如暴秦之虐政，白白害了千万人性命。故而黄老之说，实乃乡鄙之论也。

如今妇孺童蒙,皆能言'无为';然则,人有七情,可无为乎? 民有大欲,愿无为乎?
唯有己所不欲,勿施于人,方能推己及人,使君臣父子各安其位。"

"小子,可知儒者由来吗? 儒者之流,原为殷商遗民,无以为生,为人执丧仪而
已。故而儒学之论,无非琐细规矩,枝枝蔓蔓,无涉天地之元气。那孔子所言礼,孟
子所言修身,无非是小吏眼光,鄙俗不可耐!"

"断无此理! 我儒学先贤,孔子为鲁司空①、大司寇②,摄相国事;孟子游历齐、
宋、滕、魏,为君王座上宾;荀子为齐学宫祭酒、楚兰陵令,都曾周游天下,倡言仁义,
所遇国君无不折服。敢问先生,此辈中,何人是小吏? 倒是那老聃(dān)为周守藏
史③,摆弄书籍;庄周为宋漆园吏④,无非啬夫者流,不是小吏又是何职?"

"黄老之学,大音希声,岂是尔等鄙儒所能领会的? 那孔丘在鲁,不知礼乐之
源,不明道德之要,尚须驱车千里,就教于老子。其人侥幸,得为鲁国大司寇,方及
三月,即举措失当,狼狈逃去,才是庸吏一个! 鹖冠子曰:天地,自然之物也。任其
自然,则本性不乱;不任自然,则奔忙于仁义之间。孔丘,腐儒也,他怎知天地本
元?"

"非也。孔子倡仁政,便不是天地本元吗? 人有欲,故而克己;天下无道,故而
复礼;'克己复礼为仁',岂不正是大同之制? 那黄老无根之说,上天入地,飘忽莫
定,焉能信之? 王者欲成大同之世,便不能无为,须从修身起,齐家治国,乃至平天
下。上古汤武受命⑤,便是复礼;若无汤武受命,顺天应人,勤于事功,又何来三代之
盛?"

"笑话! 汤武哪里是受命,分明是弑君!"

"不然。桀纣昏乱,天下之心皆归汤武。汤武顺天下之心,而诛桀纣,不得已自

---

①　司空,官职名,西周始置。掌水利、营建之事。
②　大司寇,官职名,西周始置。掌律法、刑狱之事。
③　守藏史,官职名,西周始置。掌收藏国家图籍,为史官之一。
④　漆园吏,一般指庄子。一说漆园为古地名,庄子曾在此做官;另一说为庄子曾在蒙邑中为吏,主督
漆事。
⑤　汤武受命,指商汤、周武王起兵灭夏桀、商纣王。

立为王，如何便不是受命？"

　　黄生便一抖白须，笑道："小子又不知了！冠冕虽旧，必加于首；鞋履虽新，必着于足。为何？乃有上下之分也。桀纣虽失道，然为君上也；汤武虽圣，乃臣下也。君主德行有失，臣不正言谏之，反因过而诛之，代立为天子，不是杀君又是何为？"

　　辕固生闻此言，目光炯炯，忽然变色道："以先生之言，莫不是高皇帝代秦，即天子之位，也是错了？"

　　此言一出，满座皆惊。公卿静听两人互相驳难，已然入神，此时更是面面相觑。

　　见两人激辩至此，景帝便觉不能安坐，连忙截住："食肉不食马肝，未为不知味也；言学者不言'汤武受命'，不为愚。二公论道，机锋百出，各有所秉，总以不伤和气为上。我君臣闻高论，算是开了眼界。更何况，今日论学，是为求经世之道。朝廷施政，何为得失，可否指点一二？"

　　黄生便正色道："鹖冠子言：'主知不明，以贵为道，以意为法。'最是要不得！百姓家困人怨，在上者却诿过于下，如此'过生于上，罪死于下'，便是诛尽罪臣，也无济于事。"

　　景帝脸便一红，连连拱手道："领教领教！"转头便又望向辕固生。

　　辕固生随即道："荀子言：'尧舜之与桀跖，其性一也；君子之与小人，其性一也。'唯有倡礼仪，制法度，方可使泥涂之人为尧舜。"

　　景帝心有所悟，不由就一喜："二公指教，真乃贵于千金。今日便到此吧，朕将各有赏赐，并拟召两位为博士，以备顾问，万望勿推辞。"

　　二人谢恩毕，便有谒者上来，分头安排不提。

　　消息传开，朝中轰动，百官争欲一睹二人风采。未几，窦太后在长乐宫，也闻听辕固生大名，知他不以黄老之说为尊，便有意召见，欲当面问个究竟。

　　辕固生应召来至长信殿，拜过窦太后，便遵命坐于太后座前，屏息听命。

　　窦太后缓缓道："哀家目盲，看不清你相貌了。听你声音，中气十足，显是饱学之士。"

　　辕固生便客气道："太后谬奖了！小臣蒙陛下看重，忝列博士，当知无不言，指陈时弊。"

"好！有此心便好。天子身边,总不能尽是逢迎之徒。哀家早年时,便喜好《老子》,可否指教,此书最关要处,是哪一节?"

"此书,市井之言也,不读也罢。"

窦太后不意辕固生有此言,不禁大怒:"老子之书,不比孔子那筑城吏夫之书强吗?"言毕,便唤了宦者令来,命将辕固生带去后园,推入猛兽圈,徒手与野猪斗。

殿中众宦者闻令,立即上前,将辕固生死死捉住。

辕固生挣扎呼道:"小臣拗直,不该忤太后之意;然入猛兽圈,当有兵器。"

窦太后便轻蔑一笑:"你辈孔门之徒,不是说那孔子'瞻之在前,忽焉在后'吗,请他来助你便是。哀家也要去猛兽圈,看他如何在你前后!"

那宦者令将辕固生拖出,心知事已闹大,连忙嘱人奔至未央宫,急报于景帝。

景帝闻之,大惊失色,也顾不得更衣了,急忙乘软辇,赶到长乐宫后园。

好在窦太后更衣费了些时,待景帝到时,众甲士正将辕固生举起,投入野猪圈中。

彼时汉宫内,与猛兽格斗蔚然成风。当年李广,便是力能格虎,方获文帝赏识的。此次窦太后发怒,到底是未将事情做绝,仅令辕固生与野猪格斗。

只见一众涓人、甲士,都围在栅栏外,喧嚷不已,要看野猪如何咬死辕固生。

窦太后则端坐于伞盖下,神态悠然;眼目虽看不大清,闻声也是面露喜色。

那辕固生被投入圈中,甫一落地,未及站稳,便有一只凶猛野猪逼近,虎视眈眈。

人兽之间,两相对峙。栅栏外诸人也都收了声,只注目观望。

景帝不由得惶急,连忙推开众人,靠近围栏。见情势紧急,又不便违逆太后之意,急得满头是汗。

那辕固生身临险境,脸色虽白,倒也未惊惶,只逼住野猪怒视。

景帝心中叹道:"书生虽迂腐,终究是直言无罪,何至于此!"当即四下里望望,忽见身边甲士佩有短剑,便伸手拔出,掷入圈中。

辕固生乃儒生，平日娴习"六艺"，除礼乐书数之外，亦精通射御，身手十分敏捷。见有短兵器落下，倏忽便拾起，大喝一声，刺向野猪。

这一剑，正中其心，野猪应声而倒，四脚抽搐，不多时便死了。

围观众人便一阵喝彩。有那掌兽圈的水衡都尉，连忙上前开了锁钥，放辕固生出来。

窦太后见此，默然无语，便也无意再加罪辕固生，摆摆手，算是就此放过。

景帝在旁舒了口气，迎上前去，对辕固生道："先生好身手！速去歇息，余事暂不用问。"

风波过后，景帝只觉哭笑不得。恰逢后宫夫人王息姁病殁，其三子刘乘，此时已成年，立为清河王；景帝便拜辕固生为王太傅，远赴清河（今河北省清河县东南），先避开太后再说。

临别，景帝执辕固生之手，满心不忍，叹息道："朕久有尊儒之意，惜乎时运不济，只得委屈先生了。"

后清河王在位十二年病殁，无子除国，辕固生也随之罢归。至汉武帝时，征召贤良，辕固生竟以九十高龄应征，也算是一段传奇，此为后话了。

至景帝后元二年（公元前142年）入秋，卫绾为相已一年，诸事料理皆妥。再看天下，边患虽有缓解，天公偏又不作美，春有饥荒，秋又大旱，各地年成均告歉收，五谷不登。

卫绾见仓廪渐少，百姓乏食，心中便着急。想到民间如若粮尽，野有饿殍，将无颜以对天下后世，便急忙入朝，将心中所忧，禀报景帝。

景帝亦不敢怠慢，数日后，即有诏令颁行天下，不受诸侯进献，减宫中宴享，省民间徭赋，以安民心。并昭告各郡国，力促百姓务农桑、广蓄积，以备灾害。

此外，又痛斥各地县丞之辈私心滥权，鱼肉百姓。其诏曰："今岁或不登，民食颇寡，其咎安在？或诈伪为吏，吏以货贿为市，渔夺百姓，侵牟万民。县丞，为各县长吏也，或有奸猾之徒，与盗同盗，目无法纪。自今之后，令二千石各修其职，严明吏治。有敷衍官职、空耗财赋者，由丞相查明，请其罪，布告天下。务使臣民明朕之意。"

诏下数日后，景帝便召卫绾来问："诏令颁至四方，有何议论？"

卫绾面露喜色道："民皆欢踊，以为圣意明察，从此猾吏不得为非矣。"

景帝顿觉欣慰，随后又问道："你曾外放河间，知地方民情。何以近年猾吏蜂起，贪贿公行，莫非朕驭下乏术，太过仁慈乎？"

"非也！陛下登位以来，驭下甚严，权臣亦多有得咎。长安豪门，如今已蹑足而行，不敢放肆。"

"何以豪门知收敛，小吏反倒猖獗？"

"只因礼崩乐坏，已成大势，人心贪之不足。以往执宰，只知减赋富民；另有儒生崇礼，又只知倡学救世。殊不知：人不患其不知，而患其为诈也；不患其不富，而患其贪得无厌也。"

景帝愕然，口大张而不能闭，遂拍案道："君之所言，朕从未曾听闻，果真就是如此！"

卫绾又道："世有廉士，清心寡欲，若为吏，当知恤民之苦。然今之选吏，无资财十万钱以上者，不得为宦。那廉士寡欲，从何处可得这十万钱？故廉士久不得志，而贪夫则常得利。"

景帝拍掌赞道："君曾为太子师，果然通达！选吏之弊，朕已明白了。高帝以来数朝，抑豪强，削诸侯，不遗余力；然于郡县众吏，则稍嫌宽仁。日久，彼辈便成蠹虫，反噬其主。"便命卫绾拟诏，令民间凡有资财四万者，即可为宦，不使廉士报效无门。

如此，景帝才稍觉宽心。时过不久，逢秋冬之交，忽又有衡山国及河东、云中两郡，骤发瘟疫，百姓病死者无数。长安官民闻讯，也大为恐慌，家家煮醋酢祛毒，一日三惊。

景帝看过各地呈报，也是无计可施，急得不思饮食。呆坐了半晌，忽问身边宦者道："周文仁在零陵，每月必有来信，本月怎不见寄至？"

那宦者吞吞吐吐，不敢明言。

景帝便怒道："你便如实说！"

宦者伏地战栗道："上月末，零陵郡有急报，称周文仁已病殁。然……近臣无人敢呈报主上。"

"啊！"景帝浑身一颤，登时忧愤满怀，凄声呼道，"周文仁君，你如何就走了！"忽就觉胸闷气塞，力不能支。勉强撑了半日，仍觉头晕，只得卧床不起。

太子刘彻闻讯，大惊失色，忙奔至宣室殿，端水煎药，百计伺候，昼夜不离父皇病榻。

秋风苦雨间，熬了两月过去，堪堪已至后元三年（公元前 141 年）。元旦，因天子有恙免了朝贺，倒也觉清净。景帝此时，稍觉复苏，便嘱刘彻扶自己起来，凭窗远眺。

见长安千门万户炊烟袅袅，景帝不禁就有泪流，对刘彻喃喃道："我之为政，戾气太重。文武重臣，皆死于非命；心腹如周文仁，亦夭寿而亡。为父今生虽为天子，却怵惕不能安枕，实不如长安一富户耳。"

太子刘彻年已十六，生性果毅，颇为懂事，当下安慰道："父皇莫忧心，近来朝政，应对皆属得当。郡国有灾，赈济皆已发下，百姓自知感恩。"

"我连月有恙，长安可还安稳吗？"

"回父皇，中尉巡察甚严，丞相亦亲赴市井察问，凡偶语父皇病况者，无论官民，一概捕拿。故此数月间，城内安堵如常。"

景帝便一惊，稍后才缓缓道："如此……也好，也好！"

此后，景帝每日晨起，都勉力起身，踱至窗前，贪看户外景致。痴望中，想起周文仁来，不禁又暗自流泪。

如此一连五日，竟都见到雾中一轮冬阳，赤如炭火，红光遍洒市廛中。景帝便觉惊异，急召太常许昌来，问道："日连赤五日，太史官是如何说？"

许昌答道："太史仅说起，前元三年，天北有赤云如席，而后有七国之乱……"

景帝脸色一变，急急问道："近来日赤呢？"

许昌答道:"太史不能解。"

景帝便叹口气,想了想,即吩咐道:"你这便传诏南皮侯窦彭祖,令他去召王禹汤来。旁人不能解,王生定然能解。"

此时,窦彭祖已免官归第,接到诏令,不敢急慢,当即驾车赶往交道亭。至王宅门前下车,却见门扉紧锁,铁锁上已锈迹斑斑,心中便觉奇怪,返身去找里正探问。

里正也不知其详,随了窦彭祖来至王宅,见果然如此,便道:"王生居此,已有三十余年,往来皆贵人,从无邻里入其门。小人只知他独居,衣食自足。近来事杂,倒将他疏忽了。"随后低头想想,才又道,"自当今太子立,就再也未见他出入。"

窦彭祖踌躇片刻,便命里正取来斧子,砸开门锁入内。门内景象一如往日,小院幽寂,茅舍依旧,似无甚异常;走近前去,才看到屋门为虚掩。窦彭祖壮了壮胆,推门进去,但见尘埃满屋,蛛网零落,竟是多年无人居此的模样!

窦彭祖大感骇异,满屋里仔细看,忽见正堂木案上,有人用手指在浮尘上写了字。细一辨认,原是"扶苏、蒙恬"四字。

窦彭祖大惊,与里正面面相觑。少顷,窦彭祖才厉声问道:"里正,那王生是从何处而来? 寻常竟是何等样人?"

里正闻此问,慌得跪下,连连叩首道:"王生来此时,小人尚是幼童。数十年间,只见他独来独往,灶火自理,不见有何异谋。"

窦彭祖呆怔半晌,叹了口气,挥手命里正退下,自己又徜徉多时,方出门登车返回。

再说寝殿病榻上,景帝见窦彭祖只一人返回,神色有异,便问道:"王生如何了?"

窦彭祖一阵战栗,急急将所见如实禀报。

景帝亦是吃惊,口中喃喃道:"王禹汤,果然异人也! 那'扶苏、蒙恬'四字,究是何意?"

"回陛下,微臣也不知。"

"扶苏、蒙恬,皆为赵高所害……"景帝仰头想想,脸色忽就一白,挣扎道,"朕明白了！刘荣死，周亚夫亦死，然我绝非秦二世！"说罢，竟一阵痰迷，晕死了过去。

窦彭祖与众人一阵慌乱，忙唤太医进来，热敷灌药；又分头去唤了太子、王皇后前来。

众人围着景帝，七手八脚侍弄一番。稍后，景帝好歹缓过来，见太子刘彻在床边，便一把扯住，急唤道："去，召丞相卫绾来。"

时不久，卫绾应召奔入，景帝拉住他衣袖道："赤日当头五日，实不知是吉是凶。黄石公曰：'孤莫孤于自恃。'朕之过，就在于太过自恃。今周亚夫已病卒，想那勋臣之后国除，实是不妥。可封亚夫之弟周坚为侯，以承周勃之祀。"

此时忽闻门外有女子哭声，景帝便望住王皇后。王皇后连忙回道："是后宫贾夫人、程姬、唐姬等，皆在门外。"

景帝便一摇头："命尔等速退下，先帝尚未召我，哭的甚么？"遂又望住窦彭祖，嘱咐道，"太后那里，万不能惊动。"

如此忙乱半日，景帝面色渐缓，众人这才松口气。王皇后与刘彻便不敢大意，自此轮流守候，昼夜不离。

又过了半月，景帝稍觉振作，便命王皇后、刘彻不必守护，任由自己调养。岂料才过一月余，至十二月末，忽有黑云压长安，冬日里雷声大作。众涓人皆感惊惶，从窗户望出去，见日光竟成了紫色。

景帝闻之，命宦者扶自己起来，也往窗口去看。仰望了片刻，眼中忽精光一闪，急命人召刘彻前来。

刘彻闻召，以为父皇病重，急忙气喘吁吁奔来。见景帝倚于床上，并无异常，这才将悬心放下。

景帝微露笑意，招手道："彻儿过来。"

刘彻便跪下，膝行至床前听命。

景帝道："你母生你时，曾梦红日入怀。近来长安频出红日，今日更由红而紫，当是应验在你身上。"

刘彻惊疑道："儿仅是懵懂少年，何以当之？"

"人间事，不可以常理推之。为父近日病重，料想来日已无多。想我登位以来，迄今已十六年，为政百端，无一事难得住我；唯于身后事，则感无能为力。这几日想得多，觉臣民颂声灌耳，不若后事托付得人。今红日既出，世事更替，你便要担起这社稷了。"

"父皇此言……儿臣今日不想听。"

景帝便容色凛然道："事已临头，我父子如何不能实言？红日照长安，赤光漫道，固是瑞吉之象，然为父也疑是血光之兆，不可不提防。你日后登位，万不可开杀戒。"

刘彻心头也一凛，战战兢兢答道："儿遵命。"

景帝又道："为父病重，羸弱异常，恐等不及你二十再加冠了。下月中，你即可赴高帝庙，权行加冠礼。我不能亲临，则由丞相代之。"

刘彻闻言，顿时泪流如注，只得叩首应之。

至正月十七日，诸公卿、宗室奉上命，簇拥刘彻至高帝庙，行礼如仪，备极隆重。

当日返回，刘彻疾步入寝殿，见景帝倚倒床上，竟是气若游丝，不禁就大哭。

景帝闻声睁开眼，勉强一笑："彻儿勇武，何以缠绵似小家妇？"

刘彻哽咽问道："阿翁还有何嘱？"

"我为政，似过严苛，彻儿不得似我，待臣民须仁厚。年来我废磔刑①，允死罪以腐刑②代之，又屡赦天下，皆是为平民怨，然亦无济于事。"

"父皇，你已尽心了。"

景帝声音渐小，似耳语道："乃祖与我，勤勉两代；只可惜，留予你无穷憾事……"说到此，声渐不闻，竟已陷入了昏迷中。

寝殿寂寂，可闻窗外有寒鸦悲鸣，数声又止。刘彻大恸，伏在床边急呼，然景帝却犹如已入梦，此后再也未出一语。

---

① 磔刑，古时酷刑，将肢体分裂。

② 腐刑，亦称宫刑、蚕室，古时酷刑，即"男子割势，女人幽闭，次死之刑"。

如此十日后，即正月二十七日，天将薄暮，万家炊烟未散时，汉景帝崩于宣室殿，享年四十八岁。

他前后在位十六年。临终之际，犹自颤颤伸出手，紧握刘彻之手不放，似有千言万语要说……